Anna Johannsen

# Der Mann auf der Hallig



EDITION M

## Das Buch

Auf einer Sandbank vor Hallig Hooge wird die Leiche von Klaas Rieckert gefunden, der offensichtlich vor dem Ertrinken an Armen und Beinen gefesselt wurde. Die Obduktion bringt ein überraschendes Ergebnis: Die DNA des Halligbewohners wurde vor zehn Jahren im Rahmen eines aufsehenerregenden Falles im Polizeisystem registriert und weist ihn als mutmaßlichen Dreifachmörder aus.

Obwohl Lena Lorenzen gerade mit ihrem Lebensgefährten Erck ihr privates Glück genießen könnte, will sie den Fall unbedingt selbst übernehmen. Sie ist überzeugt, dass eine große SoKo in der kleinen Welt der Hallig wenig Chancen hat, an relevante Informationen zu kommen. Nach den ersten Befragungen der Angehörigen muss sich die Inselkommissarin schnell entscheiden, welchen Ermittlungsansatz sie verfolgen will: Liegt der Schlüssel zur Aufklärung des Mordes im engen Beziehungsgeflecht auf Hooge oder in der dunklen Vergangenheit des Opfers auf dem Festland?

## Die Autorin

Anna Johannsen lebt seit ihrer Kindheit in Nordfriesland. Sie liebt die Landschaft und Menschen der Region, besonders verbunden ist sie den Nordfriesischen Inseln, auf denen die Krimireihe »Die Inselkommissarin« spielt.

Mit »Der Mann auf der Hallig« liefert sie bereits den vierten Fall für alle Fans der Hauptkommissarin Lena Lorenzen.

ANNA JOHANNSEN

# Der Mann auf der Hallig

Die Inselkommissarin

Kriminalroman

EDITION M

Deutsche Erstveröffentlichung bei
Edition M, Amazon Media EU S.à r.l.
38, avenue John F. Kennedy, L-1855 Luxembourg
Juni 2019


Umschlaggestaltung: semper smile, München, www.sempersmile.de
Umschlagmotiv: © Wolfgang Diederich / Getty; © Iakov Filimonov / Shutterstock; © Evannovostro / Shutterstock; © SZBDesign / Shutterstock
1. Lektorat: Kanut Kirches
2. Lektorat: Rotkel Textwerkstatt
Gedruckt durch:
Amazon Distribution GmbH, Amazonstraße 1, 04347 Leipzig /
Canon Deutschland Business Services GmbH, Ferdinand-Jühlke-Str. 7, 99095 Erfurt /
CPI books GmbH, Birkstraße 10, 25917 Leck

ISBN: 978-2-91980-496-2

www.edition-m-verlag.de

# Eins

Hauptkommissarin Lena Lorenzen schob den Aktenstapel zur Seite und lehnte sich auf ihrem Schreibtischstuhl zurück. Der Cappuccino, den sie sich wenige Minuten zuvor am Automaten besorgt hatte, duftete verführerisch. Sie trank einen Schluck und warf einen grimmigen Blick auf das klingelnde Telefon. Seufzend beugte sie sich nach vorne und griff nach dem Hörer.

»Hallo, Luise«, sagte sie, nachdem sie die Nummer erkannt hatte. Luise Stahnke war Gerichtsmedizinerin in Kiel und gleichzeitig mit Lena befreundet. »Ich weiß, ich wollte dich schon lange einladen, aber …«

»Das ist kein Problem, Lena. Ich rufe auch nicht deshalb an.« Sie machte eine kurze Pause, bevor sie fragte: »Erinnerst du dich an den Fall Walter Baumeyer?«

»Ist deine Frage ernst gemeint?« Baumeyer, oder wie immer sein wirklicher Name war, hatte mutmaßlich drei Menschen getötet. Seine DNA war bei allen Opfern gefunden worden und identisch mit Spuren in einem Hotelzimmer, in dem ein Mann, der sich als Walter Baumeyer ausgewiesen hatte, dreimal übernachtet hatte.

»Entschuldige. Natürlich kennst du den Namen. Weshalb ich anrufe: Ich habe eine männliche Leiche in meinem Kühlraum, deren DNA identisch ist mit den damaligen Funden.«

»Du weißt schon, dass wir heute nicht den 1. April haben?«

Luise lachte. »Allerdings ist der noch nicht so lange her, deshalb ... Jetzt aber im Ernst. Ich habe tatsächlich diesen Mann hier liegen, der mit neunundneunzigprozentiger Wahrscheinlichkeit der Gesuchte ist. Er ist von Hallig Hooge zu mir überstellt worden. Die Umstände seines Todes waren wohl recht ungewöhnlich und deshalb ist er hier bei mir gelandet. Ich wollte, dass du als Erste erfährst, wen ich hier beherberge.«

Lena atmete schwer aus. »Absolut sicher?«

»Wenn damals nicht jemand geschlampt hat, sollte ich mit meiner Annahme recht haben, dass Klaas Rieckert – das ist sein richtiger Name – der Serientäter ist.«

»Hallig Hooge, sagst du? Was hat er da gemacht?«

»Lena, das fällt nicht in meinen Aufgabenbereich. Ich weiß lediglich, dass er dort im Watt gefunden wurde. Alles andere werden dir wohl deine Kollegen aus Husum erzählen können.«

»Entschuldige, blöde Frage. Aber wie er gestorben ist, kannst du mir sicher sagen.«

»Durchaus! Er ist ertrunken. Salzwasser in der Lunge; alles weist darauf hin, dass er eine längere Zeit im Wasser gelegen hat. Er hatte ...«

»Einfach ertrunken?«

Luise stöhnte leise. »Wenn du mich ausreden lässt, kann ich dir das gerne erzählen. Also: Ich habe an Armen und Beinen deutliche Fesselspuren gefunden. Paketband, den Rückständen nach zu urteilen, aber das muss die Kriminaltechnik noch untersuchen. Zusätzlich hat der Mann am ganzen Körper Hämatome, die darauf hindeuten, dass er kurz vor seinem Tod geschlagen wurde. Ob er da schon gefesselt war, kann ich dir leider nicht sagen.«

»Wie lange lag er im Wasser?«

»Dass ich da keine genaue Schätzung abgeben kann, weißt du. Infrage käme ein Zeitraum zwischen vierundzwanzig und achtundvierzig Stunden.«

»Und unter der Hand?«

Luise lachte. »Ich wusste, dass die Frage kommt. Vielleicht fünfunddreißig bis vierzig Stunden. Weiter kann ich es auf keinen Fall eingrenzen.«

»Wann wurde er gefunden?«

Lena hörte die Gerichtsmedizinerin blättern. »Augenblick, hier hab ich's. Am Dienstag, kurz vor siebzehn Uhr.«

Lena rechnete nach. »Das heißt, er ist am Montag zwischen ein und sechs Uhr morgens ertrunken.«

»Richtig. Vorausgesetzt, meine Schätzung stimmt.« Sie hielt kurz inne, bevor sie fragte: »Wird das denn dein Fall sein?«

»Definitiv!«, antwortete Lena und verabschiedete sich von ihrer Freundin. Nach einem kurzen Anruf bei der Sekretärin von Kriminaldirektor Warnke, die ihr bestätigte, dass er in seinem Büro sei, sprang sie auf und machte sich auf den Weg.

»Kurzer Dienstweg? Oder woher haben Sie die Information, die ich selbst gerade erst vor zwei Minuten von unserer Gerichtsmedizinerin erfahren habe?«, fragte Warnke leicht säuerlich.

»Ich will den Fall haben«, sagte Lena, ohne auf seine Frage einzugehen.

»Sie wissen genauso gut wie ich, dass der Fall Baumeyer eine große Nummer ist und dass zwangsläufig eine SoKo eingerichtet werden muss.«

»Ihnen ist schon klar, wie viele Menschen auf Hooge leben?«, entgegnete Lena.

»Auf dieser Insel, wo er anscheinend gelebt hat?«

»Hallig, keine Insel. Ja, genau da. Hooge hat gerade mal hundert Einwohner. Wollen Sie da wirklich mit einer SoKo anrücken? Glauben Sie nicht, dass die Halliglüüd mit irgendwelchen Fremden sprechen werden.«

Warnke sah sie fragend an. »Wer bitte?«

»Die Halligbewohner. Das ist ein ganz eigener Schlag.«

»Den Sie natürlich kennen. War Ihre Heimatinsel nicht Amrum?«

Lena konnte nur mit Mühe ruhig bleiben, aber ohne Warnkes Zustimmung würde sie ihren Einsatz vergessen können. Als Teil einer großen SoKo würde sie kaum frei agieren können und wäre nur ein Rädchen im Getriebe. »Ich habe eine Freundin, die auf Hooge lebt, und bin seit meiner Jugend regelmäßig dort gewesen.« Die Freundin entsprach der Wahrheit, ihre Besuche beschränkten sich aber auf eine Handvoll. Das Letztere musste Warnke nicht unbedingt erfahren. »Wenn Baumeyer, oder besser Klaas Rieckert, wie der Tote tatsächlich heißt, nach seinem Untertauchen weiter aktiv war, wird er von Hooge aus agiert haben. Wenn er wider Erwarten nicht unser Auftragskiller ist, wäre es ohnehin nur ein normales Tötungsdelikt, für das kaum eine SoKo eingerichtet würde.«

»Wie immer haben Sie überzeugende Argumente. Aber die werden in diesem Fall weder Ihnen noch mir etwas nützen. In einer solch weitreichenden Angelegenheit liegt die Entscheidung nicht allein bei mir – und selbst wenn es so wäre, würde ich Sie nicht allein auf die Sache ansetzen können und dürfen. Das wäre grob fahrlässig und würde mir irgendwann auf die Füße fallen. Mir bleibt nichts anderes übrig, als Oberstaatsanwalt Kern zu informieren und …«

»Drei Tage! Geben Sie mir drei Tage«, unterbrach Lena ihn.

»Sie wissen so gut wie ich, wie lange die SoKo mit der großen Truppe an der Sache dran war. Und Sie wollen mir jetzt weismachen, dass Sie mal eben so in drei Tagen den Fall neu aufrollen und …«

»Wann wollen Sie den Oberstaatsanwalt informieren?«

Warnke ahnte, worauf ihre Frage hinauslaufen würde. »Spätestens morgen, wenn ich den offiziellen Bericht auf dem Tisch liegen habe.«

»Der ja vielleicht erst gegen Nachmittag eintrudelt.«

»Ich kann Sie nicht im Vorfeld auf den Fall ansetzen. Wie soll ich das später erklären? Mir war so danach, mal einen kleinen Trupp vorauszuschicken, der den Fall im Handumdrehen …«

»Ich ermittle im Todesfall Klaas Rieckert«, unterbrach sie ihren Chef zum dritten Mal. »Alles andere wird dann vermutlich Sache einer SoKo sein.«

Kriminaldirektor Warnke zögerte und atmete mehrere Male tief durch. »Drei Tage. Mehr kann ich Ihnen nicht geben. Spätestens am Montag wird der Oberstaatsanwalt die SoKo einberufen. Nehmen Sie Grasmann mit. Ich will über alles genauestens informiert werden. Offiziell unterstützen Sie die Kollegen aus Husum. Nicht mehr und nicht weniger. Ich sehe zu, dass Sie die vollständige Akte zugeschickt bekommen.«

»Fünf Tage«, sagte Lena und hielt seinem Blick stand.

Warnke schüttelte den Kopf. »Nein, Sie wissen genau, auf was für dünnem Eis ich mich schon bewege, wenn ich Sie heute losschicke. Offiziell ermitteln Sie nicht in dem alten Fall. Und wenn Frau Dr. Stahnke Sie morgen über einen DNA-Treffer informieren sollte, kann ich das wohl kaum verhindern. Haben Sie mich verstanden?«

»Okay!« Lena stand auf und wandte sich kurz vor der Tür wieder zu ihrem Chef um. »Danke!«

»Zehn Jahre ist das her?«, fragte Johann Grasmann. »Da kannst du ja noch nicht so lange bei der Truppe gewesen sein.«

»Da war ich in deinem Alter …« Lena schmunzelte. »Allerdings auch schon seit vier Jahren Oberkommissarin.«

Lena kannte Johann seit einem großen Fall auf Amrum. Damals hatte er noch bei der Flensburger Kriminalpolizei gearbeitet und war später zum LKA nach Kiel gewechselt. Mit seinen sechsundzwanzig Jahren war er vor Kurzem zum Oberkommissar befördert worden und arbeitete inzwischen regelmäßig mit Lena zusammen.

Johann schaute auf die Uhr. Kurz nach zwei am Nachmittag. »Geht denn heute noch eine Fähre auf die Insel? Und von wo?«

»Hallig, keine Insel, und die Fähre geht ab Schlüttsiel. Um kurz nach halb sechs.«

»Schlüttsiel?«

»Ja, es liegt nicht weit von Dagebüll, ist aber letztlich nur ein Fährhafen. Wenn die Straßen frei sind, brauchen wir dahin eineinhalb Stunden. Genauso lange dauert es noch mal mit der Fähre.«

Johann nickte und griff zum Telefon. Nach einem kurzen Gespräch mit Johanna, seiner Lebensgefährtin, legte er wieder auf. »Wie lange sind wir weg?«

»Wahrscheinlich erst mal zwei bis drei Tage, erkläre ich dir genauer während der Fahrt. Kannst du fahren? Um drei Uhr bei mir?«

»Selbstverständlich, Chefin«, antwortete Johann grinsend. »Auf zur Insel.«

Lena rollte mit den Augen. »Hallig, Herr Oberkommissar. Merk dir das lieber gleich.«

Bevor Johann darauf antworten konnte, war Lena aus seinem Büro verschwunden. Im Gehen wählte sie Ercks Nummer.

»So früh heute?«, fragte er als Erstes.

»Schlechte Nachrichten. Ich muss für ein paar Tage nach Hooge. Kannst du den Besichtigungstermin in Husum verschieben?«

Sie hörte ihn leise stöhnen. »Das klang nicht so, als wenn wir die einzigen Bewerber wären. Soll ich nicht lieber allein gehen und Fotos machen?«

Erck lebte und arbeitete auf Amrum. Bei einer Ermittlung auf der Insel war Lena ihrem Jugendfreund im Vorjahr wieder über den Weg gelaufen und sie waren ein Paar geworden. Nach einigem Hin und Her und einem zwischenzeitlichen Beziehungsaus hatten sie im letzten Herbst beschlossen, gemeinsam nach Husum zu ziehen. Erck war in den letzten Zügen beim Umbau seines Hauses auf Amrum, das er in Zukunft an Feriengäste vermieten würde. Für sich selbst hatte er eine kleine Einliegerwohnung abgetrennt, in der er bei Bedarf übernachten konnte.

»Ja, vielleicht hast du recht. Das Haus sah im Internet ziemlich gut aus. Besser, wenn du den Termin wahrnimmst. Wenn alles gut geht, kann ich in zwei oder drei Tagen nach Husum kommen.«

»Wohnst du bei Rika?«

Rika de Boer war wie Erck und Lena auf Amrum aufgewachsen, bevor sie sich ein Haus auf Hallig Hooge gekauft hatte. Die drei Freunde hatten auch danach den Kontakt zueinander gehalten.

»Ich ruf sie gleich an und hoffe, dass ihre Ferienwohnung frei ist.«

»Klingt doch gut. Sozusagen zwei Fliegen mit einer Klappe. Du wolltest Rika doch schon lange mal wieder besuchen. Grüß sie von mir.«

»Mache ich.« Lena lachte. »Aber nur, wenn sie nicht immer noch in dich verliebt ist.«

»Sag ihr, dass ich vergeben bin und bald mit meiner Traumfrau zusammenziehe.«

Lena antwortete leise. »Das werde ich tun, mein Traummann.«

Fünf Minuten später hatte sie ihren Schreibtisch aufgeräumt, die Waffe im Halfter verstaut und nach einem letzten Blick ins Büro die Tür abgeschlossen. Auf dem Weg zum Auto wählte sie Rikas Nummer.

»De Boer«, meldete sich ihre alte Freundin.

»Ich bin's, Lena.«

»Lena! Wie geht es dir? Wann kommst du endlich mal vorbei?«

»Ich komme heute Abend um sieben auf Hooge an. Kann ich bei dir schlafen?«

»Klar! Meine Ferienwohnung ist frei. Wieso …« Sie zögerte kurz, bevor sie fortfuhr. »Ist es wegen Klaas?«

»Ja, das ist mein Fall. Ich komme nicht allein. Könntest du dich nach einer Unterkunft für meinen Kollegen Johann umhören?«

»Kein Problem. Meine Nachbarin vermietet auch und ich meine, sie ist gerade frei. Ich gehe gleich mal rüber.«

»Perfekt!«

»Wie lange bleibst du?«

»Zwei, drei Nächte. Das hängt von den Ermittlungen ab.«

»Ermittlungen? Ist Klaas denn nicht ertrunken? Die Leute haben zwar schon so etwas gemunkelt, aber …« Sie brach ab.

»Ich darf dir leider nichts Näheres dazu verraten.«

Rika schwieg eine Weile. »Ihr … Du glaubst aber nicht, dass jemand von Hooge … Ich meine, dass jemand Klaas … Das kann nicht sein. Das wäre ein Riesendrama für die Hallig.«

»Rika, ich habe erst vor einer Stunde von der Sache erfahren. Mir ist schon klar, was das für die Hallig bedeuten würde. Also keine Angst.«

Lena hörte Rika schwer atmen. »Ja, vielleicht ist es gut, dass du das übernimmst.« Wieder entstand eine Pause. »Ich hole dich dann mit dem Auto ab. Okay?«

»Danke, Rika. Bis heute Abend!«

Lena war inzwischen in ihren VW Passat gestiegen und startete den Motor. Wenig später hielt sie vor dem Institut für Rechtsmedizin, einem schlichten dreigeschossigen Backsteinbau. Luise empfing sie mit einer Umarmung. »Du siehst gut aus! Habt ihr jetzt eigentlich schon etwas in Husum gefunden?«

»Eventuell«, antwortete Lena und seufzte leise. »Morgen ist der Besichtigungstermin, aber ich werde dann wohl noch auf Hooge sein. Erck geht aber hin und macht Fotos.«

»Also ist das jetzt dein Fall?«

»Nicht wirklich. Ich habe drei Tage, bevor die Kavallerie anrückt. Warnke meint, dass eine SoKo unumgänglich ist.«

»Das wird nicht leicht. Wie kann ich dir helfen?«

»Ich wollte vorhin am Telefon nicht weiterbohren. Hast du noch Hinweise für mich, die nicht unbedingt im Obduktionsbericht landen?«

Luise wiegte den Kopf hin und her. »Alles Relevante wirst du da finden. Wie immer. Mit der möglichen Liegezeit im Wasser habe ich mich schon ziemlich weit aus dem Fenster gelehnt.«

»War er bewusstlos, als er ertrank?«

»Dafür habe ich keine Anhaltspunkte gefunden. Im Gegenteil: An seinen Knien habe ich Wunden gefunden, die darauf hindeuten, dass er gestürzt ist. Er muss auf etwas Scharfkantiges gefallen sein.«

»Vielleicht Muschelreste oder Glasscherben. Ungewöhnlich, aber möglich. Du vermutest, dass er in Panik war?«

»Ich habe gerade erst eine Wattwanderung hinter mir und die hat mir ehrlich gesagt gereicht. Ich bin da knöcheltief eingesackt, weil ich mich nicht an die Anweisung des Wattführers gehalten habe. Frau Doktor wusste wie immer alles besser. Wenn ich mir vorstelle, dort allein ausgesetzt zu werden … Das muss Panik pur sein. Und bevor du fragst, an den Händen hatte er ähnliche Verletzungen. An beiden Stellen, an den Knien wie den Händen, waren sie nicht besonders tief. Zum Teil ist nur die Haut leicht angeritzt. Im Normalfall würde man da nicht mal ein Pflaster draufkleben.«

»Verstehe. In Kombination mit den Fesselmerkmalen an Händen und Füßen ergibt das schon Sinn. Wo genau ist er gefunden worden?«

Die Gerichtsmedizinerin blätterte in ihrer Akte. »Japsand. Keine Ahnung, wo das ist.«

»Das ist eine Sandbank in der Nähe von Hallig Hooge. Er könnte also irgendwo im Watt ausgesetzt worden sein. Weit genug von Hooge, um nicht vor Eintreffen der Flut zurückzukommen.«

Luise Stahnke zuckte mit den Schultern. »Das ist dein Job.«

»Schon klar! Hast du sonst noch etwas für mich?«

»Der Mann ist vermutlich angeschossen worden. Eine alte Wunde, schätzungsweise sechs bis neun Jahre alt. Und bevor du mich fragst: Das genaue Alter der Schusswunde, wenn es denn eine ist, ist schwer bis gar nicht festzustellen und somit auch nicht gerichtsverwertbar.«

»Wo?«

»An der Schulter. Ein glatter Durchschuss. Unter Umständen war er damit nicht einmal beim Arzt. Zumindest lassen das die Wundränder vermuten. Ich würde sagen, eher laienhaft behandelt.« Sie hob schützend die Hände. »Mehr habe ich wirklich nicht. DNA-Spuren bei einer Wasserleiche sind ungewöhnlich und hier auch nicht vorhanden.«

»Das reicht mir schon. Falls du noch etwas finden solltest …«

»… rufe ich dich sofort an«, vollendete Luise den Satz.

»Noch etwas …«, begann Lena zögerlich.

»Ja?«

»Ich weiß offiziell noch nichts von dem DNA-Treffer. Ich erfahre es erst morgen von dir, bei einem zufälligen Telefongespräch. Da ich dann auf Hooge bin, wirst du davon ausgehen, dass ich bereits von Warnke informiert worden bin, und daher mit mir über die Spur sprechen.«

Luise zog die Augenbrauen hoch. »Versehentlich?«

»Das wäre gut. Ich ermittle offiziell nur im Todesfall Klaas Rieckert.« Ihr fiel es schwer, ihre Freundin mit in die Sache reinzuziehen, aber ein anderer Weg war ihr nicht eingefallen.

»Ich habe mich sozusagen verplappert«, sagte Luise. »Keine Sorge, das bekomme ich schon hin.«

»Es könnte durchaus sein, dass der SoKo-Leiter mir nicht so wohlgesonnen ist, wenn er von meinen Aktivitäten erfährt. Ich möchte nicht, dass du Ärger bekommst.«

»Damit kann ich umgehen.« Die Medizinerin hielt kurz inne. »Vermutlich wäre es dann auch gut, wenn ich den offiziellen Bericht erst morgen Nachmittag an Warnke rausschicke?«

»Das wäre meine nächste Bitte gewesen.«

Luise schmunzelte. »Auch eine noch so gewissenhafte Gerichtsmedizinerin kann mal etwas verlegen. Außerdem habe ich im Moment viel zu tun.«

Sie umarmten sich zum Abschied und Lena versprach, ihr Ercks Fotos vom Haus in Husum zu schicken.

# Zwei

Lena hatte sich in der letzten Stunde in die alten Akten vertieft, die Warnke ihr per E-Mail hatte zukommen lassen. Jetzt klappte sie ihr neues Tablet zu, legte den Kopf in den Nacken und atmete tief durch.

Johann warf ihr vom Fahrersitz einen Blick zu. »Wie wäre es mit ein paar Informationen für den Fahrer und kleinen Assistenten?«

Lena musste unwillkürlich schmunzeln. »Reicht es dir nicht, wenn du meinen Aktenkoffer trägst und schon mal den Wagen vorfährst?«

Er grinste breit. »Weder heiße ich Harry Klein noch hast du einen Aktenkoffer.« Er hob den Zeigefinger. »Also: Was genau ist damals passiert, als ich noch die Schulbank gedrückt habe?«

»Einen kurzen Überblick kann ich dir jetzt schon mal geben, den Rest wirst du dir wohl oder übel durchlesen müssen. Also: Alles fing an mit einem Tötungsdelikt in Flensburg. Später kamen noch Hamburg und Berlin hinzu. Alle drei Fälle deuteten auf einen Auftragsmörder hin. In Flensburg wurde der Täter von einem Zeugen nach der Tat verfolgt. Er hat beobachtet, wie er in ein Hotel ging. Als die Kollegen endlich vor Ort eintrafen, war der Vogel natürlich ausgeflogen. Aber er hatte haufenweise Spuren in seinem Zimmer hinterlassen: DNA und Fingerabdrücke. Wochen später gab es bei einem DNA-Abgleich in Hamburg eine Übereinstimmung. Auch hier sah alles nach einem Auftragsmord aus. Die beiden Bundesländer haben eine gemeinsame SoKo gegründet, je zehn Kollegen, die vor Ort arbeiteten und sich regelmäßig austauschten. Ein Teil der Kollegen suchte nach ähnlich gelagerten Fällen und wurde auch fündig. Allerdings fanden sich hier weder DNA noch andere Spuren, von daher ließ sich die Hypothese, dass es sich um einen Serientäter handelte, nicht abschließend bestätigen. Erst als eine dritte DNA-Spur auftauchte, dieses Mal in Berlin, wurde eine länderübergreifende SoKo mit Sitz in Hamburg gebildet. Dorthin wurde je ein Kollege aus den betreffenden Bundesländern delegiert. Zusammen mit den weiteren Verdachtsfällen aus Bremen, Niedersachsen und Mecklenburg-Vorpommern betraf es am Ende sechs Bundesländer. Bei den weiteren Fällen konnten allerdings keine eindeutigen Spuren zu unserem Mann nachgewiesen werden. Somit waren dann noch sechs Länder-SoKos am Start. Ich war damals noch in Schleswig bei der Kripo und durfte die Kofferträgerin machen.«

Johann grinste. »So schließt sich der Kreis wieder.«

»Kleiner Scherz, aber natürlich war ich für die Laufarbeit auf unterster Ebene zuständig. In der Hamburger Zentrale bin ich nie gewesen, aber gut, die eigentliche Ermittlungsarbeit fand ohnehin vor Ort statt.«

»Den Namen Walter Baumeyer hatte er also in dem Flensburger Hotel angegeben?«

»Richtig! Natürlich ist niemand davon ausgegangen, dass das sein Klarname war. Aber um nicht immer vom Phantom sprechen zu müssen, hieß die SoKo schließlich *Baumeyer*. Das also zur Grundkonstellation.«

Von der A7 waren sie kurz vor Flensburg abgebogen und auf der B 200 Richtung Nordseeküste gefahren. Nach Lenas

Schätzung würden sie in einer Viertelstunde den Fährhafen erreichen.

»Also sechs Auftragsmorde, drei nachweislich von einer Person, die anderen sind durch die gleiche oder ähnliche Tatausführung in euren Fokus geraten?«

Lena nickte. »Bei den ersten dreien, also Hamburg, Berlin, Flensburg, war es unbestritten, dass wir vom gleichen Täter ausgehen konnten.«

»Du warst nicht überzeugt, dass die anderen Taten auch ins Bild passten?«

»Auf eine kleine Oberkommissarin hat niemand in der SoKo gehört. Und nein, ich war ganz und gar nicht davon überzeugt. Aber gut, drei Auftragsmorde vom gleichen Täter reichen natürlich auch aus, um von einer Serie auszugehen.«

»Aber offensichtlich ist Baumeyer, oder besser gesagt Klaas Rieckert, nicht gefasst worden?«

»Die SoKo wurde von Monat zu Monat kleiner und ist nach knapp einem Jahr aufgelöst worden. Bis auf den jetzigen Treffer ist die DNA nie wieder aufgetaucht. Nicht nur das, wir haben auch keine Gemeinsamkeiten bei den sechs Opfern ermitteln können. Ebenso wenig haben wir belastbare Hinweise auf einen oder die potenziellen Auftraggeber der Morde gefunden.«

»Der perfekte Mord? Mal abgesehen von den DNA-Spuren, die euch aber ja auch nicht zum Täter geführt haben.«

»Eine Zeit lang habe selbst ich vermutet, dass jemand wahllos Menschen tötet, zu denen er nicht die geringste Beziehung hat. Weder persönlich noch per Auftrag durch einen Dritten.«

»Ein Psychopath?«

»Auch dieser Ermittlungsansatz ist verfolgt worden. Wir haben auf wie auch immer geartete Äußerungen des Täters gewartet. Dass er sich mit der Tat brüstet, uns vorführen will, irgendwas. Aber es gab nichts dergleichen. Kein Anruf bei der Presse, kein Bekennerschreiben, kein Hinweis am Tatort, der darauf schließen ließ. Insofern liefen auch hier die Ermittlungen ins Leere.«

Inzwischen fuhren sie über einen langen Damm auf den Hafen zu. Johann fand auf der zum Fährhaus gehörenden Parkzone problemlos einen Platz. Für Anfang Mai war das Wetter mit knapp unter zwanzig Grad ausgesprochen sommerlich. Nur ein leichter Wind wehte von Nordwesten, am wolkenlosen Himmel strahlte die Frühsommersonne. Nachdem sie die Fahrkarten gekauft hatten, besorgte Johann zwei Cappuccino zum Mitnehmen und folgte Lena zum Kai. Da die Fähre noch nicht in Sicht war, suchten sie sich eine Bank mit Blick aufs Wattenmeer.

»Wo waren wir stehen geblieben?«, fragte Lena, nachdem sie einen großen Schluck vom überraschend gut schmeckenden Kaffee getrunken hatte.

»Bei der Psychopathen-Hypothese, die du nicht für sehr wahrscheinlich gehalten hast.«

»Das habe ich nicht gesagt. Wir haben nur keine Hinweise gefunden, die diesen Ermittlungsansatz bestätigt hätten. Außerdem scheint es ja so zu sein, dass die Serie abrupt abgebrochen ist. Auch das spricht gegen einen Psychopathen. Aber gut, wir haben zwar nicht viel Zeit …«

»Warum nicht?«, unterbrach Johann sie.

»Oh!« Lena fiel ein, dass sie Johann noch nichts von Warnkes Bedingungen erzählt hatte. Sie holte es nach und fügte hinzu: »Mehr war nicht rauszuholen. Tut mir leid.«

»Typisch Warnke. Kein Rückgrat, der Mann. Du weißt so gut wie ich, dass wir in den wenigen Tagen kaum was reißen können. Die letzte bekannte Tat ist über zehn Jahre her. Das wird reichlich Ermittlungsarbeit nach sich ziehen.«

»Der damalige Fall steht erst mal nicht zur Debatte. Klaas Rieckerts Tod steht für uns im Mittelpunkt. Offiziell zumindest.«

Johann zerknüllte seinen leeren Becher und warf ihn in den neben der Bank stehenden Mülleimer. »Dann wollen wir hoffen, dass wir auf dieser merkwürdigen Insel schnell Ansatzpunkte finden. Wie viele Menschen wohnen eigentlich da?«

»Hooge ist eine Hallig. Und bevor du fragst, die Häuser stehen auf Warften, es gibt kein Grundwasser, wie zum Beispiel auf Amrum, und auch keinen wirklichen Schutz vor der Nordsee.«

»Warften? Sind das diese Hügel, auf denen immer eine Handvoll Häuser stehen? Ich glaube, ich habe da mal einen kurzen Bericht im Fernsehen …«

»Wie lange lebst du eigentlich schon in Schleswig-Holstein?« Lena winkte ab und fügte hinzu: »Hooge hat nicht einmal hundert Einwohner. Und ja, die Häuser stehen auf aufgeschütteten Hügeln, damit sie bei Land unter nicht in der Nordsee untergehen.«

»Auf dieser …«, Johann brach ab und grinste, »Hallig tobt bestimmt der Bär. Was machen die Menschen da bitte schön?«

Lena stöhnte und trank den letzten Schluck aus dem Becher. »Wart's ab, Johann. Mit ein wenig Glück wirst du es herausbekommen.«

Die Fähre hatte ein gutes Drittel der Strecke zurückgelegt. Lena stand an der Reling und atmete mit geschlossenen Augen tief die salzige Nordseeluft ein, während Johann auf dem Unterdeck die alten Akten studierte. Er hatte dankend abgelehnt, als Lena sich anschickte, aufs Oberdeck zu gehen.

Lenas Entschluss, direkt nach Hallig Hooge zu fahren, war spontan gefallen. Sie hatte geahnt, dass Warnke sich allenfalls auf ein paar Tage einlassen würde. Nach dem Amrum-Fall im Jahr zuvor, bei dem sie mehrfach aneinandergeraten waren, hatten sie sich einander wieder vorsichtig angenähert, dem ersten Waffenstillstand war ein brüchiger Frieden gefolgt, der sich inzwischen zu einer halbwegs produktiven Form der

Zusammenarbeit stabilisiert hatte. Sie würde spätestens am Montag den Täter präsentieren oder etwas in der Hand haben müssen, um eine Chance zu haben, dass Warnke sich für eine Verlängerung ihrer Ermittlungen einsetzen würde. Letztendlich würde der Oberstaatsanwalt als eigentlicher Herr des Verfahrens die Entscheidung treffen. Alles in allem keine gute Ausgangslage für Johann und sie.

Lena zwang sich, an etwas anderes zu denken. Wann hatte sie Rika zum letzten Mal gesehen? War das jetzt über ein Jahr her oder schon zwei? Zu Schulzeiten waren sie eng befreundet gewesen, bis Lena nach Föhr aufs Gymnasium gegangen war und dort während der Woche im Internat gewohnt hatte. Sie hatten Kontakt gehalten, auch nach dem Unfalltod von Lenas Mutter und ihrer »Flucht« von Amrum. Rika hatte ihr immer wieder gut zugeredet und geraten, den Kontakt zum Vater nicht vollkommen abbrechen zu lassen. Aber Lena hatte, bis auf die innige Beziehung zu ihrer Tante Beke, einer Schwester ihrer Mutter, jegliche Verbindung zu Amrum aufgegeben. Erst das neuerliche Aufeinandertreffen mit ihrer Jugendliebe Erck hatte ihre ablehnende Haltung aufgeweicht, auch wenn sie immer noch einen großen Bogen um ihren Vater machte. Der nächste Schritt in ihrem Leben würde das gemeinsame Haus in Husum sein. Alles andere hatte Lena noch weit von sich weggeschoben.

Die Fähre passierte Hallig Gröde, die mit nur drei Häusern und rund zehn Einwohnern als kleinste Gemeinde Deutschlands galt. Rechts lag die Hallig Langeneß, mit siebzehn Warften und wenig mehr Einwohnern als Hooge. Mehr als die Hälfte der Überfahrt war geschafft. Lena reckte noch einmal den Kopf in den Wind und kehrte zu Johann aufs Zwischendeck zurück.

»Doch zu kalt draußen?«, fragte er, als Lena sich wieder zu ihm an den Tisch setzte und sich die Hände rieb.

»Alles gut. Und bei dir?«

»Ich wühl mich durch die Akten. Ganz schön viel. Das hier ist ja lediglich die Zusammenfassung. Wie viele Ordner hat euer Archiv umfasst?«

Lena schmunzelte. »In Metern? Oder Kilometern?«

»Wie lange fahren wir noch?«

»Eine gute halbe Stunde, würde ich vermuten. Du siehst etwas blass aus. Geht es dir nicht …«

»Ich werde es überleben«, murmelte Johann und rollte mit den Augen. »Und wenn nicht, weißt du ja, wen du zu benachrichtigen hast.«

Lediglich acht Fahrgäste verließen im kleinen Anlegerhafen von Hooge die Fähre. Rika de Boer stand am Kai und winkte ihrer Freundin zu. Nach einer herzlichen Umarmung begrüßte sie Johann und zeigte auf einen alten Golf, der in der Nähe stand.

»Immer noch der alte Golf von meinem Vater. Solange ich den Rost in Schach halten kann, bleibe ich ihm treu«, sagte Rika lachend.

Johann zwängte sich auf den Rücksitz, Lena reichte ihm die Reisetaschen nach hinten durch und ließ sich auf den Beifahrersitz fallen. »Auf geht's!«

Langsam fuhr Rika an, als habe sie Angst, dass der Golf überlastet sei. Nach wenigen Metern zeigte sie auf den ersten Hügel mit einigen Häusern und erklärte Johann mit Blick in den Rückspiegel: »Das ist die Backenswarft. Café, Restaurant und sogar eine sogenannte Zahlstelle der Bank. Jeden Tag eine Stunde geöffnet.«

Sie ließen die Warft links liegen und fuhren einen Kilometer geradeaus weiter, bis wieder eine, diesmal größere Warft zu sehen war. »Die Hanswarft. Sozusagen unsere Hauptstadt. Das Gemeindebüro, der Halligkaufmann und noch so einiges mehr.«

Sie bog scharf rechts ab und hielt nach kurzer Fahrt auf eine kleinere Warft zu, die vier Häuser umfasste. »Hier wohne ich. Am besten, Sie checken gleich bei meiner Nachbarin ein. Marta Rose, eine nette alte Dame, die sich schon auf Sie freut.«

Rika de Boer parkte den Golf und stieg aus. Als Johann mit der Tasche in der Hand vor ihr stand, zeigte sie auf das Nebengebäude. Im gleichen Augenblick öffnete eine ältere Frau mit Kittelschürze die Tür und winkte Rika freundlich zu. »Gehen Sie ruhig. Marta weiß ja Bescheid.«

Johann warf Lena einen fragenden Blick zu. »Telefonieren wir später? Ich mach mich noch einmal über die Akten her.«

Als Lena nickte, bedankte er sich bei Rika de Boer und lief auf ihr Nachbarhaus zu.

»Netter Kollege. Ist er schon vergeben?«

Lena stieß ihrer alten Freundin spielerisch in die Seite. »Johann ist erstens viel zu jung für dich, zweitens bist du verheiratet und drittens ist mein Kollege schwer verliebt in seine Freundin.«

»Fragen darf man doch mal, oder? Schließlich ist Hauke für ein paar Tage auf dem Festland. Da werde ich doch …«

Lena lachte herzlich. »Jetzt hör auf und lass uns reingehen. Ich brauche dringend eine heiße Tasse Tee und ein weiches Sofa.«

# Drei

Rika hakte sich bei ihrer Freundin unter und führte sie ins Haus. Jedes Mal, wenn Lena in den letzten Jahren das eineinhalbstöckige Reetdachhaus betrat, spürte sie, mit wie viel Liebe Rika das Haus in jahrelanger Arbeit restauriert hatte. Haukes Eltern, die acht Jahre zuvor aufs Festland gezogen waren, hatten das Haus aus dem 19. Jahrhundert so weit modernisiert, dass es kaum noch an die Gebäude dieser Zeit erinnerte. Rika und ihr Mann entfernten die auf die Dielen aufgelegten Laminatböden ebenso wie die Holzvertäfelung der Decke, setzten neue Holzfenster ein und kauften für die Inneneinrichtung aus Bauernkaten in Nordfriesland Alkoven, alte Kachelöfen und verschiedene andere Antiquitäten, die in die Entstehungszeit des Gebäudes fielen. Zusätzlich hatten sie Platz für zwei kleine Ferienwohnungen geschaffen.

Rika stellte den Tee aufs Stövchen und setzte sich neben Lena aufs Sofa. »Jetzt erzähl mal. Warum bist du hier? Was genau ist Klaas passiert?«

Lena wiegte den Kopf hin und her. »Rika, tut mir leid. So gerne ich dir etwas über den Fall erzählen würde, ich darf es nicht. Ich kann dir nur wenig sagen und auch das muss absolut unter uns bleiben.«

Rika nickte. »Ja, natürlich.«

»Es ist so: Klaas Rieckert ist nicht einfach ertrunken. Es liegt ein Fremdverschulden vor.«

Rika starrte sie entsetzt an. »Ermordet? Wirklich? Aber …«

»Was genau passiert ist, weiß ich noch nicht. Deshalb ermitteln wir ja.« Lena nahm die Teetasse in die Hand und trank einen Schluck. »Aber du kannst mir helfen.« Als sie den Blick ihrer Freundin bemerkte, fügte sie schnell hinzu: »Nicht bei den eigentlichen Ermittlungen, aber indem du mich etwas ins Halligleben einführst. Wer, was, wo. Diese ganzen Dinge, die eine Fremde wie ich nur schwer in Erfahrung bringt.« Sie hielt kurz inne und seufzte leise. »Und ich muss zugeben, dass ich immer nur mit einem halben Ohr zugehört habe, wenn du von der Hallig gesprochen hast.«

Rika hob drohend den Finger. »Mit einem halben Ohr. Soso!« Sie lächelte gleich darauf. »Das habe ich natürlich gemerkt, aber nach deiner … nach deinem Weggang von Amrum hattest du wohl keine große Lust, dir die Halliggeschichten anzuhören. Nicht schlimm! Was willst du wissen?«

»Du kanntest Klaas Rieckert gut?«

Sie zuckte mit den Schultern. »Gut, was heißt das schon? Bei so wenigen Menschen kennt man sich und trifft sich ja auch ständig. Im Friesenpesel, bei privaten Feiern oder Beerdigungen und natürlich bei den Festen hier auf Hooge. Klar, ich weiß, wer Klaas ist …« Sie schluckte. »Wer er war.«

Lena hatte während der Fahrt die dünne Akte der Husumer Kollegen gelesen und wusste, dass Klaas Rieckert kein sogenannter Zugereister war, sondern auf Hooge geboren wurde und bis auf ein paar Unterbrechungen hier gelebt hatte. »Er war nicht verheiratet?«

»Vor dem Gesetz schon, aber so lange, wie er schon mit Maike zusammenlebt … Sie sind schon ewig zusammen und eigentlich hat niemand verstanden, warum sie nie geheiratet haben. Gut, sie wollten wohl keine Kinder, und inzwischen war es auch zu spät. Maike wird ja bald fünfzig.«

»Wohnt Maike Holzer weiter in dem Haus?«

Rika warf ihr einen überraschten Blick zu. »Du kennst ja schon den Namen. Ja, natürlich. Wo soll sie auch sonst hin? Sie ist ein paar Jahre vor mir auf die Hallig gekommen und, wie sie mir mal verraten hat, nicht nur wegen Klaas hiergeblieben.«

»Und Klaas Rieckerts Eltern?«

»Klaas' Vater ist ja früh an Leukämie verstorben. Das war damals wohl nicht so einfach für die Familie. Und wie Hauke mir mal erzählt hat, soll Klaas da sehr drunter gelitten haben. Gesine, also Klaas' Mutter, hat später Johann geheiratet. Sie leben zusammen auf der Husmannswarft und deshalb war das Haus ja auch für Klaas frei. Wie du weißt, kann man auf Hooge nicht einfach mal eben neu bauen.«

»Wie war die Beziehung zwischen Klaas und Maike?«

Rika sah Lena mit zusammengezogenen Augenbrauen an. »Suchst du jetzt gerade einen Mörder? Hier unter uns? Das kann nicht dein Ernst sein.«

Lena zögerte einen Moment, bevor sie sich entschloss, ihrer Freundin mehr zu sagen, als in einem solchen Fall erlaubt war. Die Zeit lief ihr davon und ohne Hilfe würde sie vermutlich von den Halligbewohnern nichts oder nur wenig erfahren. Zudem war Lena sich sicher, dass Rika über die Dinge schweigen würde, die sie von Lena erfahren hatte.

»Klaas Rieckert war nicht nur Opfer. Seine DNA ist in unserer Datenbank. Er hat mit hoher Wahrscheinlichkeit Straftaten begangen. Ich kann und darf dir nichts weiter dazu sagen, aber ich und mein Kollege sind sozusagen nur die Vorhut. Es könnte sein, dass in ein paar Tagen zahlreiche Kriminalbeamte nach Hooge kommen und die ganze Hallig umkrempeln.«

Rika starrte Lena fassungslos an. »Was sagst du da? Klaas? Ein Verbrecher? Das kann nicht sein.«

»Die Wahrscheinlichkeit, dass bei dem Test ein Fehler gemacht wurde, ist schwindend gering. Was ich damit sagen will: Ich habe nicht viel Zeit, um aufzuklären, was genau passiert ist. Deshalb habe ich dich auch um Hilfe gebeten.«

Rika stand auf und drehte eine Runde in der Küche. »Das muss ich erst mal verdauen«, murmelte sie. »Klaas? Er ist … war eine Seele von Mensch. Unmöglich, dass er …« Sie zog laut Luft ein. »Dass er ein Verbrecher war. Lena, wirklich. Du wirst hier niemanden finden, der schlecht über ihn redet.«

Lena klopfte mit der flachen Hand auf den Stuhl neben sich. »Jetzt setz dich erst mal wieder zu mir, Rika. Das mag ja alles sein, aber glaub mir, es ist besser, wenn ich jetzt vorab ermittle, als wenn eine Sonderkommission mit zig Kollegen auf der Hallig einfällt.«

Rika kam zurück an den Küchentisch. »Ja, das mag sein.« Sie nickte gedankenversunken. »Du wolltest wissen, wie sich Maike und Klaas vertragen haben.« Sie schenkte Lena und sich Tee nach und ließ sich Zeit für die Antwort. »Ich würde sie als wirklich gutes Team bezeichnen. Sie vermieten auch, wie ja fast alle hier auf der Hallig etwas für Gäste anbieten. Du willst aber wissen, ob sie auch schwere Zeiten hatten, oder?« Ohne auf Lenas Antwort zu warten, fuhr sie fort: »Wer hat das nicht. Und wie gesagt, richtig innig befreundet sind Hauke und ich nicht mit den beiden gewesen. Aber hier auf Hooge entgeht niemand dem wachen Auge der Gemeinschaft. Wenn es wirklich Streit zwischen den beiden gegeben hätte, hätte ich bestimmt davon gehört. Das hätten die beiden schon ganz schön verstecken müssen, damit es niemand mitbekommt.«

Vielleicht haben sie sich auch genau deshalb nichts anmerken lassen, dachte Lena. Von Amrum, wo erheblich mehr Menschen wohnten, kannte sie dieses Phänomen. Die Menschen wussten, dass sie beobachtet wurden und Neuigkeiten schnell die Runde machten, und achteten genauer darauf, was sie für ein Bild nach außen abgaben. Auf Hooge, mit gerade mal hundert Einwohnern, musste die Gerüchteküche noch um einiges aktiver sein.

»Ja, das mag sein«, sagte Lena und behielt ihre Gedanken für sich. »Klaas Rieckert hatte also keine Feinde auf Hooge?«

Rika schmunzelte. »Das klingt jetzt aber wie in einem dieser Fernsehkrimis.« Sie wurde ernst. »Wenn man hier auf der Hallig lebt, für länger, meine ich, muss man sich arrangieren. Du hältst es hier nicht aus, wenn du gegen den Strom schwimmst. Natürlich gibt es hier wie überall Grüppchen. Der eine mag mehr den, der andere mehr jemand anderen. Und ja, es gibt auch einen Riss zwischen den alteingesessenen Hoogern und den Neuen.« Sie lachte. »Manche sehen selbst mich noch als völlige Fremde an, und das obwohl ich nur von Amrum hier rübergekommen und ja auch schon eine Weile hier bin. Wenn man dann noch von weiter her kommt und am besten noch richtig viele neue Ideen hat, dann kann es schon eine Generation dauern, bis man in den inneren Zirkel aufgenommen wird.«

»Und Maike Holzer?«

Rika lehnte sich auf dem Stuhl zurück. »Gute Frage. Weil wir ja fast gleichzeitig auf die Hallig gekommen sind, haben wir, gerade am Anfang, öfter mal miteinander geschnackt. Vielleicht hatte sie es etwas schwerer als ich. Das kann wohl sein.«

Rika stand auf. »Und jetzt genug davon. Ich mach uns mal das Abendessen und dann erzählst du mir, wie das bei dir so ist. Erck und du, ihr seid doch wieder zusammen. Das hat mir zumindest meine Mutter erzählt.« Sie grinste breit. »Ja, nicht nur auf Hooge wird getratscht.«

Als Johann anrief, saßen die beiden Freundinnen immer noch am Küchentisch. Nach einem reichhaltigen Abendessen mit

Bratkartoffeln, Rührei und einer Flasche Bier waren sie zu Weißwein übergegangen und lachten über die Anekdoten aus ihrer Schulzeit, die Rika zum Besten gab.

»Bei euch geht es ja hoch her«, meinte Johann. »Ich bin mit den Akten durch. Wollen wir heute noch …«

»Nein, lass uns morgen nach einem ausgiebigen Frühstück sprechen.« Sie warf Rika einen fragenden Blick zu. Als ihre Freundin nickte, fuhr sie fort: »Du bist eingeladen. Was hältst du von acht Uhr?«

»Klingt gut. Bis morgen und viel Spaß noch.«

»Werde ich haben«, sagte Lena vergnügt.

»Scheint mir ein netter Bursche zu sein, dein junger Kollege. Der kommt aber nicht aus dem Norden?«

»Niederrhein. Katholisch und einmal im Jahr ziemlich närrisch.«

Rika wurde ernst. »Darf ich dir einen Rat geben?«

»Klar! Gerne sogar.«

»Bei Maike ist es vielleicht kein großes Problem, wenn du da mit deinem Kollegen hingehst, aber wenn du mit den älteren Hoogern sprichst, geh lieber allein hin. Und sag gleich, dass wir befreundet sind und du auch von Amrum kommst. Das hilft vielleicht. Ich kann auch gerne anrufen und dich ankündigen.«

»Ich verstehe schon, was du meinst, aber eigentlich ist es üblich, dass man zu zweit … Wir werden sehen. Das mit dem Ankündigen ist auf jeden Fall eine gute Sache.«

Das Frühstück fiel ähnlich reichhaltig aus wie das Abendessen. Rika und Johann schienen sich auf Anhieb zu verstehen und duzten sich nach kurzer Zeit. Nachdem sie Rika beim Aufräumen geholfen hatten, zogen sich die beiden Kommissare in Lenas kleine Ferienwohnung zurück.

»Ich habe heute Morgen schon einen kleinen Spaziergang gemacht«, meinte Johann. »Das ist ja irre einsam hier. Kein

Strand, nur ein paar Kühe und ungefähr eine Million Vögel. Was bitte schön machen die Leute hier?«

»Leben! Seit vielen Jahrhunderten.«

»Schon klar. Aber von was bitte schön?«

»Heute hauptsächlich vom Tourismus, früher von der Landwirtschaft. Es kommen sehr viele Tagesgäste in der Saison, aber auch zahlreiche Urlauber, die hier zwei und mehr Wochen bleiben. Gerade in den letzten Jahren hat das sehr zugenommen.«

»Tapfer, kann ich da nur sagen. Jeder, wie er's mag.«

Lena grinste. »Wart's ab, vielleicht packt dich ja noch das ganz besondere Hallig-Feeling.« Sie schlug ihr Notizbuch auf und berichtete Johann von dem gestrigen Gespräch mit Rika. Ihre Empfehlung, allein zu bestimmten Halligbewohnern zu gehen, erwähnte sie nicht.

»Dann sprechen wir als Erstes mit der Lebensgefährtin?«

»Ja, das hatte ich vor. Rika hat uns für zehn Uhr angemeldet.«

Johann reichte ihr das Tablet, das er am Tag zuvor mit in seine Unterkunft genommen hatte. »Ich habe mich da mal auf die drei nachweislichen Morde konzentriert. Flensburg, Hamburg, Berlin. Gab es wirklich keinerlei Gemeinsamkeiten zwischen den Opfern?«

»Nichts, was als Ermittlungsansatz getaugt hätte.«

»Okay. Die drei Personen waren alle Männer, allerdings waren nur zwei im gleichen Alter, das Hamburger Opfer war fünfzehn Jahre älter.«

Lena nickte.

»Alle drei kommen aus gutem Hause, haben studiert und waren in ihrem Beruf erfolgreich.«

»Schon richtig. Aber das trifft auf sehr, sehr viele Männer zu. Von Gemeinsamkeiten in unserem Sinne kann man da wohl kaum sprechen.«

»Wie weit seid ihr damals zurückgegangen?«

»Soweit ich weiß und mich erinnere, ist das Leben der Opfer durchleuchtet worden, inklusive Verwandten, Freunden, Bekannten. Das berufliche Umfeld, und zwar viele Jahre zurück bis in deren Jugendzeit.«

»Die Familien der Opfer standen also nicht wirklich im Fokus?«

»Nur in dem erwähnten Rahmen. Auf jeden Fall gab es keine offensichtlichen Verbindungen zwischen den Familien der Opfer. Falls du das meinst.« Lena machte das Tablet an und fand kurz darauf die Stelle, die sie gesucht hatte. »Hier! Geschwister, Eltern, soweit sie noch lebten, alle sind befragt worden. Sie wohnen auch weit auseinander und haben keine Verbindungen untereinander. Das ist alles untersucht worden. Das übliche Vorgehen halt.«

»Wir haben hier einen Mann, Klaas Rieckert, der als Matrose auf verschiedenen Schiffen unterwegs war, aber hier auf der Insel …«, als Johann Lenas Blick bemerkte, korrigierte er sich, »… hier auf der Hallig groß geworden ist und fast ausschließlich hier gelebt hat. Nicht gerade der klassische Lebenslauf eines Auftragsmörders, oder?«

»Nein, sicher nicht.«

»Ich habe mir die Frage gestellt, ob die drei Morde nicht seine einzigen Taten waren und ob er tatsächlich professionell unterwegs war. Sollte das Zweite zutreffen, muss tatsächlich eine SoKo ran, bei Ersterem müsste es einen Grund geben, weshalb er die drei Männer getötet hat.«

»Absolut richtig. So weit war ich auch«, sagte Lena. »Entweder gab es ein gemeinsames Motiv oder er hat sich die Männer vollkommen wahllos ausgesucht. Im zweiten Fall müssen wir damit rechnen, dass es weitere Opfer gab.«

»Da wir jetzt den Täter kennen, haben wir eine bessere Ausgangslage. Also ich bin der festen Ansicht, dass es eine Verbindung zwischen den drei Opfern und Klaas Rieckert geben muss. Entweder eine persönliche oder es gab einen Auftrag. Immerhin haben wir bisher doch nicht den geringsten Hinweis, dass er ein Psychopath war, der wahllos mordet.«

»Sehe ich auch so. Aber bleiben wir mal bei der Theorie der Auftragsmorde.« Lena hob ihren Zeigefinger. »Im schlimmsten Fall gab es mehrere Aufträge und spätestens dann sind wir wieder bei der SoKo. Wenn er drei Aufträge ausgeführt hat, ist die Wahrscheinlichkeit groß, dass es weitere Opfer gibt.« Lena hielt kurz inne. »Du hast recht. Wir müssen uns auf die Verbindung zwischen Täter und Opfer konzentrieren.«

Johann nickte nachdenklich. »Ich fürchte nur, wir sind hier auf der Hallig falsch. Das war hier sein Rückzugsort, mehr nicht.«

»Mag sein«, antwortete Lena. »Trotzdem ist er hier getötet worden. Vielleicht hat das nichts mit den anderen Morden zu tun, aber ausschließen können wir das in dieser Phase auf keinen Fall.«

Johann stand auf. »Nein, und da wir schon mal hier sind, sollten wir auch hier mit den Ermittlungen anfangen. Wie kommen wir zu Maike Holzer?«

Lena grinste. »Zu Fuß. Wie sonst.«

# Vier

Der Wind war erheblich stärker als am Tag zuvor. Am Himmel drängten sich dunkle Wolken, die nach Regen aussahen. Johann zog den Reißverschluss seiner Jacke hoch und schüttelte sich leicht.

Er wandte sich zu Lena um. »Wo müssen wir lang?«

»Erst mal runter von der Warft und dann nach links.«

Sie liefen parallel zu einem breiten Prielausläufer Richtung Nordosten. Auf den weit ausufernden Wiesen drängelten sich Hunderte Vögel, flogen in Gruppen auf oder landeten auf einem der freien Plätze. Johann schien kein Auge zu haben für das Naturschauspiel, das Lena faszinierte und an ihre Jugend auf Amrum erinnerte. Sie blieb stehen und schaute den Vögeln eine Weile zu, bis Johann sie mit einem demonstrativen Blick auf die Uhr zur Eile nötigte.

»Keine Angst, Frau Holzer läuft uns schon nicht weg«, entgegnete Lena. »Ob wir ein paar Minuten später kommen, spielt hier keine Rolle.«

Johann sah sie verwundert an, schwieg aber.

»Hörst du das?«, fragte Lena.

»Was meinst du? Die Vögel oder den Wind?«

»Die Stille. Keine Motorengeräusche oder sonstiger von Menschen gemachter Lärm. Nur Natur. Herrlich!« Sie war wieder stehen geblieben und drehte sich einmal um sich selbst.

»Stille?« Johann schien irritiert zu sein. »Sollten wir jetzt nicht …«

Lena lächelte. Sie hatte in der Nacht bei offenem Fenster geschlafen und war so ausgeruht wie selten aufgewacht. Auch wenn sie Rikas Begeisterung, die selbst nach über zehn Jahren noch anhielt, skeptisch begegnet war, konnte sie sich vorstellen, was ihre Freundin an die Hallig band.

»Ist es da drüben?«, fragte Johann und zeigte auf die Warft.

»Nein, das ist die Kirchwarft. Da stehen nur die Kirche und das Pastorenhaus. Wir müssen kurz vor dem Seglerhafen über die Brücke und dann noch ein paar Hundert Meter.«

Johann blies der Wind direkt ins Gesicht. Er wandte sich ab und ging ein paar Schritte rückwärts. »Wie bitte schön ist das erst im Winter?«

»Herrlich ruhig, vermute ich.«

Rechts von ihnen erhob sich die Kirchwarft. Die Halligkirche war nur an ihrer länglichen Form und an den oben spitz zulaufenden Fenstern zu erkennen. Rundherum befand sich der Friedhof. »Eine Kirche und wahrscheinlich noch ein Pastor, aber kein Polizist.«

»Lass gut sein, Johann. Die Pastorenstelle ist schon eine Weile nicht vollständig besetzt. Der Pastor ist nur zwei Tage in der Woche auf Hooge.«

»Kein Wunder«, murmelte er und wandte sich wieder dem Wind zu.

Im kleinen Seglerhafen lagen nur drei Boote, sie überquerten den Priel, gingen wieder auf die Kirchwarft zu, bevor sie scharf links abbogen. Lena schätzte die Entfernung auf knapp einen halben Kilometer und genoss die letzten Schritte, bis sie hinauf zur Backenswarft gingen. Lena erinnerte sich, hier schon bei früheren Besuchen gewesen zu sein – im Restaurant Friesenpesel mit Rika.

Nach kurzer Suche fanden sie das Haus, an dessen Tür die Namen von Klaas Rieckert und Maike Holzer in eine Tonfliese eingeritzt waren. Lena klingelte und wenige Sekunden später öffnete eine kleine Frau mit kurzen blonden Haaren die Tür. Sie war in Schwarz gekleidet und man sah ihr an, dass es ihr nicht gut ging. Dunkle Ringe unter den roten Augen, der Oberkörper war leicht nach vorne gebeugt, der Kopf gesenkt. Ihr erster Blick fiel auf Lena, sie lächelte matt, bis sie Johann entdeckte. Anscheinend irritiert sah sie Lena an, die ihr die Hand entgegenstreckte. »Lena Lorenzen von der Kriminalpolizei. Das ist mein Kollege Johann Grasmann. Hat Rika mich angekündigt?«

Maike Holzer nickte und trat zur Seite. »Die zweite links.«

Sie betraten die Küche. Gegenüber einer modernen Küchenzeile stand ein langer Tisch mit acht Stühlen. Maike Holzer holte eine weitere Teetasse und stellte sie zu den anderen beiden auf den Tisch. Schließlich schenkte sie aus der bereitstehenden Teekanne ein, nachdem sich die Kommissare jeweils ein Kluntje in die Tasse gelegt hatten.

»Ich möchte Ihnen als Erstes unser Beileid aussprechen«, begann Lena das Gespräch.

»Danke«, sagte Maike Holzer so leise, dass es kaum zu verstehen war.

Lena ließ sich für die erste Frage Zeit, trank zuerst einen Schluck Tee und sah sich dann in der Küche um. Sie war praktisch eingerichtet und schien auch für die Feriengäste zugänglich zu sein. An einem der Kühlschränke hing ein Schild mit der Aufschrift »Privat«, auf dem anderen stand »Gäste«. Neben einem großen Wasserkocher standen zwei Kaffeemaschinen. An der Wand hingen Regale, auf denen zahlreiche Teller und Tassen standen.

»Mein Kollege und ich sind hier, weil die Spuren darauf hindeuten, dass Ihr Lebenspartner kurz vor seinem Tod an

Armen und Beinen gefesselt war«, begann Lena. »Aus dem Grund gehen wir im Moment von Fremdverschulden aus.«

»Fremdverschulden? Was heißt das?« Dieses Mal war Maike Holzer besser zu verstehen, auch wenn sie immer noch leise sprach.

»Wir vermuten, dass Klaas getötet wurde. Jemand hat ihn wohl im Watt ausgesetzt, kurz bevor die Flut kam.« Lena hatte bewusst den Nachnamen weggelassen, um mehr Nähe zu Rieckerts Lebensgefährtin aufzubauen.

Die ersten Tränen liefen über Maike Holzers Wangen. Sie starrte Lena ungläubig an. »Aber wer denn?«

»Um das herauszubekommen, sind wir hier. Darf ich Ihnen ein paar Fragen stellen?«

Sie nickte stumm.

Lena hatte im Bericht der Husumer Kollegen gelesen, dass Klaas Rieckert drei Tage vor seinem Auffinden das Haus verlassen hatte, um mit der Fähre zum Festland zu fahren. Der Kapitän des Schiffes hatte bestätigt, dass er gegen elf am Vormittag in Schlüttsiel ausgestiegen sei.

»Wo wollte Klaas hin, als er aufs Festland gefahren ist?«

Sie zuckte mit den Schultern. »Das hat er nicht genau gesagt. Ich glaube, er wollte einen Freund in Husum besuchen.«

»Wissen Sie, wer der Freund gewesen sein könnte?«

Sie schüttelte den Kopf.

»Hat er gesagt, wann er vom Festland zurückkehren würde?«

»Nein, nicht genau. Aber meistens blieb er ein paar Tage. Sonst lohnt es sich ja gar nicht, hat er immer gesagt.«

»Hat er sich in den Tagen und Wochen vor seinem Tod verändert oder ist Ihnen sonst etwas aufgefallen?«

Sie zuckte mit den Schultern. »Nein. Ich weiß nicht. Klaas war … Er hatte so seine Eigenheiten.«

Lena wartete, ob Maike Holzer weiter darauf einging, und fragte dann vorsichtig: »Was für Eigenheiten waren das?«

»Es ging ihm nicht immer gut.« Sie zögerte. »Meine Oma hätte ihn vielleicht als trübsinnig bezeichnet, aber das stimmt nicht. Das Leben war ihm manchmal einfach zu viel.« Sie warf einen kurzen Blick zu Johann, der sich wie immer Notizen machte. »Seine Mutter hat mir einmal erzählt, dass Klaas' Vater … dass er auch manchmal Schwierigkeiten hatte. Es könnte ja sein …« Sie brach ab.

»Und wie war es in der letzten Zeit?«, fragte Lena nach einer kurzen Pause.

Maike Holzer atmete flach, den Kopf gesenkt. Schließlich sah sie Lena an und schien etwas sagen zu wollen, seufzte aber nur leise. Lena gab Johann einen Wink, der aufstand und fragte, ob er die Toilette benutzen könnte. Als er die Küche verlassen hatte, versuchte Lena es erneut. »Wie war es in der letzten Zeit?«

Maike Holzer sah kurz zur Tür. »Rika hat mir gesagt, dass du ganz in Ordnung bist.« Erst jetzt schien ihr aufzufallen, dass sie Lena geduzt hatte. »Entschuldigung, aber …«

»Schon gut, wir können uns gerne duzen.«

Maike Holzer nickte. »Ja, du kommst von Amrum, sagt Rika?«

»Ich bin da geboren und aufgewachsen. Rika und ich waren in der gleichen Klasse und Freundinnen. Wir sind es bis heute.«

»Das ist gut.« Sie sah wieder zur Tür. »Der junge Mann … ich meine, muss er …« Sie schluckte. »Können wir auch allein reden?«

Lena stand auf. »Ich sage ihm nur kurz Bescheid, okay?«

Sie fand Johann im Flur und erklärte ihm die Situation. Er nickte. »Vielleicht hat ja das Café auf. Ich habe da eben ein Schild gesehen.« Im nächsten Augenblick hatte er bereits die Haustür geöffnet und war verschwunden. Lena stöhnte leise. Wenn schon Maike Holzer Schwierigkeiten hatte, mit ihnen beiden zu sprechen, würde es bei anderen Halligbewohnern noch schwieriger werden. Lena verschob das Problem auf später und ging zurück in die Küche.

»Mein Kollege wartet auf mich im Café nebenan.«

Maike Holzer schenkte Tee nach. »Du hast gefragt, ob es Klaas nicht so gut ging. In den letzten Wochen, bevor er …« Sie schloss kurz die Augen. »Er war sehr still. Das kam manchmal vor, aber meistens im späten Herbst oder im Winter.«

Lena ließ ihr Zeit und wartete, bis sie nach einer Weile weitersprach.

»Erst dachte ich, er wäre auf mich wütend. Wir hatten uns nämlich gestritten. Er war wirklich ein wunderbarer Mensch, aber manchmal … Ich konnte dieses ewige Schweigen nicht mehr ertragen. Da ist mir wohl der Kragen geplatzt.« Ihr Blick haftete auf der Teetasse, die sie leicht nach rechts und dann wieder nach links schob. »Jetzt sind ja noch nicht so viele Gäste auf Hooge. In der Hauptsaison arbeite ich schon mal im Friesenpesel oder helfe anderswo aus. Dann hat man Kontakt und kommt auch raus. Wir haben ja keine Kinder.« Sie atmete schwer, sah auf und lächelte matt. »Für Hooger Verhältnisse bin ich ja noch nicht so lange hier. Und am Anfang … man überlegt ja schon. Und dann war es wohl zu spät und hat leider nicht mehr geklappt.« Sie sah aus dem Fenster und beobachtete einen Vogel, der auf der Fensterbank hin und her lief. »Ich bin jetzt achtundvierzig. Als ich auf die Hallig gekommen bin, das war vor fünfzehn Jahren, da war ich dreiunddreißig. Es war ein Urlaub und dann habe ich Klaas kennengelernt. Ganz verrückt, aber ich bin dann hiergeblieben. Ich hatte zu der Zeit keine Arbeit und meine Wohnung in Hamburg … ich habe nicht viel zurückgelassen.«

»Hat Klaas sich mit jemandem auf der Hallig nicht so gut verstanden?«

Maike Holzer sah auf. »Du fragst danach, ob er Feinde hatte?«

»Ich wollte es nicht so krass ausdrücken, aber ja, das war letztlich meine Frage.«

Maike Holzer ließ sich Zeit mit der Antwort. Lena spürte, wie sehr sie mit sich kämpfte und zu überlegen schien, was sie sagen sollte und wollte. »Du kennst das sicher von Amrum und hier sind wir noch mehr aufeinander angewiesen. Man muss miteinander auskommen, egal was ist. Das weiß eigentlich jeder und so verhalten sich die Leute hier auch.«

Als sie nicht weitersprach, fragte Lena: »Aber?«

»Das ist die eine Seite und es wäre schön, wenn das auch immer so wäre. Man kann sich hier schlecht aus dem Weg gehen, aber was soll man machen, wenn man sich nicht riechen kann. Manches Mal habe ich schon gedacht, dass der eine oder andere hier auf Hooge ganz schön viel in sich reinfrisst und sich da dann einiges anstaut. Trotzdem immer freundlich zu bleiben ist da nicht leicht, oder?«

»Nein, ganz sicher nicht«, stimmte ihr Lena zu.

»Vielleicht gibt es zwei oder drei Leute, mit denen Klaas nicht immer klarkam – oder umgekehrt, sie nicht mit ihm.« Sie stutzte. »Ich kann aber doch niemanden anschwärzen. Es kann doch nicht sein, dass jemand Klaas das angetan hat. Nur weil es hier und da mal etwas Streit gab oder ein paar böse Worte gefallen sind.«

»Um was ging der Streit?«, fragte Lena vorsichtig weiter.

»Uralte Sachen. Klaas hat es mir nie richtig erzählt. Manchmal kam es mir so vor, als wenn sie die Streitigkeiten ihrer Väter oder Großväter austragen würden.«

»Ich kann mir vorstellen, dass es schwer ist, mir jetzt Namen zu nennen. Ich kann dir aber versprechen, dass ich vorsichtig mit den Informationen umgehe. Die Männer werden nicht erfahren, dass du sie mir genannt hast.«

Lena sah ihrer Gesprächspartnerin an, wie anstrengend das Gespräch für sie war. In den letzten Minuten war die Farbe aus ihrem Gesicht gewichen, ihre Hand zitterte leicht und die

Augenlider flatterten. Lena würde sie ein zweites Mal befragen müssen.

»Enno Brunken, Jan Thomsen und vielleicht noch Eike Knudsen.«

Lena notierte sich die Namen in ihrem Notizbuch und legte es wieder zur Seite.

»Knudsen lebt inzwischen auf dem Festland. Er ist nur ab und zu hier. Enno ist auch viel unterwegs, aber Jan kannst du auf der Hallig erreichen. Aber bitte …« Es verschlug ihr die Sprache und Tränen liefen ihr die Wangen herunter. Lena reichte ihr ein Taschentuch und beteuerte noch einmal, dass sie ausgesprochen vorsichtig vorgehen würde. Maike Holzer wischte sich die Tränen aus dem Gesicht und atmete tief durch. »Ich will hier weiter leben. Und das geht nur, wenn …« Zum wiederholten Mal brach sie mitten im Satz ab.

»Ich verstehe ja, was du meinst«, versuchte Lena, sie zu beruhigen. »Aber wenn ich nicht die Fragen stelle, kommen andere Kriminalbeamte. Du hast ja sicher schon mit Kollegen aus Husum gesprochen.«

»Ja, der Mann war nicht sehr höflich. Er hat aber nichts davon gesagt, dass Klaas …«, sie zögerte lange, bevor sie fortfuhr und das für sie Schreckliche aussprach, »… dass Klaas umgebracht wurde.«

»Der Kollege konnte das noch nicht wissen.« Lena hielt kurz inne und stellte noch eine letzte Frage. »Wie geht es Klaas' Mutter? Kann ich mit ihr sprechen?«

Maike Holzer nickte. »Sie ist eine sehr starke Frau, musst du wissen. Viel stärker als ich.« Sie sah Lena direkt in die Augen. »Wann kann ich Klaas jetzt beerdigen?«

»Ich denke, dass er in ein oder zwei Tagen …«, Lena suchte nach den richtigen Worten, »… dass er dann zurück nach Hooge kommt.«

Maike Holzer atmete erleichtert auf. »Danke. Das ist gut.«

# Fünf

Johann kam mit einer großen Tasse Milchkaffee zurück an den Tisch. An diesem Vormittag saßen nur wenige Gäste im Gastraum, dessen niedrige Holzdecke weiß angestrichen war und von blauen Balken getragen wurde, die farblich zum Mobiliar passten.

Johann stellte die Tasse auf den Tisch. »Blauer Pesel. Hier ist der Name Programm. Was hat das mit dem *Pesel* auf sich?«

Lena schmunzelte. »Im Nordfriesischen ist das der große Raum für Feiern. Sozusagen die gute Stube für ganz besondere Anlässe. Im *Döns* ist man dagegen jeden Tag.«

»*Pesel* und *Döns*. Wunderbar!« Er lächelte gezwungen. »Und was hat unsere Zeugin dir so alles erzählt?«

Lena berichtete von dem Gespräch und dass sie es am nächsten Tag fortsetzen wollte, da Maike Holzer auf sie vollkommen erschöpft gewirkt habe.

»In dem Tempo sind wir in vier Wochen noch nicht weiter«, kommentierte Johann den Bericht in Anspielung auf die drei Tage, die Warnke ihnen zugebilligt hatte.

»Hier auf der Hallig ticken die Uhren anders.« Lena trank einen großen Schluck Milchkaffee, der überraschend gut schmeckte. »Ich fürchte, wir kommen zu zweit nicht sehr weit. Was hältst du davon, wenn wir zweigleisig fahren? Du machst dich auf den Weg nach Flensburg und befragst die Familie des dritten Opfers, während ich hier weitermache.« Sie schaute auf die Uhr. »In einer Stunde geht eine Fähre. Das könnten wir schaffen, wenn Rika dich mit dem Auto hinbringt.«

»Du bist die Chefin«, antwortete Johann leicht säuerlich.

»Hast du einen besseren Vorschlag? Ich konnte Maike jetzt nicht weiter befragen. Sie war kurz davor zusammenzubrechen.«

»Maike.«

»Für sie war es leichter, wenn wir uns duzen.«

Johann zog die Augenbrauen hoch.

»Ich weiß, dass ich da vorsichtig sein muss«, fuhr Lena fort. »Aber mit Distanz komme ich in einer solchen Situation wie vorhin nicht weiter.«

»Okay.« Johanns Stimme klang nicht, als ob er mit der Entwicklung zufrieden wäre.

»Raus damit!«, forderte ihn Lena auf.

»Ich weiß nicht. Ist das hier nicht vollkommen sinnlos? Wenn unser Mann …«, Johann sah sich um und sprach dann leiser, »… unser Mann tatsächlich eine Art Auftragsmörder war, sind wir hier auf der Hallig schlichtweg fehl am Platz.«

»Das eine muss mit dem anderen nichts zu tun haben, Johann. Wir können unmöglich die nähere Umgebung des Opfers außer Acht lassen, nur weil wir eine bestimmte Vermutung haben.«

Johann schüttelte anscheinend wenig überzeugt den Kopf, sagte aber: »Wie soll ich die Sache in Flensburg angehen?«

»Flensburg ist die erste Station. Ob wir später noch Hamburg und Berlin in Angriff nehmen können, wird sich zeigen. Da wir jetzt einen Tatverdächtigen haben, müssen wir das Opfer auf Verbindungen zu ihm abklopfen. Das wird nach dieser langen Zeit eine schwierige Aufgabe werden. Die Angehörigen und Freunde haben vermutlich lange mit dem

Tod des Opfers abgeschlossen und werden nur ungern wieder daran erinnert.«

Johann warf ihr einen vielsagenden Blick zu. »Mir ist schon klar, dass ich vorsichtig vorgehen muss.«

Den Rückweg nutzten die beiden Kommissare dafür, die einzelnen Schritte in Flensburg durchzugehen. Johann würde zunächst die Ehefrau des Opfers befragen, anschließend die Mutter und den Bruder. Des Weiteren fanden sich in den Akten zwei Namen von Freunden und dem damaligen Chef des Opfers. Johann schlug vor, sich Unterstützung von seiner alten Dienststelle zu holen, und Lena versprach, Warnke zu informieren, der wiederum in Flensburg Bescheid sagen würde.

Lena stand vor einer Warft weit im Nordwesten von Hooge. Kurz bevor Rika mit Johann zur Fähre abgefahren war, hatte sie ihr den Weg zur Husmannswarft erklärt.

Auf der Warft angekommen, wandte sich Lena noch einmal um und warf einen Blick auf die ablaufende Nordsee. Der Blick von hier war atemberaubend. Sie wunderte sich darüber, dass sie bei ihren vorherigen Besuchen auf der Hallig kaum einen Blick für die einmalige Natur gehabt hatte. Seufzend drehte sie sich um und ging auf das Haus zu, das Rika ihr beschrieben hatte.

»Moin, moin!«, begrüßte sie eine Frau mit hochgesteckten Haaren, von der Lena vermutete, dass sie Gesine Husmann sein musste. Ihre zweiundsiebzig Jahre sah man ihr nicht an. Lenas Schätzung wäre mindestens um fünf bis zehn Jahre geringer ausgefallen.

Lena reichte ihr die Hand. »Moin, Frau Husmann.«

Die schlanke Frau, die einen Kopf kleiner als Lena war, trat zur Seite. »Kommen Sie doch rein.«

Auch hier wurde sie in die Küche geführt. Frau Husmann fragte, ob sie Tee trinken wolle, Lena bejahte. Fünf Minuten später saßen sie zusammen am Küchentisch, vor ihnen die Tassen mit dem dampfenden Tee.

»Sie kommen aus Kiel, hat Rika mir gesagt?« Ihr Lächeln wirkte angestrengt.

Lena nickte. »Ich arbeite beim LKA in Kiel und komme ursprünglich von Amrum. Von dort kenne ich Rika.«

»Amrum ist eine wunderschöne Insel. Ich bin immer wieder gerne dort. Mein Mann und ich haben auf der Insel ein paar Freunde.«

»Darf ich Ihnen zunächst mein Beileid zum Verlust Ihres Sohnes aussprechen, Frau Husmann?«

Die Frau nickte. »Danke.« Sie sah Lena direkt an. »Warum sind Sie hier? Ist Klaas nicht ertrunken?«

Lena wunderte sich nicht über die Frage. Die Frau hatte bisher auf Lena trotz ihres Alters und der sichtbaren Trauer einen hellwachen Eindruck gemacht.

»Ihr Sohn ist zwar ertrunken, aber wir gehen von Fremdverschulden aus. Er wurde vermutlich bewusst dort im Watt ausgesetzt.«

Gesine Husmann nickte und schien von der Nachricht nicht besonders überrascht zu sein.

»Sie haben nicht an einen Unfall geglaubt?«, fragte Lena weiter.

»Nein. Klaas kannte sich aus im Watt. Und dass er sich das nicht selbst angetan hat, habe ich auch gewusst.«

»Hatte Ihr Sohn Feinde? Oder hatte er Ärger mit jemandem?«

»Sie suchen hier auf der Hallig nach einem …« Ihre Gesichtszüge wurden härter, die Augen funkelten. »Nach einem Mörder?«

»Ich verstehe schon, was Sie meinen, aber ich kann als Polizistin die Möglichkeit nicht ausschließen, dass der Täter hier auf Hooge zu finden ist.«

»Einer dieser Zugereisten.«

Gesine Husmann hatte weder eine Frage gestellt noch klang es wie eine Feststellung. Sie hatte es ohne jegliche Betonung gesagt.

»Hatte Klaas mit jemandem von den Neuen auf Hooge Streit?«

»Klaas war ein guter Junge. Wer etwas anderes behauptet, lügt.«

»Das war lediglich eine Frage, Frau Husmann.« Lena vermutete, dass ihr die Frau niemanden, selbst keinen sogenannten Zugereisten, nennen würde. »War Klaas in den letzten Wochen oder Monaten anders als zuvor? Haben Sie irgendetwas Ungewöhnliches an ihm bemerkt?«

Frau Husmann ließ sich Zeit, schließlich schüttelte sie den Kopf.

»Er war also wie immer?«, fragte Lena weiter.

Gesine Husmann schwieg und schenkte Lena und sich Tee nach. Als sie einen Schluck getrunken hatte, sah sie Lena wieder direkt in die Augen. »Warum kommt nicht mehr der Kommissar aus Husum?«

»Wir unterstützen die Kollegen.« Lena war klar, dass sie diese Version nicht mehr lange aufrechterhalten konnte. Spätestens wenn eine SoKo tätig werden würde, würden die Informationen schnell an die Öffentlichkeit durchsickern.

»Soso«, murmelte Gesine Husmann.

»Womit hat Klaas sein Geld verdient?«, fuhr Lena mit den Fragen fort.

»Dies und das«, antwortete Gesine Husmann noch zurückhaltender als vorher.

Lena sah sie fragend an und wartete.

»Klaas hat doch eine Ferienwohnung. Das läuft ganz gut in der letzten Zeit. Und er hat beim Küstenschutz gearbeitet und was sonst noch so anlag hier auf Hooge.«

»War Klaas häufiger auf dem Festland?«

Gesine Husmann warf Lena einen misstrauischen Blick zu. Sie schien zu ahnen, dass es nicht nur um den Tod ihres Sohnes ging.

»Wir alle müssen da mal hin. Zum Arzt oder einkaufen. Bis auf den Halligkaufmann gibt es doch nichts hier.«

»Also war Klaas nur selten auf dem Festland?«

»Er hat mir nicht immer gesagt, wenn er rüberfuhr.«

»Aber gearbeitet hat er ausschließlich auf Hooge?«

Frau Husmann zuckte mit den Schultern. Lena spürte, dass die alte Frau kurz davor war, das Gespräch zu beenden. Offensichtlich wuchs ihr Misstrauen mit jeder weiteren Frage. Sie entschloss sich, in eine andere Richtung zu fragen.

»Ich war heute schon bei Maike. Wir konnten nicht lange miteinander sprechen, weil es ihr nicht so gut ging.«

Gesine Husmanns Gesichtsausdruck veränderte sich schlagartig. Zum ersten Mal wurden ihre Züge weich, sie lächelte matt, aber freundlich und seufzte leise. »Die Arme. Sie hat Klaas so gutgetan. Als die beiden sich begegnet sind … Ich war so froh, dass er jemanden gefunden hatte. Maike ist ein lieber Mensch.« Sie hielt inne, scheinbar selbst erstaunt, wie viel sie gesprochen hatte. »Geht es Maike sehr schlecht?«

»Ich glaube schon. Warum haben die beiden nie geheiratet?«

»Klaas wollte nicht. Er hat gemeint, dass es auch so gut ist und er keinen Segen vom Pastor braucht. Er hätte bestimmt noch …« Gesine Husmann brach mitten im Satz ab und atmete schwer. »Was ist mit Klaas da draußen passiert? Wer hat das gemacht?«

Lena zögerte kurz, entschloss sich aber, keine Ermittlungsergebnisse preiszugeben. Zu schnell verbreiteten sich in dieser kleinen Gemeinde die Gerüchte und das würde ihr anschließend die Arbeit erschweren.

»Das wissen wir noch nicht genau. Wir haben erst gestern erfahren, dass Ihr Sohn …« Lena suchte nach den richtigen Worten. Sie wollte nicht noch einmal den so abstrakten Begriff des Fremdverschuldens benutzen. »… dass er von jemandem ermordet wurde.«

»Wer?« Gesine Husmann hatte die Frage geflüstert. Erst jetzt schien ihr bewusst zu werden, unter welchen schrecklichen Umständen ihr Sohn ums Leben gekommen war. Von einem Augenblick zum nächsten war sie um Jahre gealtert. Die Augen trüb, der Körper nach vorne gebeugt, als könne er die Last, die auf ihm lag, nicht mehr tragen. Sie atmete flach, starrte Lena fragend an und wiederholte leise ihre Frage: »Wer?«

»Wir werden es herausbekommen, Frau Husmann. Ganz bestimmt!« Lena stöhnte innerlich auf. Angehörigen zu versprechen, den Täter zu finden, war ein Anfängerfehler, aber der Anblick der Mutter, die jetzt zusammengesunken vor ihr saß, hatte sie für einen Moment sämtliche Regeln vergessen lassen.

Lena atmete tief die salzige Nordseeluft ein. Das Gespräch mit Klaas Rieckerts Mutter war anstrengend gewesen. So stark sie auf den ersten Blick auf Lena gewirkt hatte, so verletzlich schien sie ihr am Ende der Befragung gewesen zu sein. Der Wechsel zwischen Ablehnung, Angst und der vorsichtigen Öffnung hatte Lena irritiert. Gleichzeitig hatte sie eine intensive Nähe zu dieser Frau gespürt, die sie erst wenige Minuten kannte. Im Moment wusste Lena ihre Eindrücke noch nicht zu ordnen, aber ihr war klar, dass sie Frau Husmann ein zweites Mal besuchen würde.

Eine Gruppe Ringelgänse flog über Lena hinweg und landete auf einer der Wiesen. Die Vögel nutzten die Halligen als Zwischenstation auf dem Weg von ihren Winterquartieren zum Sommersitz in der Nähe des russischen Polarmeers. Ringelgänse waren gut an dem weißen V auf ihren Schwanzfedern zu erkennen. Die Gruppe schien eine der letzten zu sein, da die Hauptflugzeit im April lag.

Auf dem Weg zurück beobachtete sie einen gewaltigen Schwarm Alpenstrandläufer, die mehrfach die Richtung wechselten, bevor sie in einem beeindruckenden Landeanflug auf dem silbrig glänzenden Watt aufsetzten.

Nach der Flugshow lief Lena weiter, ihre Gedanken wanderten wieder zu den Ermittlungen. Die Befragungen gestalteten sich weitaus schwieriger, als sie angenommen hatte. Die beiden Frauen waren, jede für sich auf eine andere Weise, tief in ihrer Trauer infolge des plötzlichen Todes ihres liebsten Menschen versunken. Klaas Rieckerts Mutter schien mehr zu wissen, als sie zu sagen bereit war, während Maike Holzer zunächst die neuen Umstände des Todes verdauen musste. Bisher war es schwer vorstellbar, dass sich hinter dem Halligmann Klaas ein skrupelloser Auftragsmörder verbarg. Trotzdem sprachen die Indizien eine andere Sprache.

Nachdem sie am nächsten Tag ein zweites Mal mit Maike Holzer gesprochen hatte, würde sie Klaas Rieckerts Haus durchsuchen müssen. Den richterlichen Durchsuchungsbeschluss hatte sie wenige Stunden zuvor vom Staatsanwalt zugemailt bekommen. Würde Maike für die Aktion Verständnis haben? Ohne ihre Mithilfe würden die weiteren Ermittlungen erheblich komplizierter werden.

Als ein leichter Nieselregen einsetzte, lief Lena schnellen Schrittes auf das Haus ihrer alten Schulfreundin zu.

»Hunger?«, fragte Rika, als Lena in die Küche trat.

Die Kommissarin setzte sich zu ihr an den Küchentisch. »Im Moment nicht. Wo erreiche ich Jan Thomsen?«

»Jan? Warum?« Als Lena nicht antwortete, fuhr sie fort: »Er arbeitet für die Gemeinde. Vielleicht ist er am Seglerhafen oder am Anleger. Schwer zu sagen.«

»Hast du seine Handynummer?«

»Nein, aber das kann ich schnell herausbekommen.« Sie stand auf und ging in den Flur, wo das Festnetztelefon stand. Lena hörte sie mit jemandem sprechen und bekam kurz darauf von Rika einen Zettel mit der Nummer gereicht.

»Die Familien Thomsen und Rieckert kamen nie gut miteinander aus?«, ließ Lena einen Versuchsballon steigen.

»Solche alten Geschichten haben mich noch nie interessiert.«

»Verstehe.« Lena wollte ihre Freundin nicht weiter bedrängen. Diese hatte ihr schon mit den Anrufen bei Maike Holzer und Gesine Husmann sehr geholfen. Wenn der Täter tatsächlich etwas mit Hooge zu tun hätte, wäre es besser, wenn Rika nicht zu sehr damit in Verbindung gebracht würde.

»Jan ist nicht so mein Typ. Oft schlecht gelaunt, mürrisch und meiner Meinung nach auch noch überheblich. Zugezogene sind ihm ein Dorn im Auge. Das lässt er unsereins deutlich spüren.«

»Klingt nicht danach, als wenn ich gleich ein nettes Gespräch führen würde«, meinte Lena und warf einen Blick aus dem Fenster. Es regnete nicht mehr, aber der Wind schien stärker geworden zu sein.

Sie griff nach dem Handy und wählte die Nummer, die sie von Rika bekommen hatte.

»Jan hier. Wer da?«

Lena stellte sich vor und fragte, wo sie ihn erreichen konnte.

»Auf Hooge, wo sonst.«

Sie atmete tief durch und antwortete freundlich: »Ich kann in ein paar Minuten bei Ihnen sein. Wo können wir uns in Ruhe unterhalten?«

»Ich bin noch 'ne Stunde hier am Seglerhafen«, sagte Jan Thomsen nach einer kurzen Pause. »Danach bin ich am Anleger. Wegen der Fähre.«

»Ich bin in zehn Minuten bei Ihnen.«

Jan Thomsen beendete das Gespräch ohne Abschiedsgruß. Lena stand auf, lächelte Rika zu und fragte, ob sie am Abend mit ihr im Friesenpesel essen gehen würde.

»Wenn du bezahlst«, antwortete Rika schmunzelnd.

»Ich bestehe sogar darauf!« Lena umarmte ihre Freundin und verließ schnellen Schrittes das Haus.

# Sechs

Jan Thomsen war nicht größer als Lena, stämmig und mit Bauchansatz. Sie schätzte sein Alter auf um die fünfzig Jahre, war sich aber wegen Thomsens schütterem Haar unsicher. Seine Nase war rot angelaufen, was Lena auf zu hohen Alkoholkonsum zurückführte. Der Mann stand in der Nähe eines Gebäudes auf Holzstelzen, das, wie Lena wusste, als Klubhaus genutzt wurde.

»Ich hab aber nicht viel Zeit«, verkündete Jan Thomsen, nachdem sich Lena vorgestellt hatte.

»Können wir uns irgendwo hinsetzen?«

Der Mann rollte mit den Augen und wies mit dem Kopf auf das Klubhaus. Gleichzeitig zog er einen Schlüssel aus der Tasche und ging auf die Holztreppe zu, über die das Holzhaus zu erreichen war.

Er führte Lena in ein kleines Büro, setzte sich hinter den Schreibtisch und wies auf den Holzstuhl, der auf der anderen Seite stand.

»Ich untersuche den Tod von Klaas Rieckert.«

»Das habe ich mir schon gedacht.« Der Hafenarbeiter warf Lena einen herablassenden Blick zu. »Und?«

Lena entschloss sich zu einer anderen Strategie, als sie geplant hatte. »Sie sind hier für den Seglerhafen zuständig?«

»Auch.«

»Ich brauche eine Liste aller Boote, die in den drei Tagen vor Rieckerts Auffinden hier gelegen haben.«

»Warum?«

Lena lächelte. »Tut mir leid. Über Details unserer Ermittlungen kann ich Sie leider nicht informieren. Wann können Sie mir die Liste fertig machen?«

»Kommen Sie morgen früh. Gegen zehn.«

»In Ordnung«, antwortete Lena, die kurz überlegt hatte, ihn unter Druck zu setzen.

»Haben Sie auch ein Segel- oder Motorboot?«

»Und wenn?«

»Haben Sie?«

»Zum Teil«, kam die lapidare Antwort.

»Bedeutet?«

»Die gehört nicht nur mir.« Er stand auf, drehte sich zur verglasten Wand um und zeigte auf eine mittelgroße Segeljacht. »Die da«, sagte er und setzte sich wieder.

»Wie war Ihr Verhältnis zu Klaas Rieckert?«

Der abrupte Themenwechsel schien Jan Thomsen zu irritieren. Er verzichtete auf die bisher übliche Gegenfrage und meinte: »Wie das hier so ist. Gut.«

Lena sah ihn ruhig an und wartete. Zunächst hielt er ihrem Blick stand, wandte sich dann aber ab und stand auf, um das Fenster auf Kipp zu stellen. Als er wieder auf dem Schreibtischstuhl saß, zuckte er mit den Schultern. »Es gab schon Zeiten, da waren wir nicht unbedingt gut Freund.«

»Um was ging es genau?«

»Alte Sachen. Spielt keine Rolle mehr.«

»Erzählen Sie es mir trotzdem.« Lena versuchte, ruhig zu bleiben. Unter normalen Umständen hätte sie schon zu Anfang des Gesprächs deutlich gemacht, dass es sich um eine Mordermittlung handelte und nicht um ein beliebiges Gespräch.

»Wofür soll das wichtig sein?«, fragte Thomsen misstrauisch.

»Klaas Rieckert ist nicht versehentlich im Watt ertrunken. Wir gehen von Fremdeinwirkung aus. Dass dies eine umfangreiche Untersuchung nach sich zieht, können Sie sich sicher vorstellen.«

»Also doch!«, murmelte Jan Thomsen und schüttelte ungläubig den Kopf. »Ermordet. Das wollen Sie mir doch sagen, oder?«

»Was genau passiert ist, ist Gegenstand der Ermittlungen.« Sie hielt kurz inne. »Könnten Sie jetzt bitte meine Frage beantworten?«

»Uralter Kram. Hab ich doch gesagt. Unsere Väter waren sich nicht grün und das zieht sich dann manchmal ewig hin. Kennen Sie doch sicher, wenn Sie von Amrum kommen.«

Die Buschtrommel funktionierte also bestens, stellte Lena fest. Ihr war klar, dass die Halligbewohner in spätestens einer halben Stunde von den neuen Fakten rund um Rieckerts Tod Bescheid wissen würden.

»Um was ging es da genau bei der Fehde zwischen Ihren Vätern?«

»Fehde. Das hört sich jetzt aber wild an.« Er schaute demonstrativ auf die Uhr. »Die haben sich nicht immer gut verstanden. Das kommt vor.«

»Mehr wissen Sie nicht darüber?«

»Nein.« Er drehte sich mit seinem Bürostuhl zum Fenster und zeigte zur Kirchwarft mit dem Friedhof. »Fragen können Sie ihn auch nicht mehr. Er hat die Warft gewechselt. Wie wir alle irgendwann.«

»Wann ist Ihr Vater verstorben?«

»Neun Jahre ist das her. Ein Unfall, wenn Sie es genau wissen wollen.«

»Hier auf Hooge?«

»Ja.« Jan Thomsen schien nicht gewillt zu sein, weiter Auskunft über das Schicksal seines Vaters zu geben. Er stand auf. »Ich muss los.«

Lena erhob sich. »Planen Sie bitte morgen etwas mehr Zeit ein. Ich bin Punkt zehn Uhr hier.«

Thomsen reagierte nicht auf ihre Ankündigung und ging zur Tür, wo er wartete, bis Lena an ihm vorbeigegangen war. Zusammen gingen sie die Treppe hinunter, Thomsen stieg in einen kleinen Fiat und fuhr grußlos davon.

»Eine Tasse Tee?«, fragte Rika, als Lena zurück im Haus war.

»Gerne.« Lena setzte sich an den Küchentisch und machte sich einige Notizen zum Gespräch mit Thomsen.

Rika stellte zwei Teetassen auf den Tisch. »Hat nicht viel erzählt, unser Jan, oder?«

»Das könnte man so formulieren.« Lena klappte ihr Notizbuch zu. »Weißt du etwas über den Unfall von Thomsen senior?«

»Klar. Die Geschichte kennt jeder hier auf Hooge. Tom war mit dem Trecker unterwegs, ist vom Weg abgekommen und in den Graben gefahren. Dabei ist das Teil umgekippt, er ist rausgefallen und vom Hinterrad erdrückt worden. Schreckliche Sache.«

»Weißt du auch noch etwas über die Fehde zwischen den beiden Familien?«

Rika schenkte Lena und sich Tee ein und setzte sich mit an den Tisch. »Da musst du Hauke fragen. Er hat mal was erwähnt, aber ganz genau kann ich mich nicht erinnern. Ich glaube, die beiden, also die Väter von Klaas und Jan, sind zusammen zur See gefahren. Irgendwas war da. Eine alte Geschichte, hat Hauke gesagt.«

»Jan Thomsen hat was von einem Segelboot gesagt, das ihm zum Teil gehört.«

Rika nickte. »Enno Brunken und Eike Knudsen. Die drei sind Freunde oder waren es. So genau blicke ich da auch nicht durch. Auf jeden Fall haben sie sich, aber das ist schon eine Weile her, zusammen ein Boot gekauft. Enno lebt auf Hooge, Knudsen nicht mehr.«

»Ist Enno Brunken gerade auf Hooge?«

Rika zögerte kurz, bevor sie antwortete: »Ja, ich habe ihn heute schon gesehen. Er hat einen Ferienhof auf der Rüdingswarft. Das macht überwiegend seine Frau, aber er ist regelmäßig auf dem Festland. Einkaufen für die Küche und ich glaube, er hat da auch noch irgendeinen Nebenjob.«

»Rüdingswarft? Die ist ganz im Nordwesten?«

»Vier Kilometer. Du kannst mein Auto haben, wenn du mit ihm sprechen musst.«

Lena warf einen Blick nach draußen. Es regnete wieder und die dunklen Wolken schienen sich zugezogen zu haben. »Ist vielleicht besser.«

Lena parkte den alten Golf am Fuß der Warft und ging die letzten Meter zu Fuß. Rika hatte ihr erzählt, dass Brunken den Hof seiner Eltern vor zehn Jahren komplett umgebaut hatte. Zehn Schlafzimmer, ein großer Raum für die Mahlzeiten und andere Aktivitäten. Schulklassen und Vereine buchten seitdem den ganzen Ferienhof. Zwei lang gestreckte Gebäude füllten fast die ganze Warft aus. Als Lena an der Tür klingelte, öffnete ihr eine etwa vierzigjährige Frau mit blonden Haaren, die sich als Lisa Brunken vorstellte. Lena fragte nach ihrem Mann und wurde hereingebeten. Frau Brunken führte sie durchs Haus zu einem Raum, an dessen Tür ein Schild mit der Aufschrift »Büro« angebracht war. In dem kleinen Raum stand ein Schreibtisch, hinter dem ein Mann saß.

»Polizei«, sagte Frau Brunken und schloss die Tür hinter Lena.

Der Mann stand auf und stellte sich als Enno Brunken vor. »Sie wollten zu mir?« Er war groß und kräftig, hatte mittelblondes Haar und ein markantes männliches Gesicht.

»Können wir uns setzen?«, fragte Lena, während Brunken ihren Ausweis studierte. »LKA? Aus Kiel?«

»Setzen wir uns doch«, wiederholte Lena.

Er wartete, bis sie Platz genommen hatte, und zog sich schließlich den Stuhl heran.

»Wir ermitteln im Zusammenhang mit dem Tod von Klaas Rieckert. Wie standen Sie zu ihm?«

Enno Brunken schien über den Grund ihres Besuchs nicht erstaunt zu sein. Lena vermutete, dass sein Freund Jan ihn bereits informiert hatte.

»Ganz normal«, sagte er. »Wie das so ist, hier auf Hooge.«

Den Satz hatte Lena inzwischen wiederholt gehört. »Was war Rieckert für ein Typ?«, wechselte sie bewusst die Richtung.

»Typ? Bisschen altmodisch, würde ich sagen. Er hätte am liebsten die Uhr um hundert Jahre zurückgedreht. Natürlich sollten gleichzeitig die ganzen Annehmlichkeiten, die es inzwischen gibt, bestehen bleiben. Fährverbindung, Wasserleitung vom Festland, Internet und Telefon. So war er, unser Klaas.«

»Wie lange kannten Sie sich schon?«

Enno Brunken lachte. »Seit wir laufen konnten. Klaas war zwar nicht direkt mein Jahrgang, aber in der Schule waren wir alle in einem Klassenraum untergebracht.«

»Sie waren befreundet?«, tastete sich Lena langsam heran.

Enno Brunken ließ sich Zeit mit der Antwort. »In jungen Jahren vielleicht. Später nicht mehr so wirklich.« Er zog seine Mundwinkel hoch. »Darauf wollen Sie doch hinaus, oder? Und ja, ich habe schon gehört, dass Klaas nicht verunglückt ist, sondern jemand nachgeholfen hat. Leider sind Sie da bei mir an der falschen Adresse. Vielleicht sind wir uns aus dem

Weg gegangen, aber verfeindet waren wir bestimmt nicht. Und selbstverständlich habe ich ihn auch nicht umgebracht.«

Lena machte sich einige Notizen, sah dann auf und fragte: »Wann haben Sie Herrn Rieckert zum letzten Mal gesehen?«

Brunken zuckte mit den Schultern. »Das kann ich Ihnen nun wirklich nicht sagen. Sie meinen ja sicherlich kein zufälliges Treffen auf der Straße, sondern etwas anderes.«

Lena wartete, bis er weitersprach.

»Beim Biikebrennen Mitte Februar vielleicht.« Er schien zu überlegen. »Doch, ganz sicher sogar. Wir haben sogar ein paar Worte miteinander gewechselt.«

Biikebrennen war ein traditionelles Fest am 21. Februar, das an der gesamten schleswig-holsteinischen Küste mit großen Feuern gefeiert wurde.

»Worum ging es?«, fragte Lena weiter, auch wenn ihr inzwischen klar war, dass Brunken sich seine Aussage bereits vor ihrem Eintreffen zurechtgelegt hatte.

»Dies und das. Kann sein, dass wir über die kommende Saison gesprochen haben. Das ist ja immer ein Thema hier auf Hooge.«

»Wann sind Sie das letzte Mal mit Ihrem Segelboot draußen gewesen?«

Für einen Moment schien Enno Brunken irritiert zu sein, fing sich aber gleich wieder. »Vor ungefähr drei Wochen. Kurztrip nach Amrum. Meine Frau kann das bestätigen.« Er grinste. »Sie wird sich sicher daran erinnern, weil sie mich zum Hafen gebracht hat.«

»Wer war noch an Bord?«

Enno Brunken seufzte theatralisch. »Können Sie mir erklären, was die ganzen Fragen jetzt sollen? Ich dachte, es geht um Klaas und nicht darum, mit wem ich einen Kurztrip nach Amrum mache.«

»Sie sind nicht verpflichtet zu antworten.« Lena lächelte. »Schon gar nicht, wenn Sie sich damit selbst belasten.«

»Was soll das denn heißen?«, brauste er auf. »Natürlich kann ich Ihnen auf die Frage antworten, wenn es denn der Wahrheitsfindung dient.«

»Schön, das würde einiges erleichtern«, fügte Lena süffisant hinzu.

Wieder schien Brunken irritiert zu sein, lächelte dann aber zuckersüß. »Ich hatte ein paar Freunde dabei. Das sollte wohl kaum verboten sein.«

»Selbstverständlich nicht, Herr Brunken. Verraten Sie mir noch die Namen Ihrer Freunde?«

»Jan Thomsen und Eike Knudsen.«

»Sind Sie über Nacht geblieben?«

»Ja.«

»Sie haben in Wittdün angelegt?«

»Ja.«

»Und sind am nächsten Tag zurück nach Hooge?«

»Am übernächsten.«

»Hat Ihr Freund Eike Knudsen auch ein Problem mit Klaas Rieckert?«

»Keine Ahnung!«, antwortete er ärgerlich. »Und um das noch einmal klarzustellen: Ich habe keinen Streit mit Klaas gehabt. Jeder, der das behauptet, lügt.« Er zeigte auf Lenas Notizbuch. »Schreiben Sie sich das auf.« Er starrte sie wütend an. »Und wenn sich auf Hooge jetzt miese Gerüchte verbreiten, mache ich Sie persönlich dafür verantwortlich.« Er nahm die Visitenkarte, die ihm Lena zu Beginn überreicht hatte, in die Hand. »Sie haben sicherlich einen Vorgesetzten.«

»Kriminaldirektor Warnke. Soll ich Ihnen die Nummer aufschreiben? Sie können sich aber auch einfach durch die Zentrale verbinden lassen.«

Enno Brunken schnaubte und warf ihr einen vernichtenden Blick zu. »Haben Sie noch weitere Fragen?«

Lena stand auf. »Im Moment nicht.« Als er Anstalten machte, sich zu erheben, sagte sie: »Danke, ich finde allein raus.«

# Sieben

Nach wenigen Minuten Fahrt parkte Lena wieder vor Rikas Haus. Ihre Freundin saß auf der Holzbank und begrüßte sie lächelnd. Lena setzte sich zu ihr und schloss für einen Moment die Augen.

»Nicht weitergekommen?«, fragte Rika.

»Ach, eigentlich kommt man bei jedem Gespräch der Lösung des Falles etwas näher. Die Frage ist immer nur, ob man die Zeichen erkennt.«

»Klingt etwas wie ein Puzzle, bei dem du nicht weißt, ob wirklich alle Teile auf dem Tisch liegen.«

»Stimmt. So fühle ich mich manchmal. Es macht aber keinen Sinn, ununterbrochen darüber nachzudenken, ob etwas fehlt. Das hält einen nur von der Arbeit ab.«

Aus dem Flur hörten sie das Telefon klingeln. Rika machte keine Anstalten aufzustehen. »So geht das schon seit einer Weile. Alle wollen wissen, was an der Geschichte dran ist, ob Klaas tatsächlich ermordet wurde und am besten von wem.« Sie seufzte. »Ich gehe heute nicht mehr ans Telefon. Die Leute sollen sich erst mal beruhigen. Ich weiß eh nicht mehr als jeder andere auf Hooge.«

»Tut mir leid, dass ich dich da mit reingezogen habe.«

»Unsinn, ich bin schon groß und kann selbst entscheiden, was ich mache. Du bist lediglich mein Gast und mit den ganzen Ermittlungen habe ich nicht das Geringste zu tun. So einfach ist das.«

»Klingt doch gut«, sagte Lena. Sie konnte nur hoffen, dass ihre Freundin keinen Anfeindungen durch andere Halligbewohner ausgesetzt sein würde. Auf jeden Fall würde sie sie in Zukunft nicht mehr bitten, ihre Befragungen anzukündigen. »Du kennst Enno Brunken näher?«

»Nicht so mein Typ. Hauke hat ab und an mit ihm zu tun, aber ich halte mich von Enno fern, soweit es eben geht.«

Lena sah sie fragend an. »Was Bestimmtes?«

Rika zuckte mit den Schultern. »Dass er verheiratet ist, weißt du sicher.«

»Ich bin seiner Frau begegnet.«

»Was soll ich sagen. Damals, als ich erst kurz auf Hooge war, hat er mir … nachgestellt. Obwohl er wusste, dass ich mit Hauke zusammen bin, hat er mich bedrängt. Einmal, wir waren auf einer Geburtstagsfeier im Friesenpesel, ist er wirklich zu weit gegangen. Ich stand draußen und habe etwas frische Luft geschnappt. Er stellte sich zu mir und rauchte eine Zigarette. Wir haben uns dann etwas unterhalten und dabei rückte er mir immer mehr auf die Pelle, legte seinen Arm um meine Schulter und versuchte, mich zu küssen. Als ich mich gewehrt habe, hat er nicht aufgehört, sondern mich festgehalten. Zum Glück kamen dann weitere Gäste der Feier nach draußen. Da hat er sofort von mir abgelassen und sich aus dem Staub gemacht.«

»Hast du ihn später darauf angesprochen?«

»Ein Mal. Das war ein halbes Jahr später. Er hat sich rausgeredet, meinte, er hätte zu viel getrunken und es wäre doch auch nichts passiert. Ich habe es dann dabei belassen. Was sollte ich auch machen?«

»Hast du von anderen Frauen gehört, denen etwas Ähnliches passiert ist?«

Rika schüttelte den Kopf. »Nein, aber ich glaube kaum, dass jemand mit solch einer Geschichte hausieren geht. Wir haben hier nicht einmal einen Polizisten, und selbst wenn …«

»Und Eike Knudsen?«

»Der ist nur selten auf Hooge. Er ist noch vor meiner Zeit aufs Festland gegangen und hat da, wie ich gehört habe, Karriere gemacht. Er ist Manager in irgend so einem Unternehmen. Er hat wohl von den dreien das Geld. Aber wie gesagt, er ist der, den ich von denen am wenigsten kenne.«

Lena sah auf die Uhr. »Ich leg mich noch etwas hin, bevor wir später zum Friesenpesel fahren.«

»Tu das. Ich muss auch noch kurz zum Halligkaufmann. Milch, Brot und Eier. Hast du noch einen Wunsch?«

Lena stand auf und schüttelte den Kopf. »Du kennst mich doch. Ich esse alles, was auf dem Tisch steht.«

Rika lachte. »Bei Erck würde mir das auch nicht schwerfallen.«

»Da muss ich dir ausnahmsweise recht geben. Müssen wir einen Tisch bestellen?«

»Ganz sicher nicht. Es sind bisher nur wenige Gäste auf der Hallig. Und die Tagestouristen sind dann schon wieder auf dem Weg zurück aufs Festland.«

Lena nickte und verabredete sich mit ihrer Freundin für halb sieben. Erst dann wollten sie entscheiden, ob sie zu Fuß oder mit dem Auto fahren würden. Augenzwinkernd hatte Rika darauf hingewiesen, dass es nur selten Polizeikontrollen auf Hooge gäbe.

Auf dem Weg in die Ferienwohnung klingelte Lenas Handy. Sie sah aufs Display und nahm das Gespräch an.

»Wie lief's bei der Besichtigung?«, fragte sie Erck.

»Das Haus ist fantastisch. Es liegt vollkommen ruhig mit Blick übers Watt auf Nordstrand. Unverbaubar, wie die Eigentümerin mir versichert hat. Das war das Haus ihrer Eltern, die vor Kurzem direkt hintereinander verstorben sind. Sie selbst lebt in Hamburg und kann sich nicht durchringen, das Elternhaus zu verkaufen. Darum vermietet sie es erst mal.«

»Konntest du sie für ein paar Tage hinhalten? Vielleicht kann ich morgen Nachmittag schon in Husum sein.« Ihr fiel ein, dass sie in Schlüttsiel kein Auto stehen hatte. »Bist du auf dem Weg zurück nach Amrum?«

Erck lachte. »Welche Frage soll ich zuerst beantworten, Frau Hauptkommissarin?«

»Die erste natürlich. Was ist jetzt mit dem Haus?«

»Wir haben verdammtes Glück gehabt. Ich scheine wohl einen sehr positiven Eindruck auf die Besitzerin gemacht zu haben. Ich habe gleich zugesagt, als sie mir das Haus angeboten hat. Der Mietvertrag ist zwar noch nicht unterschrieben, ich habe ihn aber mitbekommen. Wir sollen ihn der Besitzerin per Post zuschicken. Der Schlüssel liegt beim Nachbarn. Wir können also jederzeit das Haus noch einmal anschauen. Und wegen Amrum: Ich hatte mir eigentlich ein paar Tage freigenommen.«

»Wow! Das klingt doch fantastisch! Dann könntest du mich morgen Nachmittag in Schlüttsiel abholen und wir fahren direkt zum Haus.«

»Eher nicht.«

»Weil?«, fragte Lena erstaunt.

»… ich schon in Schlüttsiel bin und auf die Fähre warte.«

Lena verstand immer noch nicht. »Du willst von da nach Amrum?«

»Eigentlich wollte ich vorher an Land gehen. Vorausgesetzt, du hast noch etwas Platz in deinem Bett.«

Lena wurde warm ums Herz. »Du kommst vorbei?«

»Sozusagen. Oder soll ich nicht? Wenn alles gut geht, bin ich gegen sieben Uhr auf Hooge. Könnt ihr mich abholen?«

»Wenn du dann mit uns im Friesenpesel essen gehst …«

»Wollte ich gerade vorschlagen«, sagte Erck gut gelaunt. »Die Fähre kommt. Ich muss jetzt auflegen. Bis später, Lena.«

Lena schmiegte sich bei Erck an. Vor einer halben Stunde waren sie aus dem Friesenpesel zurückgekommen und gleich darauf in die Ferienwohnung gegangen.

»War ein schöner Abend«, meinte Erck. »Rika hat ihren Humor nicht verloren.«

»Schön, dass du nach Hooge gekommen bist«, flüsterte Lena ihm ins Ohr. »Ich liebe dich!«

Er küsste sie zärtlich. »Und ich dich erst!«

Sie schloss die Augen. »Das trifft sich gut«, flüsterte sie. »Sehr gut sogar.«

Erck strich ihr übers Haar und drückte sie fest an sich.

»Meinst du, dass wir morgen noch die Hausbesichtigung schaffen?«, fragte er in die entstandene Stille hinein.

»Wenn wir mit der Fähre um eins fahren, sollte das kein Problem sein. Ich habe nur noch zwei Befragungen auf dem Zettel.«

»Schwerer Fall?«

»Ich habe voraussichtlich nur drei Tage Zeit, bevor eine Sonderkommission gebildet wird – und davon ist schon einer um. Viel zu wenig. Johann ist schon in Flensburg und befragt dort morgen weitere Zeugen.«

»Wenn du keine Zeit hast, dann …«

Sie legte ihm den Finger auf die Lippen. »Nein, wir schauen uns das Haus an. Es muss auch ein Leben nach der Arbeit geben.«

Erck zog sein Smartphone aus der Tasche und zeigte ihr noch einmal die Fotos, die er bei der Besichtigung gemacht hatte.

»Hier, dies könnte unser Schlafzimmer werden«, sagte er mit Blick auf das Bild eines leeren Raumes mit zwei großen Fenstern. »Von da aus kann man bis Nordstrand sehen. Zumindest bei gutem Wetter.«

Lena scrollte durch die Fotos. »Hoffentlich müssen wir dann nicht bald wieder raus, wenn das Haus verkauft wird.«

»Es hörte sich nicht danach an, als wenn das bald passieren würde. Und wenn, hätten wir sicher eine Art Vorkaufsrecht. Die Zinsen sind niedrig, warum sollten wir das nicht machen?«

Lena antwortete nicht und sah sich auf seinem Smartphone die Küche an. »Da müssen wir aber schon was machen.«

»Habe ich mir auch schon gedacht«, nahm Erck den Faden auf. »Ich kenne jemanden in Flensburg, der ein Küchenstudio hat und mir noch einen Gefallen schuldig ist. Da bekomme ich bestimmt einen guten Preis.«

»Okay. Aber einen Schritt nach dem anderen. Morgen schauen wir uns erst mal das Haus an, dann machen wir den Mietvertrag und dann …«

Erck schwieg eine Weile, bevor er fragte: »Hast du doch noch Bedenken?«

Ohne zu zögern, antwortete Lena: »Nein, ganz bestimmt nicht. Husum ist genau richtig für uns.« Sie küsste ihn und strich mit der Hand über seine Wange. »Wir haben lange genug gesucht.« Sie hielt kurz inne. »Nicht nur nach dem Haus.«

Erck nickte. »Das stimmt. Es ist Zeit anzukommen.« Er atmete tief durch. »Schaffen wir das?«

Lena legte den Kopf an seine Schulter. »Wir schaffen das!«

Nach einem gemeinsamen Frühstück mit Rika machte sich Lena kurz vor acht zu Fuß auf den Weg zu Maike Holzer. Sie hatte sich am Abend zuvor bei ihr angemeldet und um ein weiteres Gespräch gebeten.

Über den Wiesen lag ein leichter Nebel, vom Wind des Vortags war nichts mehr zu spüren. Noch wurde die Sonne durch eine dünne Wolkendecke abgehalten, aber es war zu ahnen, dass sie im Verlauf des Tages die Oberhand gewinnen würde. Als Lena den ausgedehnten Weg am Prielausläufer entlangging, flogen wieder zahlreiche Vögel auf, die auf der Hallig einen Zwischenstopp nach Süden eingelegt hatten. Sie blieb stehen und beobachtete das Naturschauspiel. Erst nach einer Weile wurde ihr bewusst, dass Maike Holzer sie in ein paar Minuten erwartete. Sie seufzte laut und ging schnellen Schrittes auf die Warft zu.

Maike Holzer begrüßte sie freundlich. Auf den ersten Blick sah sie erholter aus als am Vortag, aber Lena bemerkte schnell, dass die Farbe im Gesicht auf Schminke zurückzuführen war.

»Du hast sicher schon bei Rika gefrühstückt?«, fragte Maike.

»Ja, aber zu einer Tasse Tee würde ich nicht Nein sagen.«

Maike Holzer nickte und bat sie in die Küche. Während sie Wasser aufsetzte, nahm Lena auf demselben Stuhl wie am Tag zuvor Platz. Erst als Maike Tee eingeschenkt hatte, stellte sie die erste Frage.

»Bei der Obduktion ist bei Klaas eine alte Schusswunde an der Schulter festgestellt worden. Die Gerichtsmedizinerin meint, dass es sechs bis neun Jahre her sein könnte.«

Maike sah erschrocken auf. »Eine Schusswunde? Nein, die Verletzung hatte sich Klaas bei einem Unfall auf dem Festland zugezogen.«

»Ein Unfall?«

»Ja, mit dem Auto eines Freundes. Er hatte getrunken und ist in der Nacht in irgendein Tier reingefahren. Er hatte hinten im Auto Eisenstangen und eine von denen ist …« Sie hielt die

Hand an die rechte Schulter. »Genau hier hat sie ihn getroffen und ist bis vorne durchgestoßen.«

»Wann war das genau?«

Maike Holzer legte den Kopf in den Nacken und schien nachzurechnen. »Vor neun Jahren im Frühling. Ich glaube, es war im April. Wir hatten auf jeden Fall noch keine Gäste.« Sie hielt inne. »Warum ist das so wichtig?«

»Ich muss alles untersuchen, was uns nicht klar ist. Das ist der übliche Ablauf bei solchen Ermittlungen. Die gehen manchmal sehr weit zurück, gerade wenn man keine offensichtlichen Verdächtigen ausmachen kann.«

Maike nickte. »Ja, das verstehe ich.«

Lena entschloss sich, nicht weiter nach der Schusswunde zu fragen. Maike Holzer schien sich mit der Erklärung ihres Freundes zufriedengegeben zu haben.

»Hat Klaas dir von dem Konflikt erzählt, den sein Vater mit dem von Jan Thomsen hatte?«

»Nein, er meinte nur, dass das eine alte Sache wäre, die nie aus der Welt geschafft wurde.«

»Hattest du den Eindruck, dass Klaas diesen Konflikt nach dem Tod seines Vaters weitergeführt hat? Oder war es für ihn nicht mehr so wichtig?«

Maike Holzer ließ sich Zeit mit der Antwort. »Ich habe schon hin und wieder mal nachgefragt, was eigentlich genau zwischen den Familien passiert ist, aber Klaas hat nie viel erzählt. Vielleicht wollte er mir auch nichts sagen, weil er mich nicht damit belasten wollte.«

»Das hört sich so an, als wäre dieser Konflikt schon noch präsent gewesen.«

»Wenn du mich so fragst, ja, das mag sein. Klaas hat seinen Vater früh verloren. Das muss ein großer Einschnitt für ihn gewesen sein. Mit vierzehn ist der Vater schon eine wichtige

Bezugsperson im Leben eines Kindes. Und bei Jungs ist das sicher noch mehr so.«

Maike Holzer hatte während des gesamten Gesprächs leise gesprochen, schien aber psychisch stabiler als am Tag zuvor zu sein.

»Klaas hat seinen Vater verehrt?«, fragte Lena vorsichtig weiter.

»Ich kannte Tom ja nicht, aber Klaas wurde sehr wütend, wenn jemand schlecht über seinen Vater sprach. An seinem Todestag sind wir jedes Jahr alle zusammen zum Friedhof gegangen und haben danach zusammengesessen. Klaas' Mutter, ihr neuer Mann, Klaas und ich.«

»Wann bist du mit Klaas zusammengezogen?«

»Das ging ziemlich schnell. Wo sollte ich hier auf der Hallig auch sonst hin?« Sie machte eine kurze Pause. »Das ist fast vierzehn Jahre her.«

Lena überlegte, wie sie die nächste Frage stellen sollte, ohne dass Maike Holzer merkte, in welche Richtung sich das Gespräch bewegte.

»Es geht mir um die Zeit vor zehn bis elf Jahren. War Klaas zu der Zeit … Wie soll ich es sagen … Gab es da etwas Besonderes? War er ungewöhnlich unruhig oder deprimiert?«

»Woher weißt du das?«, fragte Maike Holzer erstaunt. »Ja, die Zeit damals war für ihn, aber auch für uns beide sehr schwierig.« Sie lächelte matt. »Dabei war es nicht mal das verflixte siebte Jahr.«

»War Klaas zu dieser Zeit häufiger unterwegs?«, tastete sich Lena vorsichtig vor.

»Ja, er suchte einen Job auf dem Festland, konnte aber nichts finden. Wir waren zu der Zeit sehr knapp bei Kasse, musst du wissen.«

»Kannst du mir etwas mehr über diese Zeit erzählen?«

»Es ist schon so lange her. Ich weiß gar nicht …« Maike Holzer stutzte. »Warum ist gerade das so wichtig für dich?«

Lena hatte befürchtet, dass Maike Holzer ihr diese Frage stellen würde. Letztendlich blieb ihr nur die Flucht nach vorne. Wenn sie sie jetzt anlöge, wäre ihre Vertrauensbasis schnell zerstört. Sie konnte Maike Holzer auf Dauer ohnehin nicht die Wahrheit verheimlichen. Egal ob eine SoKo eingerichtet werden würde oder nicht, die Information, dass Klaas Rieckert mutmaßlich für drei Morde verantwortlich war, würde auf jeden Fall an die Öffentlichkeit dringen.

»Klaas' DNA ist im Zusammenhang mit drei Verbrechen gefunden worden.«

Maike Holzer starrte sie entsetzt an. »Was heißt das?«

»Im Detail darf ich das nicht weitergeben. Nur so viel: Es steht der begründete Verdacht im Raum, dass Klaas Straftaten begangen hat.«

»Nein!«, stieß Maike Holzer hervor. »Das kann nicht sein.«

Lena ließ ihr Zeit, die Information zu verarbeiten. »Doch, es ist leider so. Auch deshalb bin ich mit dem Fall betraut worden.«

Maike Holzer atmete schwer. Sie war spürbar blasser geworden, das konnte auch die Schminke nicht verbergen. Tränen standen ihr in den Augen.

»Das … kann … nicht … sein«, wiederholte sie stammelnd.

Lena stand auf, schenkte ihr ein Glas Wasser ein und stellte es vor sie auf den Tisch. »Vielleicht trinkst du erst mal einen Schluck.«

Maike schüttelte den Kopf und schob mit der Hand das Glas zur Seite. Lena wartete, bis ihre Atmung sich beruhigt hatte.

»Ich wollte nicht, dass du es von anderen Polizisten erfährst. Wenn ich den Fall nicht in den nächsten Tagen aufkläre, wird eine große Sonderkommission gegründet, die auch hier auf Hooge ermitteln wird.«

»Sonderkommission?«, wiederholte Maike Holzer wie in Trance.

»Ja, ich gehe davon aus, dass sie mit mindestens zwanzig Kriminalbeamten besetzt sein wird.«

Maike Holzer schwieg und schien darüber nachzudenken, was das für sie bedeuten würde. Nach einer gefühlten Ewigkeit richtete sie sich auf und fragte: »Was willst du wissen?«

# Acht

Die Veränderungen in Klaas Rieckerts Wesen waren nach Maike Holzers Beobachtung etwa ein Jahr vor dem ersten Tötungsdelikt in Berlin aufgetreten. Er habe sich zunächst immer mehr zurückgezogen und sei erheblich häufiger aufs Festland gefahren als zuvor. Maike erfuhr nur noch selten, welchen Grund die Reisen hatten, und vermutete zu der Zeit, dass ihr Lebensgefährte eine Affäre mit einer anderen Frau hatte. Auf ihre Fragen reagierte er ungehalten und stritt ab, dass er Kontakt zu einer anderen Frau habe. Seine Stimmungen in dieser Zeit schwankten zwischen depressiven Phasen und euphorischen Stimmungshochs. Die Beziehung der beiden geriet in eine tiefe Krise, Maike Holzer dachte mehr und mehr darüber nach, sich von Klaas Rieckert zu trennen. Nur ihre Liebe zur Hallig, die sich mittlerweile entwickelt hatte, ließ sie zögern, den letzten Schritt zu machen.

Erst nach dem schweren Unfall schien Klaas Rieckert zur Besinnung gekommen zu sein, wie Maike es formulierte. Er verzichtete konsequent auf Alkohol, hörte auf zu rauchen und suchte sich eine zusätzliche Arbeit beim Küstenschutz. Seine Fahrten aufs Festland wurden schlagartig weniger und hatten ab diesem Zeitpunkt jedes Mal einen nachvollziehbaren Grund.

»Hatte Klaas zu dem Zeitpunkt mehr Geld zur Verfügung?«, fragte Lena.

»Das weiß ich nicht genau. Klaas hat sich immer allein um die Finanzen gekümmert. Gereicht hat es letztlich immer. Aber ob wir genau in der Zeit …« Sie warf Lena einen flehenden Blick zu. »Hat Klaas denn eine Bank ausgeraubt?«

»Nein, das hat er nicht.«

Als Maike Holzer erleichtert aufatmete, war Lena kurz davor, ihr die ganze Wahrheit zu sagen. Stattdessen fragte sie weiter: »Hat er während dieser schwierigen Zeit mehr von seinem Vater gesprochen oder eher weniger?«

Maike Holzer zuckte mit den Schultern. »Das weiß ich nun wirklich nicht mehr.«

»Und der Ärger mit Thomsen, Knudsen und Brunken?«

»Unterschwellig war die Abneigung schon immer da. Aber richtig aufgebrochen ist es erst vor fünf oder sechs Jahren.« Als Lena zu ihrer nächsten Frage ansetzte, fuhr Maike Holzer direkt fort: »Nein, ich weiß nicht, was der Anlass war. Zuerst dachte ich schon, die ganze schreckliche Geschichte würde von vorne losgehen, aber zum Glück war das nicht so.«

Lena sah Maike Holzer an, wie erschöpft sie war. Ihr Blick war trüb, die Augen flatterten nervös und ihre linke Hand zitterte deutlich.

»Was hat Klaas denn jetzt gemacht?«, fragte sie mit schwacher Stimme.

»Das kann und darf ich dir nicht sagen. Ich ermittle offiziell zu Klaas' Tod, inoffiziell aber auch wegen der Straftaten, die ihm zur Last gelegt werden.«

»Aber er ist tot. Ist das jetzt noch wichtig?«

Lena spürte, wie viel Hoffnung in der Frage lag, konnte Maike Holzer aber die Last der Ungewissheit nicht von den Schultern nehmen. »Im Prinzip hast du recht. Aber wenn weitere

Personen daran beteiligt waren oder es gar einen Auftraggeber gab, werden die Ermittlungen nicht eingestellt.«

»Auftraggeber? Deshalb hast du nach dem Geld gefragt?«

»Maike, ich kann dir leider nicht mehr dazu sagen.«

Maike Holzer nickte, setzte noch einmal zu einer Frage an, schien es sich dann aber anders zu überlegen.

Lena zögerte kurz, aber ihr blieb keine Wahl. »Ich muss leider noch Klaas' persönliche Sachen durchsuchen.« Sie hatte sich vorsorglich einen Durchsuchungsbeschluss von Kriminaldirektor Warnke besorgen lassen, hoffte aber, ihn nicht vorzeigen zu müssen. »Ich brauche dazu deine Einwilligung.«

Maike Holzer schloss kurz die Augen, sah Lena dann aber direkt an und sagte: »Ja, ich verstehe das.«

Sie begleitete Lena zu einem kleinen Zimmer, das Klaas Rieckert als Büro benutzt hatte. Auf dem Schreibtisch stand ein Laptop, auf einem Regal waren einige Ordner.

»Wie alt ist der Laptop?«, fragte Lena.

»Ungefähr zwei Jahre, würde ich sagen.«

»Hatte Klaas davor einen anderen?«

Maike Holzer nickte. »Ja, so ein altes Ding, aber das hat er damals weggeworfen.«

Lena startete den Laptop. Er war nicht passwortgeschützt und schien, wie sie schnell feststellte, wenige Daten auf der Festplatte zu haben. Ein Blick in den Mailaccount ergab, dass er kaum genutzt worden war. »Ich muss das Gerät mitnehmen.«

»Ist in Ordnung«, sagte Maike Holzer leise und verließ den Raum.

Lena suchte systematisch die Ordner durch, fand aber nichts Fallrelevantes. Auch die restlichen Unterlagen waren privater Natur, weder fand sie eine Adressenliste noch sonstige Hinweise auf ein Doppelleben des Mordopfers.

Zurück in der Küche, fragte Lena, ob Rieckert noch an anderer Stelle Unterlagen aufbewahrt hatte. Als Maike Holzer den Kopf schüttelte, stand Lena auf. »Du siehst müde aus. Ich lasse dich jetzt mal in Ruhe. Wenn dir noch etwas einfällt, ruf mich doch bitte an. Und ich hoffe, dass ich mich bei dir melden kann, wenn ich noch Fragen habe.«

Maike Holzer nickte, stand auch auf und legte ihre Hand auf Lenas Arm. »Es wird schlimm werden, oder?«

Wieder der Blick, der nach einem letzten Strohhalm zu greifen schien.

»Ich fürchte, ja. Aber du solltest dir nicht zu viel Last aufladen. Du bist und warst nicht für Klaas verantwortlich. Denk bitte daran.«

Maike liefen die ersten Tränen über die Wangen. Lena reichte ihr ein Taschentuch. »Kommst du allein zurecht oder soll ich Klaas' Mutter Bescheid sagen?«

»Es geht schon. Gesine hat es schon schwer genug.«

Maike Holzer begleitete Lena bis zur Haustür. Kurz bevor die Kommissarin sich abwenden wollte, umarmte Maike sie. »Danke«, flüsterte sie, drehte sich abrupt um und schloss mit einem matten Lächeln die Tür.

Lena lief auf das Klubhaus zu. Jan Thomsens Auto stand an der Straße, er selbst öffnete ihr die Tür, als sie die Treppe hinaufstieg.

»Moin!«, murmelte Thomsen und ließ Lena eintreten. »Die Unterlagen liegen in meinem Büro.«

Lena nahm die beiden Zettel entgegen, auf denen die Bootsdaten mit Angabe der Liegedauer aufgelistet waren, und bat Jan Thomsen, sich zu setzen.

»Ist die Liste vollständig?«, fragte sie.

»Das sind alle Boote, von denen ich weiß. Ob hier kurzfristig jemand angelegt und sich nicht angemeldet hat, kann ich nicht sagen. Ich bin nicht vierundzwanzig Stunden im Büro.«

»Es könnte also auch jemand unbemerkt hier ankern?«

»Theoretisch, ja, aber man muss schon damit rechnen, gesehen zu werden. Je länger hier jemand liegt, desto eher fällt es auf.«

»Mehrere Zeugen haben mir bestätigt, dass Ihr Verhältnis zu Klaas Rieckert sich vor fünf bis sechs Jahren verschlechtert hat«, wechselte Lena abrupt das Thema. »Sie erinnern sich sicher noch daran, was der Auslöser war.«

»Was wollen Sie eigentlich von mir? Ich habe nichts mit Klaas' Tod zu tun. Absolut nichts. Haben Sie das verstanden?« Beim letzten Satz hatte er seine Stimme ärgerlich erhoben.

»Das habe ich durchaus, Herr Thomsen. Aber es reicht mir nicht. Was ist also passiert? Vielleicht ist es besser, Sie erzählen es mir, als dass ich es von irgendjemand anderem höre.«

»Was soll schon passiert sein. Das muss vor fünf Jahren gewesen sein. Klaas hatte zu viel getrunken – ich glaube, das war beim Schleusenfest im August – und uns blöd angemacht.«

»Uns? Brunken, Knudsen und Sie?«

»Ja, wir standen am Kai vor unserem Boot und er kam da vorbei. Na ja, wie das so ist. Ein Wort gab das andere. Alles nicht so schön bei so einem Fest. Alle bekommen es mit und da wird wochenlang drüber getratscht. Wirklich nicht schön, so was!«

»Das kann ich mir gut vorstellen. Was ist dann passiert?«

»Dann? Sagte ich doch schon.«

»Es gab also nur eine Art Wortgefecht?«

Jan Thomsen fuhr sich mit der Hand durch die Haare. »Mag sein, dass es ein kleines Gerangel gab. Klaas stand da mit zwei anderen Leuten. Irgendwer vom Festland.«

»Zwei Männer?«

»Ja, klar. Frauen wohl kaum.«

»Haben Sie die Männer später noch einmal gesehen?«

»Mag sein. Ich erinnere mich nicht. Beim Schleusenfest laufen hier ewig viele Typen rum. Segler halt. Vermute ich zumindest.« Thomsen war unruhig geworden. Jetzt stand er auf und öffnete das Fenster hinter sich.

Lena wartete, bis er sich wieder gesetzt hatte. »Das war also der Beginn Ihrer neuen Feindseligkeiten.«

»Was für'n Quatsch. Wir waren keine Feinde.«

»Wie ging es in den nächsten Jahren weiter?«, fragte Lena, ohne auf seine Äußerung einzugehen.

»Wie schon. Normal. Solche Sachen sind schnell vergessen. Gut, wir haben nicht nächtelang zusammengehockt und gefeiert, aber sonst war alles …« Er schien nach den richtigen Worten zu suchen. »Es war alles wie immer.«

Jan Thomsen starrte auf seine Hände und rutschte unruhig auf dem Bürostuhl hin und her.

»Was haben Sie gedacht, als Sie davon gehört haben, dass Klaas Rieckert im Watt ertrunken ist?«

»Was soll ich schon denken? Dumm gelaufen. Kann jedem mal passieren. Weiß ich, was der da bei auflaufendem Wasser gemacht hat? Nein, weiß ich nicht. Fragen Sie jemand anders. Ich habe damit nichts zu tun.«

»Er kannte sich aus im Watt?«

Thomsen schnaubte. »Sie wissen genau, dass er Wattführer war. Natürlich kannte er sich da aus. Bevor die Kinder hier laufen können, wissen sie, wie gefährlich das Watt ist.«

»Also kann es unmöglich ein Unfall gewesen sein?«

»Was fragen Sie mich? Ich weiß nicht, was Klaas da draußen wollte. Reicht das jetzt endlich?«

»War Klaas Rieckert jemals auf Ihrer Segeljacht?«

Thomsen gab ein abfälliges Geräusch von sich. »Ganz bestimmt nicht. Da hätte er niemals einen Fuß draufgesetzt.«

»Sie segeln auch allein?«

Thomsen warf ihr einen überraschten Blick zu. »Warum?«

»Beantworten Sie doch einfach meine Frage.«

»Ja.«

»Ist das Ihre Antwort auf meine Frage?«

»Ja.«

»Waren Sie, allein oder mit anderen zusammen, in den drei Tagen, bevor Rieckert gefunden wurde, mit der Segeljacht unterwegs?«

»Nein. Sie lag die ganze Zeit hier. Niemand ist damit rausgefahren.«

Lena stand auf. »Das wäre es fürs Erste, Herr Thomsen. Bleiben Sie ruhig sitzen. Ich finde allein hinaus.«

Auf dem Weg zurück zu Rikas Haus ließ Lena sich die beiden Gespräche durch den Kopf gehen. Wenn Maike Holzer nicht eine begnadete Schauspielerin war, hatte sie nicht die geringste Ahnung von dem Doppelleben ihres Partners gehabt. So wie sie Klaas Rieckert beschrieb, war er ein sensibler Mensch, dem der frühe Tod seines Vaters sehr zu schaffen machte. Ein Mann, der sich liebevoll um seine Partnerin kümmerte, aber auch Phasen hatte, die für Maike Holzer nur schwer auszuhalten waren.

Jan Thomsen war bei der zweiten Befragung gesprächiger gewesen. Trotzdem hatte Lena das Gefühl, dass er ihr etwas Wesentliches verheimlichte. Die Frage war, ob dies mit dem Tod von Klaas Rieckert zu tun hatte. Die Familienfehde musste tiefere Ursachen haben, als Lena bisher erfahren hatte. Aber auch hier stellte sich die Frage, ob die Umstände überhaupt etwas mit dem aktuellen Fall zu tun hatten. Andererseits lagen die mutmaßlichen Morde zehn Jahre zurück. War es wirklich denkbar, dass hier ein Zusammenhang zum Tötungsdelikt Klaas Rieckert bestand?

Lena legte bei Rika und Erck eine kurze Pause ein, trank eine Tasse Tee mit ihnen und lieh sich ein letztes Mal Rikas Auto aus. Sie hatte sich am Morgen bei Gesine Husmann angemeldet und die Zusicherung erhalten, dass Klaas' Mutter zu Hause anzutreffen sei.

»Guten Tag, Frau Husmann«, begrüßte Lena die Frau, die ihr nach dem Klingeln die Tür öffnete.

»Kommen Sie rein«, forderte Gesine Husmann die Kommissarin auf und folgte ihr in die Küche.

»Haben Sie etwas herausgefunden?«, war die erste Frage von Klaas' Mutter.

»Eine solche Ermittlung kann sehr langwierig sein«, wich Lena ihrer Frage aus. »Ich würde Ihnen gerne noch ein paar Fragen stellen.«

Frau Husmann nickte, verriet aber mit ihrer Körperhaltung, dass Lena bei ihr an der falschen Adresse war. Ihre Arme hatte sie vor dem Körper verschränkt, ihr Blick war kühl und abweisend.

»Ihr erster Mann ist verstorben, als Ihr Sohn Klaas fünfzehn war?«

»Klaas hatte drei Monate nach seinem Tod Geburtstag.«

»Ihr Mann ist an Krebs gestorben?«

»Ja, Tjark hatte Blutkrebs. Es ist zu spät entdeckt worden.«

»Die Zeit danach war sicher schwer für Ihren Sohn.«

»Natürlich. Was denken Sie denn! Klaas war ein robuster Junge, aber der so frühe Tod des eigenen Vaters hat ihn sehr mitgenommen.«

Gesine Husmann hatte leise gesprochen und nickte jetzt gedankenversunken.

»Ich habe erfahren, dass Klaas' Vater mit dem Vater von Jan Thomsen zerstritten war. Wissen Sie, was genau vorgefallen ist?«

Gesine Husmann sah auf. »Das sind alles alte Kamellen. Männer streiten sich manchmal. Was soll das mit Klaas' Tod zu tun haben?«

»Das kann ich Ihnen noch nicht sagen. Ich habe allerdings schon zweimal Jan Thomsen befragt, ebenso Enno Brunken. Mit den beiden und Eike Knudsen hatte Ihr Sohn Streit und ich vermute, dass es sich quasi um eine Art Fortsetzung der Schwierigkeiten handelt, die Ihr erster Mann mit Tom Thomsen gehabt hat.«

»Tom ist schon vor zehn Jahren bei einem Unfall umgekommen.«

»Das weiß ich, Frau Husmann. Sie können mir also nicht sagen, worum es damals bei den Auseinandersetzungen ging?«

»Ich weiß es nicht genau. Die beiden, Tjark und Tom, sind zusammen zur See gefahren. Dort muss was passiert sein. Die Männer hätten sich schon wieder vertragen, aber Tjark blieb nicht mehr genug Zeit. Ein Jahr nach der letzten Fahrt ist er gestorben.«

»Ich habe Sie gestern schon danach gefragt, ob sich Ihr Sohn in den letzten Wochen oder vielleicht auch Monaten verändert hat. Haben Sie noch einmal über die Frage nachgedacht?«

Gesine Husmann schloss die Augen und für einen Augenblick dachte Lena, sie sei eingeschlafen. Aber nach einer guten Minute sah sie auf und nickte. »Ja, ich habe darüber nachgedacht.« Sie ließ sich viel Zeit für den nächsten Satz. »Klaas war aufgeregt. Ich finde keine anderen Worte dafür. Wie ein Kind, das sich auf etwas freut. Ich war froh, ihn so zu sehen, weil er auch schlechte Tage hatte. Manchmal auch sehr schlechte. Sie verstehen, was ich meine?«

»Ja, Frau Husmann. Das verstehe ich sehr gut.« Lena sah ihre Mutter vor ihrem inneren Auge. In den letzten Jahren ihres Lebens war sie manchmal tage- oder wochenlang nicht aus dem Haus gegangen. Heute war Lena klar, dass ihre Mutter damals auf eine tiefe Depression zusteuerte und vielleicht in ihren letzten Monaten sogar schon mittendrin gewesen war.

»Sie werden jetzt fragen«, fuhr Gesine Husmann fort, »ob ich weiß, warum er so hoffnungsfroh war.« Sie stöhnte leise. »Ich habe nicht gewagt zu fragen. Ich, seine Mutter, hatte Angst vor der Antwort. Hätte ich es doch nur gemacht. Vielleicht wäre dann alles anders gekommen.« Zum zweiten Mal an diesem Tag wurde Lena mit diesem flehenden Blick einer Person konfrontiert, die auf Erlösung hoffte. Frau Husmann schien darauf zu hoffen, dass Lena ihr widersprach, ihr die Last von der Schulter nahm, nicht alles für ihren Sohn getan zu haben.

»Können Sie mir die Namen von Klaas' Freunden auf dem Festland nennen?«, wich Lena aus.

Wider Erwarten nickte Gesine Husmann, stand auf und holte aus einer Schublade ein Foto, das sie Lena reichte. Auf der Aufnahme befanden sich drei Männer. In der Mitte erkannte Lena Klaas Rieckert, die beiden anderen Männer schienen etwas jünger zu sein als er. Gesine Husmann zeigte auf eine der Personen. »Das ist Christian. Und der heißt Björn.«

»Erinnern Sie sich auch an die Nachnamen?«, fragte Lena.

»Nachnamen?« Sie nahm das Foto in die Hand und drehte es um. »Dachte ich mir doch. Ich habe sie hier notiert. Christian Petersen und Björn Preischel. Dieser Christian wohnt, glaube ich, in Husum. Aber wo genau der andere lebt, weiß ich nicht mehr. Hilft Ihnen das weiter?«

Lena schrieb die Namen in ihr Notizbuch. Hinter Petersen vermerkte sie die Stadt Husum. »Ja, ich denke schon. Ich vermute mal, dass die beiden im Norden wohnen. Es besteht durchaus eine Chance, sie zu finden.« Sie bat erneut um die Aufnahme und fotografierte sie mit dem Handy ab, bevor sie sie Frau Husmann zurückgab.

»Mein Sohn war ein guter Mensch, Frau Kommissarin. Finden Sie seinen Mörder. Es ist wichtig für Maike …« Sie hielt kurz inne. »Und auch für mich.«

Lena stand auf und verabschiedete sich von der alten Dame, die in der letzten halben Stunde um Jahre gealtert schien.

»Scheuen Sie sich nicht, mich anzurufen«, sagte Lena und reichte ihr eine Visitenkarte. »Selbst Dinge, die Ihnen vielleicht unwichtig erscheinen, können für die Ermittlungen wichtig sein.«

»Das werde ich tun.« Gesine Husmann schenkte ihr ein Lächeln und begleitete sie zur Haustür.

# Neun

»Nach oben?«, fragte Erck, als sie auf die Fähre zuliefen.

Lena drehte sich um und winkte Rika zu. »Wenn du mitkommst.«

Erck lächelte. »Klar, deshalb bin ich hier.«

Hand in Hand liefen sie die Stahltreppe hoch und suchten sich einen Platz vorne an der Reling. Als die Fähre ablegte, winkte Lena noch einmal Rika zu, die immer noch am Kai stand. »Ich war viel zu selten hier. Schade, dass wir Hauke nicht mehr gesehen haben.«

»Holen wir alles nach, wenn wir erst mal in Husum wohnen.« Erck legte seinen Arm um ihre Schulter.

»Und wir bekommen wirklich das Haus?«

»Das hat mir die Eigentümerin zugesagt.«

Lena schmunzelte. »Sag mal, wie alt war die Frau eigentlich?«

»Alt«, meinte Erck mit todernster Miene.

»Über vierzig?«

»Man fragt doch keine Frau nach ihrem Alter«, entgegnete Erck empört, um dann lachend zuzugeben, dass sie in ihrem Alter war. »Du bist doch nicht etwa eifersüchtig?«

Lena küsste ihn. »Nein. Dafür sind wir beide wohl etwas zu alt, oder?«

Erck grinste spitzbübisch. »Ich nicht.«

Lena lachte und hielt den Kopf hoch. Ein Windstoß erfasste ihre Haare und wirbelte sie wild durcheinander. »Dann muss ich mich wohl anstrengen und auch hin und wieder etwas eifersüchtig sein.«

»Dann wäre das ja geklärt. Bleibt nur noch die Frage nach der Zimmeraufteilung. Möchtest du das größere Zimmer im ersten Stock?«

Sie schüttelte den Kopf. »Nein, das bekommst du. Mir reicht eine kleine Ecke mit einem Sofa.« Sie schmunzelte. »Die Verbrecher muss ich sowieso draußen fangen.«

Erck nickte schweigend. Lena ahnte, an was er gerade dachte. Erck hatte nie eine Waffe in der Hand gehabt. Mit achtzehn verweigerte er den Wehrdienst und leistete stattdessen seinen Zivildienst in einer sozialen Einrichtung auf Amrum. Schon mehrfach hatte er ihr gestanden, dass er jedes Mal Angst um sie habe, wenn sie außerhalb des Büros im Einsatz war.

»Das ist mein Job und ich mache ihn gut«, sagte Lena.

»Ich weiß. Trotzdem ...«

»Du musst dir keine Sorgen machen. Ich bin vorsichtiger geworden.« Lena hatte Erck von einigen Fällen aus der Vergangenheit berichtet, aber die gefährlichen Situationen, in die sie geraten war, verschwiegen. Ihr war klar, dass das in Zukunft schwieriger werden würde. Eine Verwundung, sei es durch eine tätliche Auseinandersetzung oder bei einem Schusswechsel, würde sie kaum verheimlichen können.

Ercks Blick fiel auf ihre Waffe, die sie an der Seite im Halfter trug. »Wie häufig hast du die schon benutzt?«

»Ein paarmal. Das bleibt nicht aus, wenn man im Einsatz ist.«

»Und die Wunde an deiner Schulter?«

Lena atmete tief durch. Sie war davon ausgegangen, dass die Narbe auf der Rückseite der Schulter kaum noch zu sehen war. Wahrscheinlich hatte sich Erck im Internet über derartige Wunden informiert.

»Ja, da bin ich angeschossen worden.«

»Schwer?«

Lena zögerte, entschloss sich aber, bei der Wahrheit zu bleiben. »Ich habe Glück gehabt. Zehn Zentimeter tiefer wäre nicht so gut gewesen.«

»Hattest du keine schusssichere Weste an?«

»Nein. Das ist bei der Befragung eines Zeugen passiert. Niemand hat damit gerechnet.«

Erck schwieg eine Weile. »Genau das meine ich. Du triffst täglich auf Menschen, von denen du vorher nicht weißt, ob sie Verbrecher sind und sich im nächsten Augenblick auf dich stürzen oder auf dich schießen.«

»Ich bin nun mal Polizistin. Und ja, die Wahrscheinlichkeit, dass mir etwas bei der Arbeit passiert, ist vielleicht etwas höher als bei dir. Mehr aber auch nicht.«

Er zog sie an sich. »Ich muss wohl mit meiner Angst leben. Aber versprich mir, dass du auf dich aufpasst. Immer!«

Sie nickte und schmiegte sich an seine Schulter. »Ja, ich verspreche es.«

»Ein Traum!« Lena sah sich in dem etwa fünfundzwanzig Quadratmeter großen Raum um, der vermutlich als Wohnzimmer genutzt worden war. Eine Wandseite war komplett verglast und ermöglichte den Blick auf den Garten des Hauses, der im Stil alter Bauerngärten angelegt war.

»Das wird etwas Arbeit«, meinte Erck. »Aber das bekomme ich schon hin.« In der Ferne war der Deich zu sehen. »Bei guter Sicht kann man von da den Amrumer Leuchtturm sehen.«

Lena lachte. »Das sind mindestens vierzig Kilometer. Da brauchst du aber ein gutes Fernglas.«

»Werde ich mir besorgen«, sagte Erck schmunzelnd.

Sie hatten sich inzwischen alle Räume des Hauses angesehen. Das Gebäude war Anfang des 19. Jahrhunderts gebaut und vor etwa zehn Jahren komplett saniert worden. Mit seinen hundertzwanzig Quadratmetern und den vier Zimmern war es für Lena und Erck wie maßgeschneidert. Das Haus stand am Ende einer Sackgasse. Zu Fuß waren sie in zehn Minuten am Deich und konnten von dort nach Nordstrand und bis Pellworm und zu den Halligen schauen.

»Wie hoch ist die Miete?«, fragte Lena, der einfiel, dass sie darüber noch gar nicht gesprochen hatten.

»Neunhundert.« Als Erck Lenas Blick sah, fügte er schnell hinzu: »Zusammen schaffen wir das spielend. Allein die Mieteinnahmen durch die neue Ferienwohnung werden höher sein.«

»Aber da kommen noch die Nebenkosten drauf. Von den Fahrten nach Kiel und Amrum mal ganz zu schweigen.«

»Wir schaffen das. Ich verdiene ganz gut, und wenn du deine Wohnung in Kiel kündigst, sollte das hinkommen.«

Lena nickte nachdenklich. War das wieder eine ihrer kleinen Ausflüchte gewesen? Hatte sie immer noch Angst, den falschen Schritt zu tun? »Ja, wir schaffen das. Lass uns den Mietvertrag unterschreiben. Wann können wir einziehen?«

Erck strahlte. »Quasi sofort.«

Nach einem letzten Rundgang schlossen sie das Haus ab und setzten sich auf die Holzbank im Garten.

»Wann triffst du deinen Kollegen?«

Lena hatte sich von Hallig Hooge aus mit dem zuständigen Husumer Hauptkommissar verabredet, um sich zum Tötungsdelikt Rieckert auszutauschen.

»In einer halben Stunde. Das Kommissariat ist nur fünf Minuten entfernt. Sag, willst du mich wirklich nach Kiel bringen? Ich kann auch mit dem Zug fahren.«

»Alles gut. Ich fahre dich. Vor morgen Abend erwartet mich niemand auf Amrum.« Er rückte näher an Lena heran. »Soll ich die Eigentümerin jetzt anrufen?«

Ohne zu zögern, antwortete Lena: »Ja!«

»Ganz sicher?«

Lena strich ihm mit der Hand über die Wange. »Ganz, ganz sicher.«

»Okay, dann mache ich das, während du mit deinem Kollegen sprichst.« Er streckte sich. »Verrückt! Wer hätte vor ein paar Monaten gedacht, dass wir hier zusammen auf der Bank sitzen, vor einem Haus, in das wir bald gemeinsam einziehen.«

Lena schmunzelte. »Beke. Wir haben letzte Woche telefoniert. Da habe ich ihr von dem Haus hier erzählt und dass wir es uns angucken. Jetzt darfst du mal raten, was sie mir dann gesagt hat.«

»Dass sie es schon lange vermutet hat?«

»Genau das. Im letzten Herbst sei ihr schon klar gewesen, dass wir beide – wo auch immer – zusammenziehen würden. Ich habe dann lieber nicht nachgefragt, was sie in ihrer Hellsichtigkeit sonst noch alles vorausgeahnt hat.«

Erck lachte. »Dann werde ich das wohl mal nachholen. Mich interessiert das brennend.«

Lena stieß ihn spielerisch in die Seite. »Das wirst du schön lassen. Wir entscheiden selbst über unsere Zukunft und nicht irgendeine Glaskugel.«

»Beke und Glaskugel?«, fragte Erck amüsiert. »Das wird sie sicher weit von sich weisen. Sie ist einfach eine kluge alte Dame mit viel Lebenserfahrung, die sich für uns freut.«

»Hat sie dich schon gefragt, wann wir heiraten?«

»Und wenn, dann würde ich es dir nicht sagen«, konterte Erck mit einem verschmitzten Lächeln.

Lena lachte. »So sieht das also aus! Du verbündest dich hinter meinem Rücken mit Beke. Unglaublich!« Sie umarmte Erck und küsste ihn zärtlich. »Ich liebe dich!«

Lena betrat die Polizeidirektion, einen schlichten dreigeschossigen Bau, und suchte nach dem Büro ihres Kollegen Ole Kotten. Nachdem sie dreimal nach dem Weg gefragt hatte, stand sie endlich vor der Tür, klopfte und trat ein, als jemand sie dazu aufforderte. Der Mann hinter dem Schreibtisch warf ihr einen fragenden Blick zu, schien einen Augenblick zu überlegen und stand dann gemächlich auf.

»Kollegin Lorenzen?«, fragte er und reichte ihr die Hand, nachdem Lena genickt hatte. »Freut mich, dich kennenzulernen. Man hört ja so einiges von dir.«

Lena grinste. »Sollte ich jetzt sagen, hoffentlich nur Gutes?«

Ole Kotten winkte ab. »Ich höre mir nur die positiven Sachen an. Der ganze Tratsch geht hier rein …« Er zeigte auf sein rechtes Ohr und anschließend auf das linke. »… und hier wieder raus.«

Ole Kotten führte sie zu einem kleinen Besuchertisch und bot ihr etwas zu trinken an. Lena bat um ein Glas Wasser und setzte sich. Er schüttete Mineralwasser in zwei Gläser und reichte ihr eines davon.

Lena schätzte sein Alter auf über sechzig, auch wenn seine wachen Augen einem Mann ihres Alters hätten gehören können. Sein volles graues Haar schien eine Weile keinen Friseur mehr gesehen zu haben und ließ ihn etwas nach Alt-Hippie aussehen. Die runde Knollennase und das verschmitzte Lächeln taten ihr Übriges. Alles in allem war der Kollege Lena auf Anhieb sympathisch. Dass er sie ungefragt geduzt hatte, konnte sie ihm nicht übel nehmen, im Gegenteil, sie war froh, dass sich gleich ein solch kollegiales Verhältnis eingestellt hatte.

»Ich habe mich in den letzten zwei Tagen auf Hooge aufgehalten und dort Klaas Rieckerts Angehörige und weitere Zeugen befragt.«

Kotten nickte. »Ich weiß Bescheid. Dein Chef war so nett, mich zu informieren. Allerdings hatte ich den Eindruck, dass er sich beim Sinn deines Auftrags nicht so sicher war wie du.«

Der Mann schien ein guter Beobachter und Zuhörer zu sein, wenn er schon nach wenigen Worten diese durchaus richtige Einschätzung von sich gab.

»Das würde er sicher nicht gerne hören, aber ich denke, so ganz unrecht hast du wohl nicht.«

Er schmunzelte. »Wäre doch auch schade, wenn mein Spürsinn mich so plötzlich im Stich lassen würde.« Er zog eine Augenbraue hoch. »Aber wegen unseres kleinen Plausches bist du sicher nicht hier.«

»Nein, eigentlich nicht.« Sie gab ihrem Kollegen einen kurzen Abriss von den Befragungen auf Hallig Hooge und wartete gespannt auf seinen Bericht.

»Nun, ich war leider nicht selbst in Husum, mein Kollege Bender hatte sich der Sache angenommen.« Er seufzte leise. »Wir sind latent unterbesetzt und Bender war eigentlich schon in Urlaub. Unter solchen Umständen schleichen sich schnell Fehler ein. Als ich von meiner Fortbildung zurück war, habe ich gleich eine Obduktion beantragt, die dann ja auch bei euch in Kiel durchgeführt wurde. Wie ich inzwischen weiß, steht ja jetzt deutlich der Verdacht von Fremdeinwirkung im Raum. Ehrlich gesagt, war das auch mein erster Eindruck, als ich von der Geschichte gehört habe.«

Er berichtete von den Befragungen der Angehörigen, die Oberkommissar Bender auf Hooge durchgeführt hatte, und bat um Nachsicht, dass keine weiterführenden Ermittlungen eingeleitet worden waren.

»Aber jetzt haben wir ja kompetente Unterstützung aus der Landeshauptstadt.« Er warf ihr einen skeptischen Blick zu. »Allerdings kann ich fast nicht glauben, dass sich das LKA in so einem – doch vergleichsweise unwichtigen – Fall mal eben schnell einschaltet.« Er hielt einen Moment inne und fuhr fort: »Kannst oder darfst du mir sagen, weshalb du wirklich hier bist?«

Lena hatte auf diese Frage gewartet. Kotten schien nicht die Art Kriminalist zu sein, die sich mit einfachen Erklärungen abspeisen ließ. Sie musste sich entscheiden, ob sie ihren Kollegen anlog oder versuchte, der Frage auszuweichen – oder ob sie ihn zumindest grob einweihte. In wenigen Tagen würde ohnehin durchsickern, welche Aufgabenstellung die dann eingesetzte SoKo hatte. Ihr Bauchgefühl sagte ihr, dass sie Kotten vertrauen konnte.

»Du weißt doch, wie der Hase läuft. Ich bin letztlich nur ein kleines Rädchen im großen Getriebe und darf dir eigentlich keine Auskunft geben.«

»Eigentlich?«

»Kann ich mich auf deine Diskretion verlassen?«

Er musterte sie. »Wenn mich nicht alles täuscht, hast du dir die Frage längst selbst beantwortet. Oder?«

Lena nickte. »Klaas Rieckert ist nicht nur mutmaßliches Opfer, sondern seine DNA wurde im Zusammenhang mit drei Tötungsdelikten gefunden.«

Ole Kotten zog die Augenbrauen hoch. »Die Fälle liegen nicht zufällig zehn Jahre zurück?«

Lena warf ihm einen erstaunten Blick zu, schwieg aber.

»Verstehe!«, sagte der Hauptkommissar. »Dann wird es ja bald eng auf der Hallig?«

»Ich brauche schnelle Ergebnisse. Zwei oder höchstens drei Tage, mehr Zeit habe ich nicht.«

»Darf ich raten? Du warst damals auch in der SoKo?«

»Auch?«

Ole Kotten nickte. »Ich war zu der Zeit noch in Hamburg tätig, deshalb sind wir uns wohl nicht über den Weg gelaufen. Klaas Rieckert ist also das Phantom?« Er pfiff durch die Zähne. »Verrückt, da lebt dieser Kerl die ganzen Jahre über wenige Kilometer von uns entfernt und niemand merkt etwas. Vielleicht bin ich ihm hier in Husum sogar mal über den Weg gelaufen.« Er schüttelte sich kurz. »Okay! Wie kann ich dir helfen?«

# Zehn

Lena und ihr Husumer Kollege saßen weitere dreißig Minuten zusammen, sortierten noch einmal die Fakten und beschlossen, dass sich Kotten nach einem Experten für Strömungen im Wattenmeer umschauen und die Unterlagen zum Unfall von Jan Thomsens Vater sichten würde. Weiterhin würde er in Wittdün auf Amrum den Hafenmeister kontaktieren, um die Liegezeit von Thomsens Segeljacht herauszufinden. Zusätzlich schlug er vor, dass er sich nach den beiden unbekannten Freunden von Klaas Rieckert in Husum umsehen würde. Lena schickte Kotten die abfotografierte Aufnahme und tauschte mit ihm Handynummern aus.

Als sie auf den Parkplatz der Polizeidirektion trat, stand Erck am Auto und wartete auf sie. Sie umarmte ihn. »Tut mir leid, hat leider länger gedauert, als ich geplant hatte.«

»Kein Problem. Ich habe einen kleinen Spaziergang durch Husum gemacht. Ist schon eine Weile her …« Er zog die Augenbrauen zusammen und schien zu überlegen. »Zehn Jahre müssen das sein. Da habe ich mich mit einem alten Freund hier getroffen. Erinnerst du dich an Tido? Der hat zu der Zeit hier gelebt.«

»Unser Schulclown?«

»Genau der! Und jetzt rat mal, was aus ihm geworden ist.«

Sie stiegen ins Auto ein, Erck ließ den Motor an. »Na, eine Idee?«

»Lehrer?«

»Nein.«

»Schauspieler?«

»Ganz kalt!«

»Nun sag schon.«

»Er hat Betriebswirtschaft studiert und arbeitet bei einer Privatbank im Management. Sei ehrlich, darauf wärst du niemals gekommen.«

Lena lachte. »Nein, sicher nicht.«

Erck legte den ersten Gang ein und fuhr vom Hof der Polizeidirektion. Als sie Husum verlassen hatten, klingelte Lenas Handy. Nach einem Blick aufs Display nahm sie das Gespräch an.

»Auftrag erledigt?«, fragte sie immer noch gut gelaunt.

»Selbstverständlich, Chefin«, entgegnete Johann zuckersüß.

»Perfekt, dann brauche ich ja morgen nicht nach Flensburg zu kommen. Vielleicht kann ich sogar einen Tag freinehmen.«

»Deine Scherze lassen in der letzten Zeit zu wünschen übrig. Wann bist du morgen hier?«

Lena stöhnte theatralisch. »Neun, wenn die Autobahn halbwegs frei ist.«

»Hast du jetzt schon Feierabend oder willst du noch hören, was ich heute gemacht habe?«

Lena lag ein flapsiger Spruch auf der Zunge, aber sie zwang sich, ernsthaft zu antworten. »Ich komme gerade vom Husumer Kollegen und fahre jetzt nach Kiel – oder besser: werde gefahren. Also leider noch kein Feierabend. Schieß los!«

»Die Witwe von Maximilian von Brockdorf habe ich nicht erreicht, weil sie heute nicht in Flensburg ist. Ich bin für morgen um zehn bei ihr angemeldet. Mit der Mutter habe ich gesprochen. Sie war allerdings mehr als abweisend. Offensichtlich macht sie uns, also der Polizei, immer noch Vorwürfe, dass wir ihren Sohn nicht ausreichend beschützt haben und später nicht einmal den Mörder gefasst haben. Nachdem ich mir das eine halbe Stunde hab anhören müssen, konnte ich endlich ein paar Fragen stellen.«

»Und?«, fragte Lena ungeduldig.

»Ihr Sohn war nie auf Hallig Hooge. Das konnte sie deshalb so sicher sagen, weil er bei einer Fahrt mit dem Schiff sofort seekrank geworden wäre und deshalb selbst kurze Fähren gemieden hat. Der Name Klaas Rieckert sagte ihr nichts, das Foto genauso wenig. Zumindest war sie bestens informiert über das Leben ihres Sohnes. Die beiden scheinen in regem Austausch miteinander gestanden zu haben oder, das vermute ich eher, sie hat ihn selbst als Erwachsenen mehr oder weniger kontrolliert. Ich habe vorsichtig weitergefragt, aber nicht den geringsten Anhaltspunkt gefunden, der auf eine Verbindung zu Rieckert hingewiesen hat. Allerdings hat sie mir einiges über ihren Sohn erzählt. Er scheint, vorausgesetzt, sie hat mir die Wahrheit gesagt, eine Seele von Mensch gewesen zu sein. Sprich: Auch hier keine Anhaltspunkte, warum ihn jemand getötet haben sollte. Seine Arbeit als Geschäftsführer des Hospiz-Verbands Schleswig-Holstein passt da ja auch wunderbar ins Bild. Mama hatte aber wohl eine andere Karriere für den Junior im Blick. Maximilian von Brockdorf hatte, aber da erzähle ich dir nichts Neues, Jura und Betriebswirtschaft studiert und mit Bestnoten abgeschlossen. Seine Mutter hat mir verraten, dass sie für ihn eigentlich den Vorstandsposten im Familienunternehmen vorgesehen hatte, er aber nach dem Tod seines Vaters den Wechsel kategorisch abgelehnt habe. Den Begriff kategorisch hat sie natürlich nicht benutzt und auch so getan, als wenn ihr Sohn es sich noch einmal überlegt hätte, wäre ihm die Zeit geblieben. Ich habe ihr aber diesbezüglich kein Wort geglaubt. Nach alldem, was sie mir erzählt hat, wird Maximilian von Brockdorf nicht im Traum daran gedacht haben, die Firmenleitung zu übernehmen. Wie ich anschließend beim Gespräch mit seinem Bruder erfahren habe, hatte Maximilian sogar das ›von‹ in seinem Namen gestrichen und hatte vor, sein späteres mütterliches Erbe in gemeinnützige Projekte zu stecken.«

»Dass Maximilian von Brockdorf nicht ins Familienunternehmen zurückwollte, ist uns damals tatsächlich verschwiegen worden. Allerdings hat der Bruder zu der Zeit auch in den USA studiert und ist nur kurz zur Beerdigung in Deutschland gewesen. Ich bin mir nicht mal sicher, ob die Befragung nicht telefonisch abgelaufen ist. Da Maximilian zu der Zeit aber weiterhin Geschäftsführer der Hospiz-Vereinigung war und es auch keinerlei Anzeichen gab, dass er wechseln würde, hat das Familienunternehmen auch nur eine untergeordnete Rolle bei den Ermittlungen gespielt.«

Lena sah zu Erck hinüber. Er erwiderte ihren Blick mit einem Lächeln und schien sich nicht daran zu stören, dass sie telefonierte.

»Wie gesagt, ich war auch bei Alexander von Brockdorf, dem jüngeren Bruder. Der leitet übrigens inzwischen das Familienunternehmen. Er war um einiges gesprächiger als seine Mutter und hat mir bestätigt, dass das Opfer Schiffe und Fähren gemieden hat und keinen Bezug zu Hallig Hooge hatte. Auch den Namen Rieckert will er noch nie gehört haben. Aber wie gesagt, er war vor zehn Jahren für längere Zeit in den USA und könnte von daher diese Dinge so auch nicht mitbekommen haben. Ich verspreche mir da mehr von der Witwe.«

»Wie war dein Eindruck von Alexander von Brockdorf?«

Johann stöhnte leise. »Ich wusste, dass die Frage kommt. Ich bin mir da extrem unsicher. Sein Bruder war ja offensichtlich der empathische Typ, er wohl eher nicht. Er hat sich zwar im Gespräch Mühe gegeben und wollte wohl sehr menschlich rüberkommen, aber ich vermute eher, dass er ein knallharter

Geschäftsmann ist. Nun gut, das ist ja nicht strafbar, aber …« Er brach ab.

»Wir sollten ihn noch mal gemeinsam befragen?«

»Wenn uns die Zeit nicht davonläuft, sollten wir das machen. Wie gesagt, ich bin mir unsicher.«

»Okay, lass uns das morgen sehen. Mit wem hast du noch gesprochen?«

»Reinhard Lose, ein enger Freund von Maximilian. Sie kannten sich seit der Schulzeit. Er hat mir bestätigt, dass sein Freund niemals in die Firma eingestiegen wäre. Dieser Punkt scheint also definitiv geklärt zu sein. Auch er wusste von Maximilians Abneigung gegen Wasser und war sich ziemlich sicher, dass er nie auf Hallig Hooge war. Sie haben sich wohl fast jede Woche gesehen und einige Zeit miteinander verbracht. Die beiden Familien sind auch zusammen in Urlaub gefahren und was man sonst noch so macht. Den Namen Klaas Rieckert hat er nie gehört und auch mit Rieckerts Foto konnte er nichts anfangen.«

»Wäre ja auch zu schön gewesen«, murmelte Lena. »Lass uns morgen weitermachen. Ich versuche, doch etwas eher wegzukommen. Die Zeit läuft uns davon. Was hältst du von acht Uhr?«

Lena hatte am Vorabend Kriminaldirektor Warnke Bericht erstattet. Um ihn davon abzuhalten, die Aktion sofort abzubrechen, hatte sie die Ergebnisse der Befragungen weitaus positiver dargestellt, als sie aus momentaner Sicht waren. Lena wusste aus Erfahrung, dass manchmal nur ein kleines Puzzlestück notwendig war, um die gesammelten Informationen im richtigen Licht erscheinen zu lassen. Gleichzeitig ahnte sie, dass dieser Fall außerordentlich kompliziert werden würde. Bisher war weder für Klaas Rieckerts Ermordung ein Motiv zu entdecken noch für die mutmaßlichen Morde vor zehn Jahren.

»Gute Idee«, meinte Johann zu ihrem Vorschlag, früher zu kommen. »Ich werde da sein und uns einen Raum organisieren.«

»Bis morgen, Johann.«

»Kannst du mir die Namen der beiden Freunde von Klaas Rieckert schicken? Ich sehe mir das heute noch an.«

»Mache ich. Wir sehen uns morgen.«

Lena beendete das Gespräch und lehnte sich erschöpft im Sitz zurück. Erck strich ihr zärtlich über den Arm. »Setz dich nicht so unter Druck. Die Zeit ist zu kurz und das weißt du auch.«

»Die Chancen stehen schlecht, da hast du recht. Deshalb gleich die Flinte ins Korn zu werfen ist nicht meine Art. Wir haben mindestens noch einen Tag.«

Erck schwieg eine Weile, bevor er nachdenklich sagte: »Du warst schon immer sehr zielstrebig und konsequent.«

»Und das ist schlecht?«

»Nein, natürlich nicht. Und wenn ich ehrlich bin, habe ich das auch schon immer an dir bewundert.«

»Aber?«

Er zuckte mit den Schultern. »Ich weiß nicht. Vielleicht macht es mir auch ein wenig Angst.« Er hielt kurz inne und schien zu überlegen. »Aber das Risiko muss ich wohl eingehen, wenn ich mit dir zusammen sein will.«

Lena schluckte. Aus Ercks Sicht hatte sie ihn nach dem Unfall ihrer Mutter verlassen, hatte sich gegen Amrum und damit gegen ihn entschieden. Die Wunde schien immer noch nicht verheilt zu sein. Hinzu kam Lenas langes Zögern, nachdem sie wieder ein Paar geworden waren. Sie war vor der Verantwortung davongelaufen und hatte ihn ein zweites Mal auf Amrum zurückgelassen. Was konnte sie jetzt anderes erwarten, als dass er Angst hatte, ein drittes Mal verlassen zu werden.

»Ich habe Zeit gebraucht«, sagte sie leise. »Ich will dich nicht noch mal verlieren, Erck. Nie wieder. Meine Arbeit ist mir wichtig, aber nicht so wichtig, dass ich unsere Beziehung deshalb noch einmal infrage stellen würde. Das kann ich dir versprechen, nicht mehr und nicht weniger. Alles andere wird die Zukunft zeigen.«

Zurück in Kiel, lud Lena Erck in ihre kleine Lieblingspizzeria ein. Sie wurden mit einer herzlichen Umarmung von Petro, dem Inhaber des Lokals, begrüßt und bekamen einen ruhigen Tisch im hinteren Teil des Restaurants zugewiesen.

Erck streckte sich. »Hoffentlich finden wir in Husum auch so ein fantastisches Restaurant.« Er grinste. »Kannst du Petro nicht fragen, ob er nach Husum umziehen will?«

Lena lachte. »Klar, mache ich sofort.«

Petro war mit den Karten auf dem Weg zu ihnen. »Gute Stimmung, das freut mich!«

Lena schmunzelte. »Wenn du dein Lokal nach Husum verlegen würdest, würden wir beide sogar noch einen Freudentanz aufführen.«

»Husum?« Petro wiegte den Kopf hin und her. Er wusste von Lenas Plänen, aus Kiel wegzuziehen. »Den Wunsch kann ich euch leider nicht erfüllen.« Er reichte Lena die Karten. »Aber jeden anderen schon.«

»Schade!«, sagten Lena und Erck fast gleichzeitig.

»Habt ihr in Husum jetzt etwas gefunden?«, fragte Petro interessiert.

Lena nickte. »Ein wunderschönes kleines Haus mit herrlichem Blick.«

»Fantastico!« Er lächelte verschmitzt. »Dann fehlt nur noch das Bambino.«

»Bambini!«, korrigierte ihn Erck amüsiert. »Wir wollen mindestens fünf. Hat Lena das nicht erzählt?«

Petro sah zwischen Lena und Erck hin und her, bis ihm klar wurde, dass Erck einen Scherz gemacht hatte. Er grinste.

»Ihr veräppelt den alten Petro. Das wird meinem Cousin nicht gefallen.«

Lena warf ihm einen fragenden Blick zu. »Cousin?«

»Der hat ganz in der Nähe von Husum eine Pizzeria. Ich habe euch beide schon angekündigt. Aber jetzt ...«

Lena hielt ihm flehend die gefalteten Hände entgegen. »Das kannst du nicht machen, Petro. Bitte!«

Der Wirt rollte mit den Augen. »Mamma mia! Die jungen Leute. Ich bringe euch erst mal den Wein. Pinot grigio?«

Lena lächelte und tätschelte ihm den Arm. »Wir werden dich wahnsinnig vermissen und versprechen hoch und heilig, dass wir immer bei dir einkehren, wenn wir zusammen in Kiel sind.«

Petro nickte. Lena kannte ihn inzwischen über zwölf Jahre und war unzählige Male bei ihm zu Gast gewesen. Nicht selten endete der Abend, wenn alle anderen Gäste das Lokal verlassen hatten, mit einer Flasche hervorragendem Grappa und intensiven Gesprächen mit dem Wirt. Sie waren in der Zeit Freunde geworden, sie kannte seine Sorgen, er ihre. Sie würde diese Abende genauso vermissen wie vermutlich Petro.

»Netter Kerl«, sagte Erck, als Petro gegangen war. »Er scheint große Stücke auf dich zu halten. Wäre er ein paar Jahre jünger, würde ich mir sicherlich Sorgen machen.«

»Unsinn!«, meinte Lena und küsste ihn.

Als Petro kurze Zeit später den Wein serviert hatte, prostete Lena Erck zu. »Auf unser neues Haus!«

Er lächelte. »Auf unser neues Leben!«

# ELF

Lena beschleunigte ihren Passat und fuhr auf die Autobahn Richtung Flensburg auf. Erck war mit ihr zusammen um sechs Uhr aufgestanden, hatte Kaffee gemacht, während sie unter der Dusche stand. Den Abend hatten sie in ihrer kleinen Wohnung ausklingen lassen und waren erst weit nach Mitternacht eingeschlafen. Mitten in der Nacht war sie aus einem Traum erwacht. Sie war schwanger, und wie sich nach und nach herausstellte, hatte sie bereits vier weitere Kinder.

Lena versuchte, sich an ihre Gefühle im Traum zu erinnern. War es ein Albtraum gewesen? Oder hatte ihr das Gewusel der vielen Kinder nichts ausgemacht? Sie sah noch wie in der Nacht vor ihren Augen, dass Erck der ruhende Pol in der Familie gewesen war und sie sich am Morgen auf den Weg zur Arbeit gemacht hatte. Lena musste bei dem Gedanken schmunzeln, dass sie im Traum noch fünf Kinder bekommen hatte. Mit fast siebenunddreißig und einem angenommenen Abstand von eineinhalb Jahren zwischen den einzelnen Kindern musste sie im Traum bereits fünfundvierzig gewesen sein. Dabei schien ihr im Moment schon ein einziges Kind ein unkalkulierbares Abenteuer zu sein.

Hatte Ercks Scherz am Abend zuvor einen wahren Kern gehabt? Wünschte er sich wirklich mehrere Kinder?

Lena schob den Gedanken zur Seite und versuchte, sich auf den aktuellen Fall zu konzentrieren. Es gab hier zu viele Fragen, auf die sie keine Antwort fand. Konnte der Tod von Klaas Rieckert etwas mit den Taten vor zehn Jahren zu tun haben? War Hallig Hooge, sein Lebensmittelpunkt, überhaupt relevant? Spielten die drei Männer, mit denen Rieckert verfeindet war, eine Rolle? Was hatten die beiden Freunde, die Klaas auf Hooge besucht hatten, mit dem Fall zu tun?

Die Fahrt durch Flensburg verlief aufgrund des geringen Verkehrsaufkommens am frühen Samstagmorgen reibungslos. Als Lena an der Pforte ihren Ausweis vorzeigte, kam auch schon Johann auf sie zugelaufen.

»Guten Morgen, Chefin«, sagte er schmunzelnd. »Gut durchgekommen?«

»Guten Morgen. Hat mein Assistent alles vorbereitet?«, konterte Lena, die es hasste, mit *Chefin* angesprochen zu werden.

»Selbstverständlich!« Er verneigte sich leicht. »Im ersten Stock habe ich einen Raum für Sie gefunden.«

Lena warf ihm einen genervten Blick zu. »Können wir jetzt zum ernsthaften Teil des Tages übergehen?«

Johann zeigte mit der Hand die Richtung an und lief neben ihr her. »Schlechte Laune?«

»Wenn ich an den Fall denke, wird sie zumindest nicht besser.«

Im ersten Stock angekommen, gingen sie einen langen Gang entlang, bis Johann bei der vorletzten Tür stehen blieb und sie aufschloss. In dem kleinen Raum standen ein Tisch und vier Stühle. Johann schaltete das Deckenlicht an und fragte: »Milchkaffee?« Als Lena nickte, wandte er sich ab und verließ ihr provisorisches Büro. Lena fuhr ihren Laptop hoch, rief die Datei mit den Notizen auf und ging sie noch einmal durch. Inzwischen war Johann mit zwei großen Tassen zurück und setzte sich zu ihr.

»Wir haben eine gute Stunde Zeit, dann müssen wir zur Witwe von Maximilian von Brockdorf.«

»Okay! Versuchen wir, etwas mehr Licht ins Dunkel zu bringen.« Lena schlug ihr Notizbuch auf. »Klaas Rieckert, mutmaßlicher Mörder von drei Männern, zwischen denen die SoKo keine Verbindungen oder andere Gemeinsamkeiten entdecken konnte. Besagter Klaas Rieckert wird zehn Jahre später auf Japsand tot aufgefunden. Ertrunken, mit relativ eindeutigen Hämatomen an Handgelenken und Knöcheln, die darauf hindeuten, dass er kurz vor seinem Tod gefesselt war. Weitere Hämatome lassen auf einen Kampf schließen. Die zentrale Frage ist: Hat sein Tod etwas mit den Morden von vor zehn Jahren zu tun? Oder gibt es keine Verbindung zwischen den Fällen?«

Johann räusperte sich. »Wir sind zwar noch in der Frühphase der Ermittlungen, aber ich möchte trotzdem gerne mit einer Hypothese aufwarten. Mir ist klar, dass das gewagt ist, aber aufgrund der wenigen Zeit, die uns bleibt, scheint es mir sinnvoll.«

Lena sah ihn auffordernd an. »Dann mal los!«

»Wir beide tendieren wohl ziemlich deutlich zu der Annahme, dass Rieckert kein Auftragsmörder war. Offensichtlich gibt es kein Motiv, weshalb jemand eine der drei Personen hätte ermorden lassen sollen. Zusätzlich verfügte Rieckert nach den Taten nicht über mehr oder zumindest wesentlich mehr Geld als vorher. Insofern liegt ein mehr oder weniger persönliches Motiv für die drei Morde nahe. Dass hier gleich drei unterschiedliche Motive zum Tragen kommen, ist ausgesprochen unwahrscheinlich. Insofern *muss* es einen gemeinsamen Nenner geben, der diese drei Männer verbindet.«

»Gut, aber was würde das für die aktuelle Tat bedeuten? Wer hat dann Klaas Rieckert getötet?«

»Dazu wollte ich gerade kommen.« Johann richtete sich auf und fuhr fort: »Wie immer er zu Tode gekommen ist, meine

These lautet, dass es nichts mit den drei Morden in Flensburg, Hamburg und Berlin zu tun hat. Wenn Rieckert mindestens dreimal brutal gemordet hat, kann er nicht so ein netter und sanfter Typ gewesen sein, wie uns einige Leute glauben machen wollen. Heißt, wer zu einem Mord fähig ist, wird auch im normalen Leben nicht unbedingt kompromissbereit sein. Rieckert wird sich mit seiner Art Feinde gemacht haben. Auf den Punkt gebracht: Den oder die Täter sehe ich eher auf dieser Hallig oder allenfalls auf dem nahen Festland, wo er sich ja laut seiner Lebensgefährtin und der Mutter häufiger aufgehalten hat.«

Lena hatte Johanns Ausführungen interessiert zugehört. »Dass Rieckert vor zehn Jahren nicht plötzlich über mehr Geld verfügen konnte, muss nicht automatisch bedeuten, dass es keine Auftragsmorde waren. Er könnte bei jemandem in der Schuld gestanden und mit den Morden dafür bezahlt haben.«

Johann wiegte den Kopf hin und her. »Du denkst an Glücksspiel?«

»Zum Beispiel. Vielleicht sind auch andere Schulden denkbar. Jemand hat ihm sein Leben gerettet und fordert jetzt eine Gegenleistung von ihm ein. Oder es ist eine alte Familienschuld, etwas, das sein Vater zu verantworten hat.«

»Klingt alles weit hergeholt«, meinte Johann.

»Sehe ich nicht so, Johann. Es geht doch darum, dass wir uns nicht nur auf eine Möglichkeit fokussieren. Aber gut, sehen wir uns deine Hypothese näher an.« Als Johann zustimmend nickte, fuhr sie fort: »Wir suchen also nach einem möglichen Motiv für die Morde vor zehn Jahren. Welche Beziehung hatte Rieckert zu den drei Opfern? Was hatten die drei Opfer miteinander zu tun? Oder hatten sie ausschließlich eine wie auch immer geartete Verbindung zu Klaas Rieckert?«

»Flensburg, Hamburg, Berlin«, zählte Johann auf. »Die Städte liegen alle im Norden, sind allerdings von der Größe her sehr unterschiedlich.«

Lena schaute in ihren Notizen nach. »Das erste Opfer, Maximilian von Brockdorf, war Jurist und Betriebswirt und hat als Geschäftsführer einer gemeinnützigen Organisation gearbeitet. Das zweite Opfer, Walter Reinstedt aus Hamburg, war Hauptaktionär und Vorstand eines international tätigen Bauunternehmens. Das dritte Opfer, Thomas Solinger, war Physikprofessor an der Freien Universität.«

»Ich sehe da keine Verbindungen«, warf Johann ein. »Und das wird die SoKo ja auch bis ins Detail abgeklärt haben.«

»Richtig. Die Männer kannten sich nicht persönlich, hatten auch beruflich nicht die geringsten Berührungspunkte. Von Brockdorf und der Professor aus Berlin waren quasi gleich alt, während der Bauunternehmer aus Hamburg fast fünfzehn Jahre älter war. Also auch hier keine Gemeinsamkeiten.«

»Wie sind sie getötet worden?«, fragte Johann.

»Brockdorf wurde mit einer Plastiktüte über dem Kopf erstickt, der Bauunternehmer vermutlich mit einem Hammer erschlagen und der Professor wurde mit einem Seil erdrosselt.«

Johann nickte nachdenklich. »Stimmt. Hier gibt es zwar auf den ersten Blick keine Gemeinsamkeiten, aber alle Morde sind quasi per Hand ausgeführt worden. Das lässt schon auf eine gehörige Portion Wut und Hass schließen. Wie sind die anderen Männer umgekommen?«

»In den drei anderen Fällen, die ebenfalls in der SoKo mit bearbeitet wurden, sind die Opfer erschossen worden. Auch deshalb ging man davon aus, dass keine DNA gefunden wurde, weil der Täter nicht direkt mit den Opfern in Berührung gekommen ist.«

»Aber warum der plötzliche und doch sehr radikale Wechsel der Methode?«

»Richtig. Schon allein wegen der knappen Zeit sollten wir die drei Fälle ohne DNA-Funde außen vor lassen. Ich war übrigens schon damals davon überzeugt, dass sie nichts mit den übrigen zu tun haben.«

»Sehe ich auch so«, stimmte ihr Johann zu. »Darum soll sich die zukünftige SoKo gerne kümmern.« Er legte den Kopf in den Nacken. »Siehst du noch Gemeinsamkeiten bei den Taten in Flensburg, Hamburg und Berlin?«

»Sie sind alle drei Männer mit deutscher Staatsangehörigkeit, die aus sogenannten besseren Verhältnissen kommen. Von Brockdorfs Familie ist ausgesprochen wohlhabend. Beide Brüder haben selbstverständlich an Eliteuniversitäten im Ausland studiert. Unser Professor aus Berlin, Thomas Solinger, kommt aus einer Familie, die seit Generationen im Bankwesen tätig ist, und Walter Reinstedt, der Bauunternehmer, hat ebenfalls studiert und ist dann in die Firma seines Vaters eingestiegen. Auch seine Familie gehörte seit vielen Jahren zu den führenden in Hamburg. Alter Geldadel sozusagen.«

»Sollten wir in diese Richtung weiterforschen?«

»Schwierig. Vor zehn Jahren sind die Familienverhältnisse gründlich untersucht worden. Der Ermittlungsansatz war ja, dass wir es mit einem Auftragsmörder zu tun haben. Da lag es nahe, den Auftraggeber auch in der Familie zu vermuten.«

»Und?«

»Der Einzige, der hier ein Motiv gehabt haben könnte, war der Bruder von Maximilian von Brockdorf, der durch den Tod zum Alleinerben der Firma wurde. Aber hier gab es keine Anhaltspunkte, an denen wir damals ansetzen konnten. Die beiden Brüder standen sich nach Aussagen mehrerer Zeugen sehr nahe. Zusätzlich war das Erbe des Vaters so groß, dass es problemlos für beide gereicht hätte.«

»Allerdings wollte Maximilian, wie wir jetzt wissen, nichts mit der Firma zu tun haben und hätte vielleicht darauf bestanden, seinen Anteil am Erbe für wohltätige Zwecke einzusetzen. Hätte das die Firma überlebt?«

»Natürlich ist das damals auch untersucht worden. Maximilian hätte allenfalls Anspruch auf den Pflichtteil des privaten Vermögens seines Vaters gehabt. Die Firmenanteile waren vertraglich so abgesichert, dass sie von den Erben nicht veräußert werden konnten. Ein handfestes Motiv war in dieser Richtung nicht auszumachen.«

Johann seufzte. »Schade. Ist denn absolut ausgeschlossen, dass die Brüder Streit miteinander hatten?«

»An der Sache war ich damals selbst dran. Ich habe zusammen mit einem Kollegen das gesamte Umfeld befragt. Einstimmig waren die Zeugen der Meinung, dass die beiden ein ausgesprochen enges Verhältnis zueinander gehabt haben.«

»Nach unserem Telefonat gestern habe ich noch mal über das Gespräch mit Alexander von Brockdorf nachgedacht. Ich gebe gerne zu, dass er mir auf den ersten Blick unsympathisch war, aber eigentlich kann ich über solche Sachen hinwegsehen. Um auf den Punkt zu kommen: Irgendwas stimmt mit dem Mann nicht. Ich denke, du solltest auf jeden Fall auch mit ihm sprechen, und deshalb habe ich uns gestern für eine zweite Befragung bei ihm angemeldet.«

»Okay! Dann verschieben wir diese Diskussion, bis wir mit der Witwe und dem Bruder gesprochen haben«, sagte Lena. »Dann fasse ich mal zusammen: Wir konnten bis jetzt keine Verbindungen zwischen Maximilian von Brockdorf und Klaas Rieckert finden. Ich schlage vor, dass wir heute Nachmittag versuchen, so viele Zeugen der Taten in Hamburg und Berlin telefonisch zu erreichen, wie möglich ist. Vielleicht tut sich ja darüber eine Verbindung zu Klaas Rieckert auf, die uns dann wiederum im Flensburger Fall auf die Sprünge hilft.«

»Einen Versuch ist es auf jeden Fall wert.«

»Weiterhin liegen mir die beiden Freunde von Klaas Rieckert am Herzen. Wir müssen sie dringend finden und mit ihnen sprechen.«

»Ich kümmere mich gleich darum, wenn wir die beiden Befragungen hinter uns haben.«

Lena machte sich eine Notiz. »Durch Maike Holzer wissen wir jetzt, wann Rieckert angeschossen wurde. Registriert ist diesbezüglich nichts. Das habe ich schon abklären lassen. Wir müssen überprüfen, ob es in dem Zeitfenster ungeklärte Schießereien gab. Irgendwo muss sich Rieckert die Kugel schließlich eingefangen haben.«

»Du vermutest, dass er bei der Ausübung seiner *Nebentätigkeit* angeschossen wurde?«

Lena schmunzelte. »Schön formuliert, aber durchaus zutreffend. Vielleicht konnte er bei einem geplanten vierten Mord nicht so nah an sein Opfer herankommen und hat sich eine Schusswaffe besorgt.«

»Ist notiert. Ich kümmere mich darum.«

»Außerdem muss ich mir heute Nachmittag Rieckerts Laptop noch einmal vornehmen. Auf Hooge war nur kurz Zeit dafür.«

Johann sah auf die Uhr. »Wir müssen auch gleich los.« Er hielt kurz inne. »Mir ist noch etwas eingefallen. Du hast gestern erzählt, dass diese drei Männer, mit denen Klaas Rieckert Ärger hatte, eine Segeljacht haben. Ist so ein Ding nicht teuer?«

»Kommt auf die Größe an. Aber mit hunderttausend aufwärts musst du schon rechnen. Wenn man sie gebraucht kauft, hängt es natürlich auch vom Alter ab.«

»Dieser Jan Thomsen, den du zweimal befragt hast, woher hat er so viel Geld? Sagtest du nicht, dass er sich mit allen möglichen Jobs durchschlägt?«

Lena nickte nachdenklich. Wie hatte sie diesen Aspekt übersehen können? »Guter Einwand, Johann. Ich werde das klären. Mit dem dritten Mann wollte ich ohnehin sprechen. Eike Knudsen wohnt in Schleswig. Vielleicht lege ich heute auf dem Rückweg nach Kiel einen Zwischenstopp bei ihm ein.«

# Zwölf

Johann stoppte vor einer roten Ampel. »Warum ist Helene von Brockdorf seinerzeit eigentlich nicht befragt worden?«

»Sie war nicht in der Lage, mit uns zu sprechen«, antwortete Lena. »Zusammenbruch, psychiatrische Privatklinik in Bayern. Die Ärzte haben davon abgeraten, dass sie von den Kollegen befragt wird. Als die SoKo aufgelöst wurde, war sie meines Wissens immer noch in der Klinik.«

»In den Akten stand, dass sie selbst Psychologin ist.«

»Richtig. Aber das schützt wohl kaum vor einem solchen Zusammenbruch. Sie arbeitet übrigens wieder in der eigenen Praxis.«

Johann bog vom Hafendamm ab auf den Parkplatz des Apartmenthauses, in dem Helene von Brockdorf ihre Privatwohnung hatte.

»Nett hier, oder?«, sagte Johann, als sie ausgestiegen waren und mit Blick auf den Sporthafen auf das Haus zugingen. »Mein Geldbeutel würde für die Lage auf jeden Fall nicht reichen.«

Er drückte auf eine der sechs Klingeln und wartete, bis eine Frauenstimme sich meldete. Als er seinen Namen genannt hatte, summte der Türöffner. Eine Frau um die fünfzig, Jeans, weiße Bluse und mit offenen, halblangen Haaren, empfing sie mit einem sanften Lächeln. Johann stellte sich und Lena vor, die Frau trat zur Seite. »Gehen wir doch in mein Arbeitszimmer.«

Der Raum war an einer Seite voll verglast und ließ den Blick frei auf die Innenförde und den Sporthafen. Sie nahmen an einem Tisch direkt am Fenster Platz, Frau von Brockdorf bot ihnen etwas zu trinken an. Als die Kommissare verneinten, setzte sie sich zu ihnen.

»Mein Kollege hat Ihnen ja schon am Telefon gesagt, dass wir im Rahmen einer aktuellen Ermittlung mit Ihnen über Ihren Mann sprechen möchten«, begann Lena.

Helene von Brockdorf nickte. »Ja, ich weiß Bescheid. Was kann ich in dem Zusammenhang für Sie tun?«

Lena wunderte sich, dass Frau von Brockdorf sich nicht nach den genauen Umständen erkundigte. »Ich war seinerzeit in der Sonderkommission, die auch den Mord an Ihrem Mann untersucht hat.«

Wieder nickte Frau von Brockdorf.

Lena reichte ihr das Foto von Klaas Rieckert. »Kennen Sie diesen Mann?«

Die Psychologin musterte die Aufnahme eine Weile, sah dann auf und sagte mit fester Stimme: »Ich bin mir sehr sicher, dass ich diesen Mann noch nie gesehen habe.« Auch dieses Mal fragte Frau von Brockdorf nicht weiter nach.

Nach einer kurzen Pause fuhr Lena fort: »War Ihr Mann jemals auf Hallig Hooge oder hatte er etwas mit der Hallig zu tun?«

»Wir waren … damals zwanzig Jahre verheiratet. In der Zeit war er ganz sicher nicht auf dieser Hallig oder auf einer anderen Insel.« Sie lächelte matt. »Er wurde sehr schnell seekrank und hat alle Schiffe, egal ob klein oder groß, gemieden.«

Die Witwe schloss kurz die Augen, sah dann Lena direkt an und fragte: »Haben Sie den Mörder meines Mannes gefunden?«

»Das wissen wir noch nicht genau«, antwortete Lena bewusst vage. »Sie konnten ja damals nicht befragt werden. Darf ich Ihnen noch ein paar Fragen stellen, die sich auf die Zeit vor zehn Jahren beziehen?«

»Ja.«

Lena war sich nicht sicher, aber wenn sie nicht alles täuschte, hatte Helene von Brockdorf immer noch große Schwierigkeiten, über die damaligen Ereignisse zu sprechen.

»Ist in den Wochen und Monaten vor dem Tod Ihres Mannes etwas Besonderes passiert? Hat Ihr Mann davon gesprochen, dass er zum Beispiel verfolgt wurde?«

»Sie wissen sicher, dass ich fast zwei Jahre in einer Klinik verbracht habe«, begann Helene von Brockdorf zögernd. »Kurz nachdem ich die Nachricht bekommen habe, bin ich zusammengebrochen und habe lange gebraucht, um mich zu erinnern. Dieses Erinnern war auch ein Teil der Verarbeitung der Ereignisse.« Sie atmete tief durch und ließ sich Zeit mit der Antwort. »Ja, mein Mann hat davon gesprochen, dass er sich verfolgt fühlte. Vielleicht war es ja nur ein Zufall, aber …«

Lena ließ einen Augenblick verstreichen, bevor sie nachfragte: »Was genau hat Ihr Mann damals erzählt?«

Helene von Brockdorf starrte auf die Tischplatte. Die plötzliche Stille im Raum ließ Lena die Luft anhalten. In diesem Augenblick setzte sich Helene von Brockdorf ruckartig auf. »Wir waren damals beide beruflich sehr engagiert und hatten nur wenig Zeit zusammen.« Sie schluckte. »Ich weiß nicht mehr genau, wann und wie er davon erzählte, bin mir aber sicher, dass er mehrmals erwähnt hat, dass ihm jemand gefolgt wäre. Er sprach von einem Mann in seinem Alter.« Wieder erstarrte sie für einen kurzen Moment. »Ich fürchte, ich habe das nicht wirklich ernst genommen.«

»Das wäre mir in Ihrer Situation nicht anders ergangen«, sagte Lena leise. »Ihr Mann hat den Unbekannten aber nicht gekannt?«

»Nein, ganz bestimmt nicht. Er hätte ihn dann auch sofort angesprochen. Maximilian war kein ängstlicher Mensch. Er war immer der Meinung, dass man Problemen nicht aus dem Weg gehen sollte.«

Johann räusperte sich. »Ich habe gestern mit Ihrer Schwiegermutter gesprochen und sie hat mir erzählt, dass Ihr Mann ursprünglich eine Leitungsfunktion in der Firma einnehmen sollte.«

Helene von Brockdorf verzog das Gesicht. »Das hat sie aber nett ausgedrückt. Maximilians Vater hat ihn über Jahre bedrängt, seine, wie er es nannte, *Verantwortung* zu übernehmen. Maximilian war ein Familienmensch und er hat sich die Entscheidung nicht leicht gemacht, aber letztlich wäre er nicht glücklich geworden mit dieser Art Arbeit.«

»Letztlich?«, fragte Lena, die meinte, eine besondere Betonung des Wortes herausgehört zu haben.

Helene von Brockdorf nickte. »Sie sind eine aufmerksame Zuhörerin, Frau Lorenzen. Es gab da tatsächlich einen Moment, in dem Maximilian nachgeben wollte oder eigentlich sogar nachgegeben hat. Allerdings hatte sein Vater nur indirekt damit zu tun, da es nach seinem Tod war. Zwar hatte er in den Jahren zuvor heftige Auseinandersetzungen mit seinem Vater, was aber an seiner Liebe zu ihm nichts geändert hat. Egal in welchem Alter, es ist immer schwer, einen Elternteil zu verlieren.«

»Also hatte Ihr Mann doch vor, in die Firma einzutreten?«, kam Lena wieder auf den unter Umständen für die Ermittlungen wichtigen Aspekt zurück.

»Er hatte schließlich eingewilligt, und eine Presseerklärung war bereits im Umlauf. Aber schließlich hat er doch schweren Herzens seine Zusage zurückgenommen. Seine Mutter hat das nicht verstehen können, aber letztendlich musste er seinem Herzen folgen und das hing nun mal an seinen Projekten in dem Hospiz-Verband.«

»Gab es Streit in der Familie?«, fragte Johann nach.

Helene von Brockdorf schüttelte den Kopf. »Nein, meine Schwiegermutter hat relativ schnell eingesehen, dass Maximilian nicht anders handeln konnte. Alexander, sein Bruder, hat ihn übrigens sehr dabei unterstützt. Er war zwar zu der Zeit in den Staaten und sehr eingebunden in seine Hochschulprojekte, hat aber trotzdem immer wieder mit seiner Mutter gesprochen. Kurze Zeit später hat er ja auch selbst eine Position in der Firma übernommen.«

Lena stellte die nächste Frage: »Die beiden Brüder haben sich gut verstanden?«

»Ja, sehr gut. Alexander ist fast zehn Jahre jünger und Maximilian war so etwas wie ein Ersatzvater für ihn. Sein Vater war gerade in der so wichtigen Zeit des Heranwachsens kaum präsent. Maximilian hat oft davon gesprochen, wie wichtig es für Alexander gewesen wäre, wenn Joachim, also mein Schwiegervater, sich mehr mit ihnen beschäftigt hätte.«

Helene von Brockdorf schien froh zu sein, über die Familienangehörigen sprechen zu können. Sie lächelte zwischendurch und wirkte entspannter als zuvor.

»Ihr Schwager leitet jetzt das Familienunternehmen?«, fragte Johann weiter.

»Ja, er hat es zwei Jahre danach …« An dieser Stelle machte Helene von Brockdorf eine kurze Pause. »Also, er hat ja ebenfalls Betriebswirtschaft studiert und war dort an der Uni tätig. Es war wohl eine Umstellung, aber für ihn und auch die Familie die richtige Entscheidung.« Sie hielt kurz inne. »Aber Sie haben doch bereits mit ihm gesprochen, oder?«

»Das stimmt«, warf Lena ein. »Wir haben gleich auch noch einmal einen Termin mit ihm.«

Frau von Brockdorf nickte. »Das ist gut, er kann Ihnen viel besser über die geschäftlichen Dinge Auskunft geben. Ich halte mich da komplett raus.«

»Sie haben Anteile der Firma von Ihrem Mann geerbt?«, wollte Johann wissen.

»Ja, aber ich bin vertraglich daran gebunden, sie zu halten. Mir ist das alles nicht so wichtig und ich bin der Familie meines Mannes auch sehr dankbar, dass sie in der schweren Zeit zu mir gehalten hat.«

Lena reichte ihr eine Visitenkarte. »Vielen Dank, dass Sie Zeit für uns hatten. Falls Ihnen noch etwas einfällt, rufen Sie mich jederzeit an.«

Helene von Brockdorf begleitete sie bis zur Wohnungstür und verabschiedete sich mit einem freundlichen Lächeln.

»Was hältst du von ihr?«, fragte Johann, als sie im Fahrstuhl nach unten fuhren.

»Es fiel ihr offensichtlich trotz der langen Zeit, die verstrichen ist, nicht leicht, mit uns über die Sache zu reden. Sie hat es aber trotzdem gemacht. Ich denke, sie sagt die Wahrheit.«

Die Tür des Aufzugs öffnete sich, die Kommissare verließen das Haus und eilten zum Parkplatz.

Johann startete den Motor und gab die Adresse ins Navi ein. »Sie scheint gut mit der Familie ihres Mannes auszukommen. Besonders mit dem Schwager. Ist dir das Lächeln aufgefallen, wenn sie von ihm sprach?«

»Ja, durchaus. Und was schließt du daraus?«

Johann fuhr vom Parkplatz auf die Straße und folgte den Anweisungen der Navi-Stimme. Als sie vor einer roten Ampel stoppen mussten, wandte er sich zu Lena. »Haben die beiden etwas miteinander?«

»Und wenn? Hätte das irgendeine Relevanz? Sie war offensichtlich fast zwei Jahre außer Gefecht gesetzt.«

»Schlechtes Gewissen?«, warf Johann ein und fuhr wieder an, als die Ampel auf Grün umsprang.

»Alexander von Brockdorf hat sich zu der Zeit überhaupt nicht in Deutschland aufgehalten. Eine Fernaffäre, die dann auch noch zu einem Mordauftrag führt. Das ist sehr weit hergeholt.«

»Nur ein Gedanke. Du sagst doch immer, dass wir nichts ausschließen sollen.«

»Lass uns das zurückstellen und erst mal mit ihrem Schwager sprechen«, schlug Lena vor.

Johann bog in eine Straße ab und hielt in der Nähe einer Villa, der man ansah, dass sie in den letzten Jahren erbaut worden war. Flachdach, weiß verputzt, mit großflächigen Fensterfronten und einem großen Garten.

Als Lena den Klingelknopf auf der Gegensprechanlage betätigte, meldete sich kurz darauf eine tiefe Männerstimme. »Ja, bitte?«

»Johann Grasmann. Guten Tag, Herr von Brockdorf.«

Das Tor öffnete sich automatisch, die Kommissare traten auf den Vorplatz und gingen aufs Haus zu. Der Mann, der in der Tür auf sie wartete, war groß, athletisch und hatte die dunklen Haare streng nach hinten gekämmt. Er trug eine helle Sommerhose und ein weißes Hemd, dessen obere zwei Knöpfe geöffnet waren.

Lena reichte ihm die Hand und stellte sich vor. Sie wurden in die Bibliothek gebeten und nahmen Platz in einer Sitzecke mit bequemen Stühlen und einem kleinen Tisch. An zwei Wänden befanden sich deckenhohe Regale, die mit unzähligen alt aussehenden Büchern bestückt waren.

Nach den Fotos zu urteilen, die Lena von Maximilian von Brockdorf gesehen hatte, war der Bruder eine jüngere Ausgabe von ihm. Auf viele Frauen würde von Brockdorf vermutlich sehr anziehend wirken, doch Lena hatte immer einen Bogen um diesen Typ Mann gemacht.

»Darf ich Ihnen etwas zu trinken anbieten?«, fragte von Brockdorf mit einem Lächeln, das vermutlich charmant wirken sollte.

»Wasser wäre nett«, antwortete Lena und sah ihm zu, wie er aus einem Regal zwei Gläser und eine Flasche Mineralwasser holte und ihnen einschenkte. Schließlich setzte er sich zu den Kommissaren an den Tisch.

»Was kann ich noch für Sie tun?«, fragte er an Lena gerichtet.

»Wie mein Kollege Ihnen ja gestern bereits erklärt hat, ermitteln wir im Todesfall eines Mannes, der auf Hallig Hooge gelebt hat.«

»Das hatte ich durchaus verstanden. Allerdings ist mir immer noch nicht klar, was das mit dem Mord an meinem Bruder zu tun haben soll. Ist dieser Halligmann etwa der Mörder?«

»Wie gesagt, wir sind mitten in der Ermittlung«, wich Lena ihm aus. »Wenn Sie uns noch ein paar Fragen beantworten könnten …«

»Selbstverständlich! Was genau wollen Sie wissen?«

»Wir haben heute bereits mit Ihrer Schwägerin gesprochen und sie erinnerte sich daran, dass Ihr Bruder sich in den Wochen vor seinem Tod verfolgt fühlte. Hat er Ihnen etwas davon erzählt?«

Er warf Lena einen erstaunten Blick zu. »Tatsächlich? Helene hat mir gegenüber nie etwas in der Art erwähnt.«

»Ihre Schwägerin war sich sehr sicher«, betonte Johann.

Alexander von Brockdorf hatte ihn bisher ignoriert. Nur bei der Begrüßung hatte er ihm kurz zugenickt und sich anschließend auf Lena konzentriert.

»Wenn Helene das sagt, wird es stimmen. Wie Ihnen sicher bekannt sein wird, war ich damals in den Staaten. Durch die

Zeitverschiebung haben mein Bruder und ich nur wenig miteinander gesprochen. Hin und wieder eine Mail oder ein kurzes Gespräch per Skype.« Er hielt einen Augenblick inne und schien nachzudenken. »Nein, ich kann mich wirklich nicht erinnern, dass Maximilian mir etwas Derartiges erzählt hat. Vielleicht wollte er mich auch nicht beunruhigen und hat es mir verschwiegen. Tut mir wirklich leid.« Er lächelte Lena an. »Haben Sie weitere Fragen?«

»Sie haben in den USA an einer Hochschule gearbeitet? Das klingt interessant.« Lena hatte sich Mühe gegeben, die Frage so persönlich wie möglich klingen zu lassen.

»Harvard. Es hätte aber noch eine Weile und sehr viel Glück benötigt, um dort eine Professur zu bekommen.«

»Sie entschieden sich dann, ins Unternehmen Ihres Vaters einzusteigen?«

Er faltete die Hände und rieb dabei die beiden Daumen aneinander. »Das ist korrekt und hat, wie Sie unschwer bemerkt haben, immer noch Bestand.« Er schien noch etwas hinzufügen zu wollen, holte dann aber tief Luft und fragte: »Weitere Fragen?«

Johann räusperte sich. »Ihre Schwägerin meinte, dass Ihr Verhältnis zu Ihrem Bruder ausgesprochen innig war. Ihre Mutter hat sich mir gegenüber ähnlich geäußert.«

Alexander von Brockdorf fuhr sich mit dem Zeigefinger über den Nasenrücken. »Und wie lautet jetzt Ihre Frage?«

»Ich hätte jetzt vermutet, dass, wenn Ihr Verhältnis so eng war, Sie häufiger miteinander kommuniziert hätten«, antwortete Johann ruhig und hielt dabei seinem Blick stand. »Die Schlussfolgerung liegt doch nahe. Oder stimmen Sie mir da nicht zu?«

Alexander von Brockdorf musterte ihn abschätzig. »Junger Mann, mir ist nicht ganz klar, auf was Sie hinauswollen. Ich glaube kaum, dass es Ihnen zusteht, mein Verhältnis zu meinem

Bruder zu beurteilen oder gar Schlussfolgerungen zu ziehen.« Er wandte sich wieder Lena zu. »Haben Sie noch weitere Fragen, Frau Hauptkommissarin?«

Lena wartete einen Moment, bevor sie antwortete: »Waren Sie jemals auf Hallig Hooge, Herr von Brockdorf?«

Er lächelte. »Zumindest kann ich mich daran nicht erinnern.«

»Also nein?«

»Nein, ich war nie dort. Ich wüsste auch nicht, was auf diesen paar Quadratmetern Ödland so interessant sein sollte, dass es mich dort hinziehen würde.«

Lena stand auf und übergab dem leicht verdutzten von Brockdorf ihre Visitenkarte. »Vielen Dank für das Gespräch. Falls Sie mich erreichen wollen, finden Sie meine Handynummer auf der Karte.«

Brockdorf erhob sich. »Ich begleite Sie hinaus.«

Zurück im Wagen, ließ Johann sich in den Sitz fallen. »Na, habe ich zu viel versprochen?«

»Lass uns fahren. Wir haben noch einige Telefonate vor uns.«

# Dreizehn

Johann beendete das Gespräch und wartete, bis Lena ihr Telefon zur Seite legte. »Ich habe jetzt mit der Schwester von Thomas Solinger gesprochen. Sie wohnt in Potsdam und hatte engen Kontakt zu ihrem Bruder.«

»Und?«, fragte Lena, die die Antwort schon zu kennen meinte.

Johann schüttelte den Kopf. »Nichts! Solinger war weder jemals auf Hallig Hooge noch auf sonst einer der Nordfriesischen Inseln. Von einem Klaas Rieckert hat sie nie etwas gehört. Die ganze Familie hat weder Verwandtschaft in Schleswig-Holstein noch sonst irgendeinen Kontakt. Wie du weißt, hat Solinger in Heidelberg studiert, und seine Schwester meint, er sei gleich nach dem Studium nach Berlin gegangen. Zumindest konnte sie mir die Kontaktdaten der Witwe geben, die inzwischen in Köln lebt. Ich versuch's gleich mal bei ihr.«

Lena stand auf und öffnete das Fenster. »In Hamburg habe ich auch nichts erreicht. Der Sohn von Walter Reinstedt hat nach dem Tod seines Vaters das Bauunternehmen verkauft. Er hatte keinen Einblick in die Geschäfte seines Vaters und konnte mir nicht sagen, ob er Kontakte nach Hooge gehabt hat. Den Namen Klaas Rieckert hat er noch nie gehört. Er hat mir noch den Namen und die Telefonnummer der damaligen Sekretärin seines Vaters gegeben. Sie ist ein Jahr nach dem Tod von Reinstedt in Rente gegangen und hat eine erhebliche Summe von Reinstedt senior geerbt. Sie lebt übrigens in der Nähe von Kiel.«

Johann sah auf die Uhr. »Soll ich uns etwas aus der Kantine besorgen oder hast du keinen Hunger?«

Lena stand auf. »Ich komme mit. Eine kleine Pause kann ich auch gut gebrauchen.«

Sie verließen zusammen ihr provisorisches Büro, Lena folgte Johann, der sich durch seine frühere Tätigkeit im Flensburger Kommissariat im Gebäude auskannte. Sie liefen einen langen Flur entlang, die Treppe hinunter und standen kurz darauf in der kleinen Cafeteria. Mit Milchkaffee und belegten Brötchen auf dem Tablett setzten sie sich an einen ruhigen Tisch.

»Hast du eigentlich schon was von Warnke bezüglich der SoKo gehört?«, fragte Johann.

Lena seufzte. »Er ist gestern nicht ans Handy gegangen und heute habe ich es noch nicht versucht. Freitag habe ich das letzte Mal mit ihm gesprochen. Da war er noch nicht beim Oberstaatsanwalt gewesen.«

»Klingt nicht gut, oder?«

»Warten wir's ab. Ich versuche, Warnke später noch zu erreichen.«

Lena biss in ihr Brötchen. Vermutlich hatte Johann recht mit seiner Annahme, dass sich in Kiel etwas zusammenbraute. Ansonsten hätte Kriminaldirektor Warnke schon lange Entwarnung gegeben. Lena hatte keine Hoffnung, vom Oberstaatsanwalt zur SoKo-Leiterin berufen zu werden. Allenfalls würde sie als Stellvertreterin eine Chance haben.

»Unsere Zeit ist abgelaufen. Oder?«, fragte Johann. »Wir haben bisher keinen relevanten Ermittlungsansatz gefunden. Es sieht fast so aus, als ob Rieckert sich seine Opfer wahllos ausgesucht hätte.«

»Das halte ich für ausgeschlossen. Nach allem, was wir bisher über ihn wissen, scheint er kein Psychopath gewesen zu sein, sondern eher ein …«

»… harmloser Junge von der Hallig?«

Lena musste unwillkürlich schmunzeln. Johann hatte in seiner ganz eigenen Art den Nagel auf den Kopf getroffen. »Wenn du es so ausdrücken willst. Wenn jemand mindestens drei Menschen ermordet hat, würde ich ihn allerdings nicht unbedingt als harmlos bezeichnen.«

»Also doch Psychopath?«

»Nein, eher verzweifelt und von etwas getrieben, das wir noch nicht entdeckt haben.«

»Mein alter Chef hier in Flensburg würde jetzt sagen: *Die Sache ist wohl eine Nummer zu groß für uns.*«

»Wenn wir mehr Zeit hätten, wären wir beide genau das richtige Team«, entgegnete Lena nachdenklich.

Johann schluckte den letzten Bissen herunter. »Das nehme ich dann mal als Lob.«

Lena schob den Teller mit dem Brötchen zur Seite. Wie immer unter großem Stress verspürte sie kaum Hunger und ernährte sich fast ausschließlich von Kaffee. Sie trank einen Schluck und warf ihrem jungen Kollegen einen fragenden Blick zu. »Lobe ich dich zu wenig?«

Johann zuckte mit den Schultern. »Ich vermute mal, dass wir nicht so häufig zusammenarbeiten würden, wenn du nicht mit meiner Arbeit zufrieden wärst.«

»Das ist absolut richtig, Herr Oberkommissar. Und um es einmal deutlich auszusprechen: Du bist ein ausgezeichneter Kollege und Kriminalist. Ich kann mich zu hundertachtzig Prozent auf dich verlassen, egal was passiert.«

Johann schaute leicht verlegen zur Seite. »Danke!«

»Rotenburg«, meldete sich eine weibliche Stimme am Telefon.

»Lena Lorenzen vom Landeskriminalamt in Kiel. Guten Tag, Frau Rotenburg. Hätten Sie einen Augenblick Zeit für mich?«

Die ehemalige Sekretärin von Walter Reinstedt, Klaas Rieckerts zweitem Opfer, schwieg eine Weile, bevor sie fragte: »Geht es um den Mord an Walter Reinstedt?«

»Indirekt, ja. Ich arbeite an einem Fall, in dessen Zusammenhang es auch Hinweise auf die damalige Tat gibt«, versuchte Lena, so vage wie möglich zu bleiben. »Sie haben seinerzeit als enge Vertraute mit Herrn Reinstedt zusammengearbeitet. Gab es in den Jahren vor seinem Tod irgendeine Verbindung zu Hallig Hooge?«

»Indirekt, sagen Sie. Was bedeutet das?«

»Da darf ich im Moment leider noch nicht drüber sprechen. Gab es eine Verbindung nach Hooge?«

Ursula Rotenburg ließ sich Zeit für ihre Antwort. »Ich persönlich war in den letzten Jahren einige Male auf Hooge. Eine gute Freundin, die in Husum lebt, kommt von der Hallig. Von daher wäre es mir sicher in Erinnerung geblieben, wenn mein damaliger Chef von Hooge gesprochen hätte. Projekte haben wir dort nicht gehabt, was ja auch nicht sehr verwunderlich ist. Da ich auch den privaten Terminkalender von Herrn Reinstedt geführt habe, würde ich von Kontakten nach Hooge eigentlich wissen müssen. Also würde ich mal sagen, es ist zu neunundneunzig Prozent auszuschließen, dass es hier eine Verbindung gab.«

Lena überlegte, ob sie den Namen Klaas Rieckert nennen sollte. Wenn Ursula Rotenburg über ihre Freundin Kontakt nach Hooge hatte und auch einige Male dort gewesen war, würde sie ihn unter Umständen gekannt oder zumindest von ihm gehört haben.

»Es sind ja inzwischen seit dem Tod Ihres Chefs einige Jahre vergangen. Manchmal sieht man aus der Distanz bestimmte Sachverhalte anders oder es sind Details klarer geworden.«

Ursula Rotenburg räusperte sich leise. »In diesem Falle wäre ich natürlich zur Polizei gegangen und hätte dies dort mitgeteilt. Als national agierendes Bauunternehmen macht man sich nicht nur Freunde, hat mein Chef immer sehr treffend formuliert. Große Bauprojekte bringen nun mal auch für den einen oder anderen Anwohner Nachteile mit sich. Wir hatten damals wöchentlich Briefe in der Post, zumeist anonym, in denen man uns Tod und Teufel an den Hals gewünscht hat. Das ist allerdings vor zehn Jahren wohl alles ziemlich genau überprüft worden.« Sie hielt kurz inne. »Das sollten Sie eigentlich wissen.«

»Ich war Mitglied der Sonderkommission, und ja, natürlich ist mir das bekannt. Allerdings habe ich immer wieder erlebt, dass Zeugen sich nach einer gewissen Zeit an Details erinnern, die sie direkt nach dem Ereignis nicht so vor Augen hatten.«

»Und an was dachten Sie da?«, fragte Ursula Rotenburg mit spöttischem Unterton in der Stimme.

»Gab es in den Wochen vor dem Mord irgendwelche Vorfälle, die ungewöhnlich waren? Egal welcher Art.«

Ursula Rotenburg stöhnte theatralisch. »Sie können sich nicht vorstellen, was damals jeden Tag im Büro los war. Anrufe über Anrufe, ein Meeting nach dem nächsten. Und ständig standen Leute im Büro, die irgendetwas vom Chef wollten. Und das mindestens neun Stunden am Tag. Jetzt fragen Sie mich ernsthaft, ob mir da etwas Besonderes aufgefallen ist? Tut mir leid, da kann ich Ihnen nicht helfen.«

»Das muss Ihnen nicht leidtun. Sie haben ja jetzt meine Handynummer. Rufen Sie mich jederzeit an, falls Sie weitere Informationen für mich haben. Jederzeit.«

Ursula Rotenburg lachte. »Eines muss man Ihnen lassen. Sie scheinen hartnäckig zu sein. Dann will ich mal nicht so sein und werde in einer ruhigen Minute noch einmal in mich gehen. Und falls ich wirklich einen Geistesblitz haben sollte, melde ich mich bei Ihnen. Versprochen.«

Lena verabschiedete sich freundlich von der Frau und beendete das Gespräch.

»Wieder nichts?«, fragte Johann, der kurz zuvor sein Handy auf den Tisch gelegt hatte.

»Schwierige Person, diese Sekretärin. Vermutlich werde ich sie noch einmal persönlich in Kiel besuchen. Vielleicht ist sie dann zugänglicher. Nach Rieckert wollte ich nicht fragen, da sie über ihre Freundin Kontakt nach Hooge hat. Und bei dir?«

»Ich habe mit der Witwe unseres Professors aus Berlin gesprochen. Auch sie wusste nichts von irgendwelchen Beziehungen nach Hallig Hooge. Den Namen Rieckert hatte sie noch nie gehört. Ansonsten war sie sehr zugänglich und hat mir von ihrem Mann erzählt. Sie sprach sehr liebevoll von ihm, ein toller Vater und Ehemann, immer für die Familie da. Er hat sich politisch links engagiert und war auch in etlichen Vereinen aktiv. Alles in allem niemand, dem man einen Auftragsmörder auf den Hals schicken würde.«

»Von Brockdorf und der Berliner Professor bieten tatsächlich keine Anhaltspunkte für ein Mordmotiv. Anders als der Bauunternehmer Walter Reinstedt, bei dem es wohl wöchentlich anonyme Drohungen gab.«

Johann schüttelte verzagt den Kopf. »Beides bringt uns keinen Millimeter weiter. Es kommt mir vor, als fischten wir in einem leeren Teich.«

In diesem Augenblick klingelte Lenas Handy. Sie schaute aufs Display und nahm das Gespräch an.

»Hier ist die Husumer Außenstelle«, hörte sie Ole Kottens Stimme.

»Hallo, Kollege. Sonntagsarbeit?«

Kotten seufzte. »Wenn die Pflicht ruft … Aber im Ernst, ich habe mich heute für ein paar Stunden aus dem trauten Heim geschlichen und mich etwas nützlich gemacht. Zunächst habe ich den Unfallbericht bezüglich Thomsen senior eingesehen. Du weißt ja, dass es auf Hooge keine Polizeistation gibt, also musste sich damals einer meiner Kollegen auf den Weg machen. Er traf erst fünf Stunden nach dem Unfall auf Hooge ein. Der Trecker, mit dem Thomsen verunglückt war, stand zu diesem Zeitpunkt schon wieder auf dem Thomsen-Hof.«

»Konnte der Kollege nachvollziehen, was genau passiert war?«

»Mehr oder weniger, würde ich mal sagen. Leider ist er seit einigen Jahren pensioniert und nach Schleswig gezogen. Sobald ich seine Telefonnummer herausbekommen habe, rufe ich ihn zur Sicherheit noch einmal an.« Lena hörte, wie Kotten tief Luft holte, bevor er fortfuhr. »Also: Thomsen ist mit dem Fahrzeug vom Weg abgekommen und in einen Graben gefahren. Dabei hat der Trecker Schlagseite bekommen, ist umgekippt und auf den kurz zuvor aus dem Führerhaus gefallenen Thomsen gestürzt. Er hatte keine Chance, sein Oberkörper ist quasi von dem schweren Traktor zusammengepresst worden. Sofortiger Exitus.«

»Hat jemand den Unfall beobachtet?«

»Zumindest hat der Kollege vor Ort niemanden gefunden. Selbst wenn jemand was gesehen hätte, dann sicher nur aus der Ferne. Aber wie gesagt, kein unmittelbarer Zeuge. Die Sache ist als Unfall eingestuft worden, der Kollege ist am gleichen Tag aufs Festland zurückgefahren. Im Bericht hat er keine Zweifel geäußert. Eine Obduktion ist nicht angeordnet worden.«

»Und wie ist dein Eindruck?«

Kotten ließ sich Zeit mit der Antwort. »So ganz nachvollziehen kann ich den Unfall nicht. Schon dass ein so erfahrener Bauer in den Graben fährt, ist ja extrem ungewöhnlich. Dass er dann auch noch aus dem Führerhaus fällt und von dem umkippenden Traktor erschlagen wird, ist schon eine merkwürdige Angelegenheit.«

»Vielleicht ist es wirklich eine gute Idee, mit dem ehemaligen Kollegen zu sprechen.«

»Steht auf meinem Zettel. Okay, das war Punkt Nummer eins. Den Hafenmeister in Wittdün habe ich nur kurz sprechen können, aber er hat zugesagt, mir die Liste der Boote zu schicken, die an dem entsprechenden Wochenende im Hafen lagen. Da müssen wir uns also noch etwas gedulden. Ich hatte Schwierigkeiten, einen Experten für Strömungen im Wattenmeer aufzutreiben, aber, wie meine verstorbene Mutter zu sagen pflegte, mit Geduld und Spucke kommt man immer weiter. Ich habe inzwischen einen ausgesprochen erfahrenen Segler aufgetan und mit ihm gesprochen.«

»Konnte er uns weiterhelfen?«

»In gewisser Weise schon. Ich langweile dich jetzt mal nicht mit dem ganzen Fachchinesisch, das ich auch nur zur Hälfte verstanden habe. Mein Experte hat sich die Winde und Meeresströmungen zur von uns vermuteten Todeszeit angeschaut und meinte, dass die Leiche eigentlich hätte in die Nordsee hinausgespült werden müssen. *Eigentlich* deshalb, weil der Wind bei ablaufendem Wasser ablandig blies, dann aber abrupt seine Richtung wechselte und … Augenblick …« Lena hörte, wie er blätterte. »Ja, hier! Auflandiger Wind hat er es genannt. Nur dadurch scheint unser Mann auf Japsand angespült worden zu sein.«

»Bedeutet, dass vom Täter durchaus geplant worden war, dass er für immer verschwindet?«, fragte Lena nach.

»So würde ich es zumindest deuten. Aber die Nordsee ist, wie mir mein Experte versicherte, nicht so einfach berechenbar.«

»Hatte der Mann eine Idee, wie Rieckert dort hingekommen sein könnte?«, fragte Lena weiter.

»Das habe ich ihn natürlich gefragt. Er hat die Vermutung geäußert, dass es sich um eine Segel- oder Motorjacht handeln muss, die auch bei geringem Tiefgang nicht auf Grund läuft. Gewisse Kenntnisse im Watt mit seinen Sielen seien Voraussetzung, meinte er. Allerdings würde das auf fast alle zutreffen, die in dieser Gegend mit ihren Booten und Jachten unterwegs sind.«

»Es sind also keine besonderen Kenntnisse vonnöten?«

Ole Kotten lachte. »Genau das habe ich ihn auch gefragt. Er geht schon davon aus, dass derjenige, der Rieckert ausgesetzt hat, einige Erfahrung mit Wind, Wetter und Örtlichkeiten hat. Dass der Wind so plötzlich aus einer anderen Richtung kommt, sei quasi nicht vorhersehbar und von daher kein Indiz dafür, dass wir es hier mit einem Laien zu tun haben.«

»Danke, Kollege. Das hilft uns auf jeden Fall weiter.«

Ole Kotten seufzte. »Leider habe ich noch keinen Erfolg gehabt bezüglich der beiden Freunde von Rieckert. Aber morgen ist ja auch noch ein Tag.«

»Nochmals danke für den Sonntagseinsatz.«

»Kein Problem.« Er hielt einen Augenblick inne. »Weißt du eigentlich schon was von der SoKo?«

»Nein. Du?«

Sie hörte Kotten tief durchatmen. »Zumindest gerüchteweise. Ein alter Freund und Kollege aus Schleswig hat mich vor einer Stunde angerufen. Er hat seinerzeit mit uns zusammen in der SoKo gearbeitet. Vielleicht erinnerst du dich an seinen Namen. Frank Hansen. Mein Jahrgang.«

»Groß, blond, kantiges Gesicht?«

»Ja, das ist Frank. Groll hat ihn angesprochen, weil er ihn in der SoKo Hooge haben möchte.«

Lena schluckte und murmelte erschrocken: »Jens Groll?«

»Genau der. Tut mir leid, dass du es von mir hörst.«

Lena sah den bulligen Mann vor sich. Akkurat gekleidet, die dunklen Haare streng nach hinten gekämmt. Ihr wurde übel bei dem Gedanken, dass der damalige SoKo-Leiter wieder in das Amt berufen worden war.

»Schon gut, Kollege. Und danke für die Info.«

Lena beendete eilig das Gespräch, legte den Kopf in den Nacken und versuchte, ihre Atmung in den Griff zu bekommen.

»Was ist passiert? Jens Groll? Ist das nicht der …«

»Genau der! Ein Arschloch sondergleichen. Unfähig, aufdringlich, eine Katastrophe.«

»Du hast nie von ihm erzählt. Was genau …«

»Später!«, fiel Lena ihm scharf ins Wort.

Johann warf ihr einen irritierten Blick zu, schwieg aber.

»Der Kollege aus Husum war fleißig«, fuhr Lena schnell fort und berichtete von Kottens Ermittlungsergebnissen. Johann hörte aufmerksam zu und machte sich Notizen. Schließlich nickte er nachdenklich. »Da stellt sich die Frage, warum der Täter Klaas Rieckert nicht einfach auf hoher See über Bord geworfen hat, anstatt ihn im Watt auszusetzen.«

»Absolut richtig! Anscheinend wollte er ihn bestrafen, den Todeskampf hinauszögern. Warum sollte er sonst das Risiko eingehen, dass Rieckert gefunden wird, unter Umständen sogar lebend?«

»Das klingt schon wieder nach jeder Menge Wut, sehr persönlicher Wut«, warf Johann ein.

»Oder nach jemandem, der sich einen Spaß daraus gemacht hat, ihn womöglich auch noch beim Sterben zu beobachten. Mit einem starken Fernglas wäre das auch aus der Distanz kein Problem.«

»Ein Psychopath bringt den anderen um? Oder war Rieckert vielleicht kein Einzeltäter? Dem Komplizen ist es aus irgendeinem Grund zu heiß geworden und er schaltet Rieckert aus.«

Lena stöhnte leise. An ihr nagte der Ärger über die Nachricht, dass ausgerechnet Jens Groll die SoKo-Leitung übernehmen würde oder bereits übernommen hatte. Warum hatte Kriminaldirektor Warnke sie noch nicht informiert? Sie schüttelte sich kurz und fragte an Johann gerichtet: »Was hast du gesagt?«

Johann wiederholte seine These.

»Du meinst, Klaas Rieckert wollte sich stellen?«

»Zum Beispiel. Oder es gab anderen Streit zwischen den beiden Komplizen.« Johann fuhr sich mit der Hand durch die Haare. »Nein, das ist alles eher abwegig. Wir haben keinerlei Hinweise in Rieckerts Umgebung gefunden, die darauf hindeuten, dass er seine Taten bereute und sich stellen wollte. Immerhin wäre er lebenslänglich eingefahren. Das macht man nicht mal nur so, um ein reines Gewissen zu bekommen. Und auf einen Komplizen gibt es auch keine Hinweise.«

»Dass wir keine weiteren DNA-Spuren gefunden haben …«, nahm Lena seinen Gedanken auf, »… muss nicht heißen, dass es auch keinen weiteren Täter oder Komplizen gibt.«

Johann klappte seinen Laptop zu und musterte Lena. »Was hat dich eben im Gespräch mit Kotten so aufgeregt?«

# Vierzehn

Lenas Handy machte sich bemerkbar. Sie bremste den Passat leicht ab und fuhr mit hundert Stundenkilometern auf der rechten Spur der Autobahn.

»Herr Kriminaldirektor«, nahm sie das Gespräch kühl an.

»Guten Tag, Frau Lorenzen.« Er hielt kurz inne. »Sie sind auf der Rückfahrt?«

»Ja, ich habe Kollege Grasmann bei den Recherchen in Flensburg unterstützt. Wir sind morgen beide wieder im Büro.«

»Gut! Ich habe leider eine schlechte Nachricht. Oder eigentlich gleich zwei«, begann er zögernd.

Lena rollte mit den Augen. Warnke war und blieb ein Opportunist. Wie hatte sie erwarten können, dass er sich auch nur halbwegs loyal ihr gegenüber verhalten würde?

»Der Generalstaatsanwalt hat sich in den Fall eingeschaltet. Um es kurz zu machen: Am gestrigen Tag ist Kriminalrat Groll damit beauftragt worden, eine SoKo zusammenzustellen. Ich habe mit Groll gesprochen, konnte ihn aber nicht davon überzeugen, dass Sie eine geeignete Person für die stellvertretende Leitung wären.«

Lena konzentrierte sich auf die Straße, um sich davon abzuhalten, Warnke wütend anzuschreien.

»Sind Sie noch in der Leitung?«, fragte Warnke, als Lena weiter schwieg. Sie hatte inzwischen ihre Atmung wieder unter Kontrolle und sagte schließlich bemüht ruhig: »Lassen Sie mich raten. Groll wollte mich nicht mal in der übrigen Mannschaft.«

Lena hörte, wie Warnke tief ein- und ausatmete. »Ja, es tut mir leid. Der Generalstaatsanwalt hat darauf bestanden, dass Groll sich die Mitglieder der Gruppe selbst auswählt. Ich habe mit Engelszungen auf ihn eingeredet, aber nichts erreicht. Haben Sie mit ihm ...« Warnke ließ den Satz in der Luft hängen.

»Haben Sie das Groll auch gefragt?«

»Frau Lorenzen, Sie können mir vertrauen. Ich habe wirklich alles versucht, um Sie ...«

»Groll ist absolut ungeeignet für die Position«, fuhr Lena ihn an.

»Wie bitte?«, hörte sie die erstaunte Stimme des Kriminaldirektors. »Ich glaube kaum, dass Sie das ...«

»Wussten Sie, dass fast die Hälfte aller Frauen bei Umfragen angeben, schon einmal sexuell bedrängt oder belästigt worden zu sein?«

Kriminaldirektor Warnke schwieg. »Was wollen Sie mir damit jetzt sagen? Wir sollten bitte sachlich und in ruhigem Ton über die Angelegenheit sprechen, Frau Hauptkommissarin!«

»Wie Sie wünschen, Herr Kriminaldirektor. Ich gehe mal davon aus, dass es noch weitere Informationen gibt, die Sie mir mitteilen wollten?«

»Das ist korrekt. Es tut mir leid, aber Groll besteht darauf, dass die Ermittlungen zum Tod von ...«

»Klaas Rieckert«, half Lena ihm.

»Ja, genau, also dass die Ermittlungen von der SoKo mit übernommen werden.«

»Perfekt! Sie erwarten jetzt aber nicht, dass ich mich auch noch bei Ihnen für Ihren Einsatz bedanke?«

»Frau Lorenzen, seien Sie doch bitte vernünftig. In diesem Fall hatte ich keine Entscheidungsbefugnis. Es tut mir …«

»Ab wann?«

»Ich verstehe Sie nicht?«

»Ab wann bin ich raus?«

Wieder zögerte Warnke die Antwort hinaus. »Die SoKo beginnt morgen mit der Arbeit. Von daher …«

Lena fuhr auf einen kleinen Autobahnparkplatz und stellte den Motor ab.

»Frau Lorenzen! Hören Sie mich noch?«

»Ja! Einen Moment bitte.« Ihre Wut auf die aktuelle Entwicklung brodelte in ihr. Sie schlug mit der flachen Hand auf das Lenkrad und stieß einen unterdrückten Schrei aus. Die Entscheidungen waren gefallen. Warnke hatte es nicht für nötig befunden, sie mit einzubeziehen und vorab ihre Meinung einzuholen. Groll würde akribisch darauf achten, dass sie keine Informationen bekam, würde jede – sei es noch so geringfügige – Einmischung zu verhindern wissen. Sie war definitiv raus. »Ich habe reichlich Überstunden angesammelt und würde gerne ein paar Tage freinehmen. Spricht etwas dagegen?«

»Natürlich nicht. Ich meine …« Warnke legte eine kurze Pause ein. »Sie ermitteln jetzt aber nicht auf eigene Faust in Ihrer Freizeit? Habe ich darauf Ihr Wort?«

»Ich werde meinen Lebensgefährten auf Amrum besuchen. Reicht Ihnen die Information?«

Warnke räusperte sich. »Selbstverständlich, Frau Lorenzen. Nehmen Sie sich einige Tage frei. Ich halte das auch für eine gute Idee.«

»Wunderbar«, sagte Lena kühl. »Dann sind wir ja tatsächlich einer Meinung. Ich wünsche Ihnen noch ein erholsames Restwochenende.« Ohne weiteren Abschiedsgruß beendete sie das Gespräch und warf das Handy auf den Beifahrersitz.

»Verfluchter Mist!«, schrie sie aus dem geöffneten Fenster hinaus.

Eine gefühlte Ewigkeit saß sie im Auto, bevor sie ausstieg und mit dem Handy in der Hand den Parkplatz entlanglief.

»Grasmann«, meldete sich Johann, nachdem sie seine Nummer gewählt hatte.

»Wir sind raus!«, verkündete Lena ohne große Vorrede. »Ich habe gerade mit Warnke gesprochen. Die SoKo übernimmt die kompletten Ermittlungen. Einschließlich des aktuellen Tötungsdelikts.«

»Und du bist nicht in der SoKo?«, fragte Johann.

»Groll. Kriminalrat Jens Groll. Halte dich von ihm fern. Er taucht bestimmt bei dir auf und will unsere Ermittlungsergebnisse. Am besten, du meldest dich krank oder machst ein paar Tage Urlaub.«

»Und du?«

»Ich fahre nach Kiel, packe meine Sachen und versuche, die letzte Fähre zu bekommen.«

Johann schien sprachlos zu sein. Erst nach einer Weile antwortete er: »Okay! Ist das jetzt wirklich dein Ernst? Wir lassen einfach alles so stehen und liegen und stecken unseren Kopf in den Sand?«

»Ja, mein voller Ernst. Man muss auch wissen, wann man verloren hat, Johann. Lass es einfach gut sein und mach ein paar Tage frei. Johanna wird sich freuen, und Überstunden hast du nun wirklich genug auf deinem Konto.«

Lena hörte ihren jungen Kollegen schwer atmen. »Ich überleg es mir. Kann ich dich auf dem Handy erreichen?«

»Klar, Johann, wie immer. Bis die Tage. Halt die Ohren steif!«

Er räusperte sich. »Was mache ich mit dem Laptop von Rieckert?«

Lena hatte ihn noch am Nachmittag gründlich durchforstet und dann eine Kopie der gesamten Daten auf eine externe Festplatte gezogen.

»Stimmt, daran habe ich nicht gedacht. Kannst du ihn im Präsidium abgeben?«

»Gut, das mache ich. Wenn etwas ist, melde ich mich bei dir. Und grüß Erck von mir.«

# Fünfzehn

Auf der Fahrt von Kiel zum Fährhafen nach Dagebüll hörte Lena eine ihrer Lieblings-CDs mit aufgedrehter Lautstärke. Die Wut auf Warnke und Groll loderte in ihr. Gleichzeitig wusste sie, dass sie ihre Chance vertan hatte. Ihre Zeit war begrenzt gewesen und das hatte sie von Anfang an gewusst. Einen alten Fall in den wenigen Stunden zu lösen wäre einem Wunder gleichgekommen. Um sich nicht von vornherein unter Druck zu setzen, hatte Lena diese Tatsache nicht an sich herangelassen. Dieses Mal hatte sie zu hoch gepokert und verloren.

In letzter Sekunde erreichte sie den Fährhafen und fuhr in den Bauch des Schiffes. Hier verharrte sie eine Weile im Passat, bevor sie zum Handy griff und Ercks Nummer wählte.

»Lena! Bist du schon in Flensburg fertig?«

»Sozusagen.«

»Was ist das für ein Geräusch im Hintergrund?«

»Ich bin auf der Fähre. Kannst du eine Flasche Wein kalt stellen? Oder besser noch: zwei.«

Erck schien eine Weile zu brauchen, bevor er den Sinn ihrer Worte verstanden hatte. »Was ist passiert?«

»Ich habe mir ein paar Tage Urlaub genommen. Wenn du arbeiten musst, ist das kein Problem. Ich kann mich beschäftigen.«

Wieder entstand eine Pause. »Der Wein ist schon fast im Kühlschrank und eine Kleinigkeit zum Essen werde ich auch noch zaubern können. Bist du mit dem Auto auf der Fähre oder soll ich dich abholen?«

»Alles gut. Ich sitze im Auto.«

»Gut. Ich warte auf dich.«

Lena musste unwillkürlich lächeln und ein wohliges Gefühl machte sich in ihr breit. »Ich weiß! Bis gleich, Erck. Und ...« Sie hielt kurz inne und flüsterte: »Ich liebe dich!«

»Ich dich auch, Lena.«

Sie lehnte sich nach hinten und schloss die Augen. Das tiefe, regelmäßige Brummen des Schiffsmotors wirkte beruhigend auf sie. Als sie spürte, dass sie schläfrig wurde, setzte sie sich mit einem lauten Seufzen aufrecht hin. »Verfluchter Tag«, murmelte sie. »Eigentlich kann es ja nur noch besser werden.«

Sie öffnete die Tür und verließ das Autodeck. Kurz darauf stand sie am Kiosk der Fähre und bestellte sich einen Kaffee. Nur wenige Tische waren besetzt, sie fand einen ruhigen Platz direkt am Fenster. Die Dämmerung setzte langsam ein und tauchte die Nordseelandschaft in ein diffuses Licht. Sehnsüchtig schaute sie nach draußen und bemerkte nicht, dass jemand an ihren Tisch getreten war.

»Hallo, Lena.«

Sie wandte sich abrupt um und sah ihrem Vater in die Augen.

»Was machst ...«, wollte sie fragen, schluckte aber den Rest des Satzes hinunter.

»Darf ich mich zu dir setzen?«, fragte er mit leiser, zurückhaltender Stimme.

Lena zögerte. Schon seit Monaten befürchtete sie eine zufällige Begegnung mit ihrem Vater. Ewig konnte sie das Gespräch nicht hinausschieben.

»Wenn es sein muss«, sagte sie schließlich.

Werner Lorenzen stellte seine Tasse auf dem Tisch ab und setzte sich ihr gegenüber auf die Bank. »Danke!«

»Um was geht es?«, fragte Lena schroff.

Ihr Vater atmete tief durch. »**Ums uns.** Um unsere Familie.«

»Meine Familie ist Beke. Mit ihr komme ich bestens zurecht.«

Werner Lorenzen nickte. »Ich weiß. Hin und wieder hat sie mir von dir erzählt.«

»Also?«

»Meinst du nicht, dass es an der Zeit ist, dass wir miteinander sprechen?«

Lena verzog ihr Gesicht zu einem künstlichen Lächeln. »Tun wir das nicht gerade?«

Er atmete schwer und schien einen Augenblick zu überlegen, ob er aufstehen sollte. Schließlich räusperte er sich. »Ich habe Fehler gemacht. Und ich habe lange gebraucht, um das zu erkennen. Heute würde ich mich anders verhalten.«

Sie funkelte ihn an. »Das macht Mama auch nicht wieder lebendig.«

»Das weiß ich, Lena. Aber ich war nicht derjenige, der sie mit dem Auto angefahren hat.« Er stöhnte leise, als habe er Schmerzen. »Ja, wir haben uns kurz zuvor gestritten und ich hätte deine Mutter nicht aus dem Haus gehen lassen dürfen. Aber du weißt selbst, wie ...«

»Nichts weiß ich«, fiel sie ihm wütend ins Wort.

»Meinst du, sie hätte gewollt, dass wir unser restliches Leben kein Wort mehr miteinander wechseln?«

Lena starrte ihn aufgebracht an. »Lass Mama aus dem Spiel! Hast du gehört! Sie ist vor dir weggelaufen und jetzt willst du mir einreden, dass ...« Sie atmete schwer. »Ja, was überhaupt? Ich glaube nicht, dass Mama, wenn sie überlebt hätte, jemals wieder ein Wort mit dir gewechselt hätte. Ja, das glaube ich.«

Werner Lorenzen schluckte. »Ich verstehe deinen Zorn. Sag mir, was ich machen soll, und ich richte mich danach.«

»Lass mich einfach in Ruhe. Schaffst du das?«

Lenas Vater stand auf, warf einen Blick auf die Kaffeetasse, die immer noch auf dem Tisch stand, und wandte sich abrupt ab. Lena sah ihm hinterher, wie er durch den Gang lief und, als er die Treppe erreichte, nach unten ging.

»Verfluchter Tag«, zischte sie. »Ich hasse ihn.«

Erck nahm die Reisetasche entgegen und umarmte Lena. »Eine gute Überfahrt gehabt?«

»Werner war wieder auf der Fähre. Macht der eigentlich nichts anderes, als …« Lena lehnte den Kopf an Ercks Schulter. »Was für ein Tag. Halt mich bitte fest.«

Erck umarmte sie und streichelte ihr zärtlich über den Kopf. »Jetzt bist du ja hier. Komm, lass uns in die Küche gehen. Ich habe eine Kleinigkeit vorbereitet.«

Lena begleitete ihn in die kleine Küche. Bei ihrem letzten Besuch auf Amrum war Erck noch dabei gewesen, die Wände einzuziehen. Sie bestaunte, was Erck aus den wenigen Quadratmetern gemacht hatte. Neben einer kleinen Küchenzeile hatte er einen Tisch für zwei Personen geschreinert. Anstatt Stühlen gab es zwei Hocker, die nach dem Essen unter den Tisch geschoben werden konnten.

Schon an der Tür hatte Lena einen süßen Duft wahrgenommen. Erck bat sie, Platz zu nehmen, und schenkte ihr Weißwein ein. Anschließend holte er die Auflaufform aus dem Backofen und stellte sie auf den Tisch.

»Überbackener Ziegenkäse mit Honig und Pinienkernen«, meinte er und reichte Lena den Brotkorb. »Das musste ich allerdings vom Bäcker holen. Die Zeit reichte leider nicht mehr aus.«

»Alles gut«, sagte sie leise und hob ihr Glas. »Auf meinen Fels in der Brandung.«

Sie lagen eng umschlungen auf dem Bettsofa, während im Hintergrund Leonard Cohen eines seiner melancholischen Liebeslieder sang.

»Magst du mir erzählen, was passiert ist?«, fragte Erck.

»Es ist eine SoKo eingerichtet worden. Johann und ich sind raus aus dem Fall. Endgültig.«

»Okay.« Erck sah sie fragend an. »Und du bist nicht in der SoKo?«

»Jens Groll«, antwortete Lena und spürte, wie die Wut auf diesen Menschen zurückkam.

»Wer ist das?«

»Kriminalrat. Schleswig. Er hat die damalige SoKo geleitet. Der Generalstaatsanwalt hat darauf bestanden, dass er wieder die Leitung übernimmt.«

Erck wartete. Vermutlich spürte er, dass mehr hinter der Sache steckte, als Lena im Moment bereit war zu erzählen.

»Ich bin damals mit ihm aneinandergeraten.«

»Schlimm?«

»Mit den Ermittlungen hatte das nichts zu tun. Das war mehr eine persönliche Sache.« Sie löste sich von Erck und griff nach dem Weinglas. »Sehr persönlich.«

Erck richtete sich auf. »Das klingt jetzt, als wenn …«

Sie legte ihm den Finger auf die Lippen. »Nicht jetzt, nicht heute Abend.«

Erck nickte und fragte nach einer Weile: »Du hast mit Werner gesprochen?«

Lena schüttelte den Kopf. »Eher nicht.« Als sie Ercks fragenden Blick bemerkte, fügte sie hinzu: »Er wird es wohl kaum als Gespräch bezeichnen. Ich war nicht in der Stimmung.« Sie trank den letzten Schluck Wein aus dem Glas und hielt es Erck hin. Er schenkte ihr ein, Lena trank. »Ich kann ihm nicht verzeihen«, fuhr sie fort. »Jedes Mal, wenn er vor mir steht, packt mich die Wut. Ich kann das in diesen Momenten quasi nicht steuern. Trotz der langen Zeit.«

»Wenn du möchtest, können wir Werner zusammen besuchen oder uns irgendwo, sozusagen auf neutralem Boden, treffen.«

»Friedensverhandlungen, meinst du?«

»Ich würde es eher als vorsichtige Wiederannäherung bezeichnen. Vielleicht ist das keine gute Idee und endet im Fiasko, aber dann hast du es wenigstens versucht. Er ist dein Vater und ich denke, er hat eine Chance verdient.«

»Ich kann für nichts garantieren …«

»Das weiß ich. Und das verlangt auch niemand.«

»Ich habe kein gutes Gefühl bei der Sache.« Sie seufzte. »Als er heute so plötzlich vor mir stand, konnte ich nur an Mama denken, an den Unfall und …« Ihre Augen wurden feucht. »Verdammt, ich erinnere mich nicht einmal mehr an ihre Stimme. Und manchmal träume ich, Mama auf der Straße zu begegnen, aber ich erkenne sie nicht. Ich laufe der Frau, von der ich meine, sie sei Mama, hinterher, beobachte sie und wage es nicht, sie anzusprechen. Im letzten Traum hatte ich dabei auch noch ein Foto von ihr in der Hand.«

Erck legte ihr den Arm um die Schulter. »Du träumst oft von deiner Mutter?«

»In der letzten Zeit regelmäßig. Ich weiß auch nicht, warum. Im Traum mache ich mir schreckliche Vorwürfe, weil ich an dem Tag nicht zu Hause war.«

»Du warst zu der Zeit in der Schule auf Föhr. Und es war ganz sicher nicht deine Aufgabe, auf deine Eltern aufzupassen.«

Inzwischen liefen Lena die Tränen über die Wangen. »Das weiß ich doch alles, Erck. Aber wissen ist das eine, empfinden das andere. Und meine Träume sind, wie sie sind.« Sie sah auf. »Kindisch, oder?«

Erck schüttelte nachdenklich den Kopf und reichte ihr ein Taschentuch. »Nein, das finde ich nicht. Ich bin kein Psychologe, aber ich kann mir nicht vorstellen, dass es richtig ist, deine Gefühle zu unterdrücken.«

»Tue ich das?«, fragte Lena flüsternd.

»Ich weiß es nicht. Das kannst nur du beantworten.«

Lena stand auf und öffnete das Dachfenster. Die frische Nachtluft strömte ins Zimmer. »Ich werde morgen Beke besuchen. Sie ist doch auf der Insel?«

Erck lächelte. »So selten, wie Beke aufs Festland fährt, wäre es schon ein großer Zufall, wenn sie morgen nicht zu Hause wäre. Ich habe sie auch gestern im Ort gesehen und ein paar Worte mit ihr gewechselt. Sie wollte natürlich wissen, ob wir schon etwas gefunden haben.«

Lena schloss das Fenster und setzte sich wieder zu Erck. »Haben wir! Was macht der Mietvertrag?«

»Ist in der Post. Das Haus gehört uns. Ich rufe unsere Vermieterin morgen an und frage, ab wann ich dort was machen kann.«

»Das klingt gut. Was müssen wir als Erstes machen?«

»Eine Küche aussuchen. Die Zeit drängt und ich vermute, wir werden irgendein Ausstellungsstück nehmen oder drei Monate mit einem Provisorium leben müssen.«

»Drei Monate?«

»Wenn nicht mehr! Aber wir können erst mal die vorhandene Küche nutzen. Und ich habe ja noch meine anderen Möbel eingelagert. Sofa, Tisch und so weiter. Alles brauchen wir nicht neu.«

»Und ich muss meine Wohnung kündigen. Ich weiß gar nicht, wie lang die Frist ist.«

»Oder du findest einen Nachmieter. Das sollte bei der momentanen Wohnungslage kein Problem sein. Dann kannst du gleich aus dem Vertrag raus.«

Lena legte den Kopf in den Nacken. »Dann trifft es sich ja gut, dass ich ein paar Tage freihabe.«

Lena stand am Strandübergang neben der Norddorfer Strandhalle und atmete die salzige Nordseeluft ein. Nach einem ausgiebigen gemeinsamen Frühstück war Erck zu einem Termin aufgebrochen. Lena hatte sich sein Fahrrad ausgeliehen und war die knapp zwei Kilometer Richtung Strand gefahren.

Trotz des strahlenden Sonnenscheins waren nur wenige Urlauber am Strand unterwegs, da die Hauptsaison erst in vier Wochen begann. Sie öffnete den Reißverschluss ihrer Jacke und wollte sich gerade auf den Weg machen, als ihr Handy sich bemerkbar machte. Sie sah aufs Display und nahm das Gespräch an. »Guten Morgen, Johann.«

»Hallo, Lena. Gut angekommen?«

»Ja. Ich stehe hier gerade in der Nähe der Strandhalle. Blauer Himmel, Sonne, mäßiger Wind, himmlische Ruhe.«

»Hier leider nicht.«

»Du bist doch ins Büro gefahren?«

Johann stöhnte leise. »Ich dachte mir, dass es vielleicht klug ist, die Protokolle vom gestrigen Tag zu schreiben und ins System einzupflegen.«

»Daran habe ich gestern nicht mehr gedacht. Danke, Johann. Und ja, die SoKo wird darauf zurückgreifen wollen.«

»Kollege Groll hat mir vorhin schon einen Besuch abgestattet. Er fragte nach dir und hat dann seine schlechte Laune an mir ausgelassen. Wir wären ab sofort raus aus den Ermittlungen und so weiter und so fort. Du sollst dich umgehend bei ihm melden, soll ich dir ausrichten.«

Lena rollte mit den Augen. »Lass ihn einfach reden. Er hat meine Nummer, wenn er was will.«

»Ich habe ihn angelächelt und zugesagt, dich zu informieren, sobald ich was von dir höre.«

»Klingt doch gut«, antwortete Lena.

»Die Zentrale der SoKo ist übrigens hier im Haus.«

»Okay. Danke für die Info. Ich werde jetzt einen langen Strandspaziergang machen. Und du?«

»Ich bringe die Zeit heute irgendwie rum und nehme dann zwei Tage frei. Den Urlaubsantrag hat Warnke schon genehmigt.«

»Grüß Johanna von mir.«

»Tschau, Lena.«

Lena spürte, dass Johann enttäuscht von ihrem Rückzug war. Er kannte sie ausschließlich als eine Frau, die nie aufgab. Nach ihrer Rückkehr würde sie mit ihm sprechen müssen. Zumindest eine ansatzweise Erklärung war sie ihm schuldig.

Inzwischen hatte Lena die wenigen Strandkörbe, die schon im Mai aufgestellt waren, hinter sich gelassen und lief Richtung Norden nahe dem auflaufenden Wasser. Hier war der Boden fester und gut zu begehen. Nach wenigen Minuten war sie allein am Strand, erhöhte das Tempo und konzentrierte sich dabei ausschließlich auf ihre Atmung und ihre Bewegungen. Nach einer Weile spürte sie die nachlassende Spannung, blieb stehen und beobachtete die herannahende Nordsee. Ebbe und Flut, eine berechenbare Größe. Sie sah sich als junges Mädchen barfuß am Strand laufen, der Wind wirbelte ihre langen Haare auf, die Sonne schien vom wolkenlosen Himmel. Erck kam ins Bild, lachte und umarmte sie. Gemeinsam liefen sie Hand in Hand auf das Wasser zu, das an ihnen hochspritzte, als sie es mit lautem Kreischen erreichten.

Unwillkürlich musste Lena lächeln. Würden Erck und sie an die glückliche Zeit anschließen können? Sie schüttelte sich. Es war der richtige Weg, die richtige Stadt, der richtige Zeitpunkt. Wenn sie es jetzt nicht schaffen würden, wäre es für immer zu spät. Es gab keinen Weg zurück und das war gut so.

# Sechzehn

Beke umarmte sie. »Wie schön, dass du da bist.«

Lena hob den Kopf und zog die Luft durch die Nase ein. »Das duftet nach deinem himmlischen Apfelkuchen.«

Ihre Tante lachte. »Das hast du früher auch immer gesagt. Erinnerst du dich?« Beke hatte sie vor dem Haus empfangen und hakte sich jetzt bei ihr unter. »Jetzt komm doch erst mal rein.«

Der Tisch in der großen, urgemütlichen Wohnküche war gedeckt, die Teekanne stand auf dem Stövchen, der noch nicht angeschnittene Apfelkuchen daneben. Lena setzte sich und wartete, bis Beke ihr Tee eingeschenkt und ein Stück Kuchen auf den Teller gelegt hatte. »Gut siehst du aus, Beke.«

»Ich fühle mich auch so. Der Sommer steht vor der Tür und nach allen Vorhersagen soll es ein Jahrhundertsommer werden.« Beke musterte sie. »Oder hattest du wieder keine Zeit, um Zeitung zu lesen?«

Lena schmunzelte. »Ich habe keine Tageszeitung. Das weißt du doch. Aber im Internet habe ich natürlich davon gehört.«

»Das waren noch Zeiten, als die Menschen sich Briefe geschrieben haben und nicht auf diesen Dingern herumhackten.«

»Ich könnte dir zum Geburtstag auch eines schenken.« Lena unterdrückte ein Grinsen. »Was meinst du?«

Beke warf ihr einen missbilligenden Blick zu. »Erstens fragt man niemanden, ob er dies oder jenes geschenkt haben möchte, und zweitens …« Sie holte tief Luft. »… brauche ich so ein Ding nicht.« Sie schenkte Lena Tee nach. »Erzähl mir lieber etwas von dem Haus, das ihr mieten wollt.«

»Gemietet haben«, korrigierte Lena sie.

Lenas Worte zauberten ein Lächeln in ihr Gesicht. »Wie schön! Dann habe ich es nicht mehr so weit zu dir.«

Lena tätschelte ihre Hand. »Und das Beste ist: Wir haben ein Gästezimmer. Also kannst du auch mal für ein paar Tage vorbeikommen.«

»Kind, ich will euch nicht auf den Wecker gehen. Ein kurzer Besuch, vielleicht bleibe ich auch mal über Nacht.«

»Wir werden seh'n«, sagte Lena schmunzelnd. »Du kennst unser neues Haus noch nicht.« Sie holte ihr Smartphone aus der Tasche, rief Google Maps auf und suchte das Haus. »Schau mal, dafür ist so ein *Ding* auch gut.«

Beke beugte sich zu ihr rüber und ließ sich die Lage des Hauses erklären. Schließlich zeigte Lena ihr die Fotos, die sie mit ihrem Handy gemacht hatte, und erklärte ihr, wie sie die Räume nutzen wollten. Besonders bei den Fotos vom Garten erntete sie erstaunte Blicke. »Da müsst ihr aber einiges an Arbeit reinstecken.«

»Erck meint, dass er genug Zeit dafür hat. Und ich kann ihm bestimmt helfen, auch wenn ich immer noch keinen grünen Daumen habe.«

Beke zwinkerte ihr zu. »Ich merk schon. Ich muss doch hin und wieder bei euch nach dem Rechten sehen.« Sie hielt inne. »Behältst du deine Wohnung in Kiel?«

Lena wunderte sich wieder einmal, wie gut ihre Tante sie kannte. Sie wusste, wie wichtig Lena ihre Unabhängigkeit immer gewesen war, und hatte die Befürchtung, dass sie sich ein Schlupfloch lassen würde.

»Ich gebe zu, ich habe da eine Weile drüber nachgedacht, aber mir ist klar geworden, dass das keine gute Idee wäre.«

Beke lächelte und atmete erleichtert auf. »Ich dachte schon ...«

»Keine Angst, deine Nichte ist zwar ein Hasenfuß in Beziehungsangelegenheiten, aber diesmal hat sie doch zweimal nachgedacht.« Lena beugte sich vor und umarmte ihre Tante. »Drück mir die Daumen, Beke.«

»Ihr beide schafft das. Und wer weiß, vielleicht ...«

Lena hob drohend den Zeigefinger. »Beke, das Thema ist tabu. Hatten wir uns darauf nicht geeinigt?«

Sie grinste verschmitzt. »Ich kann mich daran nicht erinnern. Wann genau soll das gewesen sein?«

Lena musste unwillkürlich lachen. »Meine Tante, das Schlitzohr. Ich fass es nicht.« Als Beke ihr etwas entgegnen wollte, kam Lena ihr zuvor. »Bitte, Beke. Lass uns das Thema zumindest verschieben, bis Erck und ich wohlbehalten in Husum angekommen sind und uns eingelebt haben.«

»Gut!«, sagte Beke schmunzelnd. »Das kann ja nicht allzu lange dauern bei diesem schönen Haus. Aufgeschoben ist nicht aufgehoben.« Sie warf einen Blick auf Lenas leeren Teller. »Noch ein Stück Apfelkuchen?«

Als ihr Handy klingelte, fuhr Lena mit dem Wagen an den Straßenrand und stellte den Motor ab. Das Display zeigte eine unbekannte Nummer. Lena seufzte und nahm das Gespräch an.

»Kriminalrat Groll. Spreche ich mit Hauptkommissarin Lorenzen?«

»So ist es.«

»Ich habe dringend um Rückruf gebeten. Hat Ihr Assistent Ihnen das nicht ausgerichtet?«, fuhr er sie scharf an.

»Tut mir leid. Ich habe leider keinen Assistenten. Was kann ich für Sie tun, Herr Groll?«

»Sie scheinen immer noch so vorlaut zu sein, Frau Lorenzen. Und trotzdem sind Sie immer noch bei der Truppe. Dabei hätte ich damals gewettet, dass Sie es keine zwei Jahre mehr machen.«

»Haben Sie mich angerufen, um mir das mitzuteilen? Bei allem Respekt, aber ich denke, meine Laufbahn geht Sie nichts an.«

Sie hörte ihn höhnisch lachen. »Im Moment haben Sie damit sicher recht, aber Dinge können sich ändern und Kollegen gehen in den Ruhestand. Wenn Sie verstehen, was ich meine.«

»Wollen Sie mir drohen, Herr Kriminalrat?«

»Wie kommen Sie denn darauf? Und sollte ich es einmal tun müssen, würden Sie es garantiert ohne Rückfrage merken. Aber genug der Plauderei. Ihre Protokolle der Ermittlungen sind nicht nur unvollständig, sondern auch äußerst dürftig. Ich kann Ihnen nur raten, hier schleunigst Abhilfe zu schaffen. Sagen wir, in den nächsten vierundzwanzig Stunden?«

Lena atmete tief durch. Ihre linke Hand zitterte leicht.

»Sind Sie noch in der Leitung?«, rief Groll.

»Werter Kollege Groll. Ich weiß es zu schätzen, dass Sie mir mit Ihrer langjährigen, erfolgreichen Arbeit einige Tipps geben möchten. Aber ich kann Ihnen versichern, dass wir beim LKA durchaus in der Lage sind, Ermittlungen ordnungsgemäß zu protokollieren.« Zu ihrem eigenen Erstaunen war ihre Stimme absolut ruhig geblieben.

Groll räusperte sich. »Sie überschreiten gerade gefährlich Ihre Kompetenzen, liebe Frau. Ich würde an Ihrer Stelle ganz …«

»Stopp!«, fuhr Lena ihn an. »Ich bin weder Ihre *liebe Frau* noch ist Ihr Ton gerade angemessen. Ich denke, wir sollten das Gespräch an dieser Stelle beenden und zu einem anderen Zeitpunkt weiterführen.«

Auf der anderen Seite der Leitung blieb es für einige Sekunden totenstill.

»Sie haben schon einmal fast einen riesengroßen Fehler gemacht. Ein zweites Mal werde ich Sie nicht schonen. Kommen Sie mir nicht in die Quere, ansonsten werden Sie es bitter bereuen.«

Lena verschlug es die Sprache. Was bildete sich dieser aufgeblasene Wichtigtuer eigentlich ein? Mit Wut im Bauch antwortete sie: »Den Fehler haben Sie gemacht. Merken Sie sich eines: Sie können mich nicht einschüchtern mit Ihren billigen Drohungen. Gehen Sie lieber an die Arbeit und lösen Sie den Fall. Vielleicht haben Sie dieses Mal mehr Glück als vor zehn Jahren. Einen guten Tag noch, der Herr.« Sie legte auf, bevor Kriminalrat Groll etwas entgegnen konnte.

Sie schlug mit der flachen Hand aufs Lenkrad. »Das nächste Mal kommst du mir nicht so einfach davon, mein Lieber.«

Mit geschlossenen Augen versuchte sie, ihre Atmung wieder in den Griff zu bekommen. Als das Handy klingelte, zog sie ein letztes Mal tief die Luft ein und schaute aufs Display. Eine Husumer Nummer.

»Lorenzen.«

»Ole hier! Kannst du sprechen?«

»Mehr oder weniger.«

Ole Kotten schwieg und schien auf eine Erklärung zu warten. Lena atmete tief durch und sagte: »Ich hatte gerade ein äußerst unangenehmes Gespräch mit Groll.«

»Ich vermute mal, dass es für Mister Großmaul auch nicht sehr angenehm war?«

Lena lachte. »Mag sein. Auf jeden Fall war es gut, dass wir nicht in einem Raum saßen.« Sie hielt kurz inne. »Aber deshalb rufst du mich sicher nicht an.«

»Eigentlich hat es schon etwas mit dem Kriminalrat zu tun. Ich wollte hören, wie es mit unseren Ermittlungen weitergeht. Du hast doch nicht etwa vor, den Kopf in den Sand zu stecken?«

Lena gab einen missmutigen Laut von sich. »So würde ich es nicht gerade nennen, aber Groll hat sämtliche Ermittlungen zu Klaas Rieckert an sich gezogen. Wir sind so was von raus … Ich fürchte, da ist nichts zu machen.«

Ole Kotten brummte etwas Unverständliches.

»Und nach meinem kleinen Disput mit Groll …«, fuhr sie fort, »… wird der Wichtigtuer wie ein Luchs aufpassen, ob ich …«

»Schon klar«, unterbrach Kotten sie missmutig und schien einen Augenblick zu zögern, bevor er fortfuhr. »Ich habe jetzt die Unterlagen vom Hafenmeister zugeschickt bekommen.«

»Und?«

»Die Angaben der drei Freunde sind im Prinzip korrekt, allerdings waren sie von Freitag bis Sonntag auf Amrum beziehungsweise lag ihre Jacht im Hafen.«

»Okay. Du hast die Liste aller Jachten?«

»Ja, und ich bin sie auch schon durchgegangen. Das Problem ist nur, dass ich nicht genau weiß, wonach ich suchen soll. Die meisten Boote scheinen ohnehin dort ihren Heimathafen zu haben.«

»Wie viele waren es?«

»Zweiundvierzig. Ich wollte den Hafenmeister noch anrufen, aber so wie es aussieht, hat sich das ja wohl erledigt.«

»Kannst du mir die Liste auf meinen Privat-Account schicken?« Sie diktierte ihm die Adresse.

»Du rufst da jetzt doch an?«, fragte Ole Kotten erstaunt.

»Nein, ich bin für ein paar Tage auf Amrum. Ich fahr im Hafen vorbei.«

»Klingt doch mal nach einem Anfang. Und ich werde mich weiter auf die Suche nach Rieckerts unbekannten Freunden machen.«

Lena zögerte, sagte dann aber: »Pass auf, dass du Groll nicht in die Quere kommst. Ich fürchte, er wird es dann nicht mehr bei Drohungen belassen.«

»Schon klar, Lena.« Er lachte. »Vielleicht bekomme ich ja so meine Frühpensionierung durch. Für irgendwas muss der Kerl doch gut sein.«

»Nimm das nicht auf die leichte Schulter, Ole. Groll ist gut vernetzt. Ich bin damals vor allem wegen ihm zum LKA gewechselt.«

»Jetzt hast du mich aber neugierig gemacht. Was ist passiert?«

»Das erzähle ich dir mal bei einem Bier. Ist eine lange Geschichte«, wich sie ihm aus.

»Na, dann werde ich schon mal ein Plätzchen in meiner Stammkneipe reservieren. Vielleicht bist du ja mal wieder in der Nähe.«

»Ich habe gestern ein Haus in Husum gemietet. Wir werden uns wohl hin und wieder über den Weg laufen, fürchte ich.«

»Kein Scherz?«

Lena lachte. »Nein, absoluter Ernst. Mein Freund und ich ziehen da ein.« Sie nannte ihm die Straße.

»Oh! Schöne ruhige Gegend. Na dann auf gute Nachbarschaft, Frau Kollegin.«

»Ich habe dich gerade auf die Liste für die Einweihungsparty gesetzt. Du kannst auch gerne jemanden mitbringen.«

»Danke für die Einladung. Und ja, mein Mann kommt sicher gerne mit. Und bevor du dir jetzt Gedanken machst: Ja, ich bin schwul und lebe es offen. Ich hoffe mal, du hast damit keine Probleme.«

»Nicht die geringsten, Ole. Erck und ich freuen uns, wenn ihr beide kommt. Wie heißt dein Freund?«

»Mein Ehemann heißt Tobias. Wir sind seit dem Frühjahr ganz offiziell verheiratet.« Er seufzte. »Da mussten wir auch reichlich lange drauf warten.«

»Besser spät als nie! Ich muss jetzt leider weiter, Ole. Mein Freund wartet und ich bin schon eine halbe Stunde überfällig.«

»Grüß ihn unbekannterweise und pass auf dich auf. Ich melde mich, sobald ich etwas über die Rieckert-Freunde herausbekommen habe.«

Nachdem sie sich verabschiedet hatten, saß Lena noch ein paar Minuten im Auto und überlegte, ob sie Ole Kotten nicht doch von den Recherchen hätte abhalten sollen. Auch wenn Lena die beiden Freunde vom Festland im offiziellen Protokoll nicht erwähnt hatte, würde Groll oder einer seiner Leute mit hoher Wahrscheinlichkeit die gleiche Information von Rieckerts Mutter bekommen. Auf der anderen Seite schätzte Lena Ole Kotten als außerordentlich erfahrenen Kriminalisten ein, der penibel darauf achten würde, keine Spuren bei der Recherche zu hinterlassen. Gedanken machen müsste sie sich eher um Johann, der mit Sicherheit seine Füße nicht stillhalten würde. Sie nahm sich vor, am nächsten Tag noch einmal mit ihm zu telefonieren.

# Siebzehn

»Worauf trinken wir?«, fragte Erck.

Sie saßen seit zehn Minuten in der Norddorfer Strandhalle und hatten soeben den Weißwein serviert bekommen. Lena hob ihr Glas. »Hatten wir schon auf unser neues Heim angestoßen?«

Erck zuckte mit den Schultern. »Und wenn, ich habe kein Problem damit, ein zweites und auch drittes Mal darauf anzustoßen.«

Lena lächelte sanft. »Ich auch nicht. Auf unser neues Haus, auf Husum und auf die Liebe meines Lebens.«

Erck bekam feuchte Augen. »Das Letzte gebe ich an dich zurück. Und ich freue mich wahnsinnig auf unser erstes gemeinsames Nest.«

Für eine gefühlte Ewigkeit versanken ihre Blicke ineinander, bis Erck vorsichtig sein Glas an Lenas stieß. Sie tranken beide einen kleinen Schluck, ohne einander aus den Augen zu lassen. Erst als sie Jookes Stimme hörten, der sie fragte, was er ihnen bringen könne, schreckten sie auf.

»Ich wollte das junge Glück nicht stören«, kommentierte Jooke die Situation schmunzelnd. »Aber ihr habt doch sicher Hunger.«

Jooke war mit Lena und Erck auf Amrum zur Schule gegangen und hatte vor einigen Jahren die Strandhalle von seinen Eltern übernommen.

Lena warf ihm einen gespielt bösen Blick zu. »Wenn wir dich nicht schon so lange kennen würden, wärst du jetzt tot.«

Jooke wich theatralisch zurück. »Mir war es schon zu unserer Schulzeit nicht ganz geheuer, als du immerzu von der Polizei gesprochen hast.«

Lena lachte. »Spinner! Ich habe zu der Zeit noch nicht im Traum daran gedacht, Polizistin zu werden. Und jetzt erzähl uns lieber, was du uns von der Karte empfehlen kannst.«

Nur noch wenige Gäste hielten sich in der Strandhalle auf. Nach dem Essen hatte sich Jooke mit einem Glas Rotwein zu ihnen gesetzt und von seinen beiden Kindern erzählt. Zwei Mädchen, sechs und acht Jahre alt, die er mit stolzer Miene als Amrumer Wildkatzen bezeichnete. Eine halbe Stunde später verabschiedete er sich, nachdem Lena ihn zur Einweihungsparty in Husum eingeladen hatte.

»Was machen wir morgen?«, fragte Erck, als der Espresso serviert worden war. »Ich habe mir den Tag freigeschaufelt.«

Lena lächelte verführerisch. »Lange schlafen, spät aufstehen, noch länger frühstücken, einen verdammt langen Spaziergang machen und später noch ein Mittagsschläfchen.«

Erck trank seinen Espresso. »Klingt nach einem guten Plan. So sollte man eigentlich jeden Dienstag verbringen.«

Lena stand auf und rückte ihren Stuhl neben den von Erck. »Das wollte ich schon den ganzen Abend machen.« Sie lehnte den Kopf an seine Schulter. »Warum brauchen wir Menschen nur manchmal so lange, um uns zu entscheiden – oder das zu tun, was wir eigentlich immer wollten?«

Erck küsste sie zärtlich auf den Mund. »Wichtig ist doch, dass wir die Träume letztendlich leben und nicht irgendwann im Alter unser Leben verfluchen.«

Lena schmiegte sich an ihn. Sie musste an ihren Tag denken und daran, dass die Arbeit sie auch auf Amrum verfolgte. Sie hörte die beißende Stimme von Jens Groll, sah den wuchtigen Mann vor sich. Die Ermittlungen würden Wochen, wenn nicht Monate dauern. Während dieser Zeit würde ihr Groll beim LKA immer wieder über den Weg laufen. Allein seine Stimme am Telefon hatte die damaligen Ereignisse wieder in ihr hochkochen lassen. Heute war ihr klar, dass ihr Rückzug ein schwerer Fehler gewesen war. Wie würde sie reagieren, wenn Groll ihr persönlich gegenüberstand?

»Ich hatte heute ein sehr unangenehmes Gespräch mit Groll.«

»Ist das dieser SoKo-Chef von damals?«

Lena nickte. »Er hat mir gedroht.«

»Womit?«, fragte Erck entsetzt.

»Wenn ich ihm in die Quere komme, will er mich beruflich fertigmachen. Keine Ahnung, ob er die nötigen Kontakte hat, um mir ernsthaft zu schaden, aber …«

Erck sah sie fragend an. »Aber?«

»Nichts aber. Kein Thema für heute Abend. Hatte ich dir gesagt, dass ich Beke zu uns eingeladen habe? Ich meine, nach Husum. Wir haben ja ein Gästezimmer und für Beke ist die Fahrt hin und her an einem Tag sehr anstrengend.«

»Klar, gute Idee. Meine Eltern haben sich auch schon angemeldet.«

Lena lachte. »Bald brauchen wir einen Belegungskalender. Vielleicht sollten wir doch erst mal einziehen.«

»Ich habe unsere Vermieterin heute erreicht. Den Vertrag hat sie bekommen, in ein paar Tagen kann ich ins Haus. Wann suchen wir eine Küche aus?«

»Morgen! Ich habe eine fantastische Seite im Internet gefunden. Mit Hunderten von Angeboten und einem Tool, um die Küche gleich maßstabsgetreu zu planen. Und das Beste ist, in Flensburg haben die eine Filiale mit Musterküchen und allem Drum und Dran.«

Als Erck sie erstaunt ansah, fuhr sie fort: »Was denn? Dachtest du, mir ist das egal? Die Seite ist wirklich gut. Ich habe sie mir heute ausgiebig angeschaut.«

»Klingt, als wäre sie für uns gemacht.« Er hob seinen Daumen. »Perfekt! Dann kann ich ja meinem Küchen-Freund absagen.«

Lena reckte sich im Bett. Draußen dämmerte es. Sie warf einen Blick auf die Uhr. Kurz nach halb sechs. Vorsichtig richtete sie sich im Bett auf, um Erck nicht zu wecken. Im Traum war ihr Jens Groll begegnet. Nach einem kurzen Wortgefecht hatte er sie körperlich angegriffen, Lena hatte sich gewehrt und ihn niedergeschlagen. Gleich darauf waren andere Mitglieder der SoKo erschienen, hatten ihr die Waffe abgenommen und sie in Handschellen abgeführt.

Lena schüttelte sich. Wie kam ihr Gehirn nur auf so verrückte Einfälle? Lag ihr das damalige Geschehen immer noch so auf der Seele? Dabei war es überhaupt nicht bis zum Äußersten gekommen. Das Schleswiger SoKo-Team hatte sich nach einem arbeitsreichen Wochenende in der Stammkneipe getroffen, auf eine Runde folgte die nächste, bis sich gegen Mitternacht die Gruppe langsam auflöste. Als Lena nach einem Toilettenbesuch zum Tisch zurückkam, saß nur noch Groll dort. Sie trank noch ihr Bier aus und wollte sich gerade verabschieden, als er aufstand und sich ihr anschloss. Lenas Wohnung lag nur zehn Gehminuten von der Kneipe entfernt, Groll erbot sich, sie zu begleiten, da in der gleichen Richtung ein Taxistand lag. Als er hier keinen Wagen fand, griff er nach dem Handy und stellte fest, dass sein Akku leer war. Lena hatte ihr Handy vergessen und schlug vor, das Taxi von ihrem Festnetzanschluss in der Wohnung zu rufen. Dort angekommen, bat er um ein Glas Wasser. Zurück im Flur, verkündete ihr Chef, dass das Taxi eine halbe Stunde brauchen würde. Sie gingen zusammen in die Küche, um dort zu warten.

Wenn sie sich die nächsten zehn Minuten ins Gedächtnis rufen wollte, verschwammen die Einzelheiten vor ihren Augen. Sie war sich sicher, dass Groll sich nicht auf den angebotenen Stuhl gesetzt hatte, auch sie war in der engen Küche stehen geblieben. In der nächsten Szene, an die sie sich erinnerte, stand Groll direkt vor ihr, seine Hände berührten ihre Schultern und wanderten langsam weiter nach unten. Sie stieß ihn weg, was ihn anscheinend noch mehr anstachelte. Seiner wuchtigen Gestalt hatte sie wenig entgegenzusetzen und sie wurde von ihm immer weiter in die Enge getrieben. Lena war wie gelähmt vor Entsetzen, und erst als sie seine Hand zwischen ihren Beinen spürte, schien sie mit einem Ruck aus der Erstarrung aufzuwachen. Ihr Knie schnellte vor, er schrie auf und schreckte zurück. Lena zwängte sich an dem mächtigen Körper ihres Chefs vorbei und flüchtete in den Flur. Als er dort auftauchte, stand sie mit gezogener Waffe in der Hand vor ihm. Nach kurzem Zögern verließ er hämisch grinsend ihre Wohnung.

Lena meldete sich am nächsten Tag krank, vermied den Kontakt mit Groll für den Rest der Woche und vertraute sich erst dann einem älteren Kollegen an. Dieser riet ihr, die Sache zu vergessen und sich von Groll fernzuhalten. Sie reichte Urlaub ein, Groll zitierte sie zu sich ins Büro. Wie sich schnell herausstellte, hatte Lenas Kollege sie an ihn verraten. Groll machte ihr in drastischen Worten deutlich, dass sie keine Chance hatte, ihre Version des Vorfalls zu beweisen. Er präsentierte ihr drei unterschriebene Aussagen von Kollegen, die bestätigten, dass Lena sich am Abend in der Kneipe aufdringlich an ihn herangemacht habe. Er drohte ihr mit einer Anzeige wegen des Waffeneinsatzes und mit dem Ende ihrer Karriere. Am Schluss des einseitigen Gesprächs reichte er ihr den unterschriebenen Urlaubsantrag zurück und wünschte ihr erholsame Tage.

Nach dem Urlaub hatte Lena ihr Ausscheiden aus der SoKo beantragt, ein halbes Jahr später verließ sie Schleswig Richtung

Kiel. In den Folgejahren achtete sie darauf, Groll nicht über den Weg zu laufen. Den Rat einer Freundin, sich Hilfe bei einem Psychologen zu holen, ignorierte sie.

Erck öffnete die Augen und lächelte. »Schon lange wach? Hattest du nicht einen anderen Plan? Oder habe ich mich gestern verhört?«

Als Erck die Arme ausbreitete, glitt sie ins Bett zurück und kuschelte sich an ihn. »Stimmt! Wie konnte ich das vergessen?« Sie küsste ihn. »Bist du noch müde oder …«

»*Oder* wäre vielleicht durchaus eine gute Wahl.«

Lena richtete sich auf und zog T-Shirt und Slip aus. »Das trifft sich gut. Ich bin auch nicht müde.«

Die Stunden des Dienstags zogen dahin, ohne dass Lena an die abgebrochenen Ermittlungen dachte oder etwas von Johann oder Ole Kotten hörte. Auch Jens Groll schien anderes zu tun zu haben, als Lena weitere Vorwürfe zu machen oder ihr zu drohen. Am Abend kochte Erck eine Fischsuppe, die jedem Gourmetrestaurant zur Ehre gereicht hätte. Das selbst gebackene Brot war dabei die Krönung des Abendessens. Anschließend gingen sie in die Spätvorstellung des Norddorfer Kinos, das einen französischen Liebesfilm zeigte.

Nach einem ausführlichen Frühstück machte sich Erck zu einem Termin in Flensburg auf. Er plante, am späten Nachmittag wieder auf Amrum zu sein. Lena räumte die Küche auf, kaufte ein paar Dinge im nahen Supermarkt ein und saß schließlich mit einer zweiten Tasse Kaffee am Küchentisch, um die Liste der Jachten durchzugehen, die Ole Kotten ihr geschickt hatte.

Die zweiundvierzig Segel- und Motorboote waren entweder an dem Wochenende vor Rieckerts Tod dort vor Anker gegangen oder lagen dort dauerhaft. Neben den Namen der Boote standen die Registrierungsnummern sowie zum Teil die Namen der Eigner. Als sie nichts Verdächtiges fand, griff sie kurz entschlossen nach dem Autoschlüssel und verließ die Wohnung.

Eine Viertelstunde später parkte sie auf dem Platz am Seglerhafen und suchte nach dem Büro des Hafenmeisters. Sechs kleinere Holzhäuser, deren Fronten in verschiedenen Schattierungen von Gelb, Rot und Blau angestrichen waren, beherbergten neben dem Restaurant Seefohrerhus auch das Büro des Hafenmeisters. Lena klopfte an die Tür und trat ein. An einem kleinen Schreibtisch saß ein Mann in ihrem Alter, mit blonden struppigen Haaren, breiten Schultern und wettergegerbtem Gesicht. Als er aufsah, warf Lena ihm einen irritierten Blick zu. »Tamme?«

Der Mann grinste. »Jo, so ist es, Lena. Du hast dich ja gar nicht verändert.« Er stand auf und reichte ihr die Hand. »Hab schon gehört, dass du jetzt eine bekannte Kommissarin bist. Wieder auf Verbrecherjagd? Wusste gar nicht, dass auf Amrum was passiert ist.«

Tamme Ohlsen war mit Lena zur Grundschule gegangen. Sie waren sich auch später immer mal wieder über den Weg gelaufen, auch wenn er nicht zu ihrem unmittelbaren Freundeskreis gehört hatte.

»Die Leute reden viel, wenn der Tag lang ist. Kommissarin ist aber schon richtig.« Sie zog ihren Ausweis aus der Tasche und reichte ihm das Dokument.

»LKA! Das klingt ja megawichtig«, kommentierte er mit einem schelmischen Gesichtsausdruck den Ausweis. »Dann bist du ja sicher nicht hier, um mit mir eine Tasse Tee zu trinken.«

»Warum nicht«, antwortete Lena und lud ihren alten Schulkameraden ins Café nebenan ein. Nachdem ihnen der Tee serviert worden war, legte Lena Tamme die Liste vor. »Mein Kollege aus Husum, Ole Kotten, hat die Liste von dir bekommen. Uns interessiert die *Esprit.*«

»Jo, die gehört den drei Typen von Hooge. Thomsen, Brunken und …« Der dritte Name schien ihm entfallen zu sein.

»Eike Knudsen«, half Lena aus.

»Mag sein. Mit dem habe ich noch nie gesprochen.« Er warf ihr einen gespielt ängstlichen Blick zu. »Sind das etwa Verbrecher?«

»Tamme, das ist kein Spaß. Und nein, die drei sind Zeugen und ich muss ihre Angaben überprüfen.«

»Schade! Da denkt man doch, hier ist endlich mal was los, mit Polizei und allem Drum und Dran, und dann ...« Er seufzte. »Was willst du denn wissen?«

»Dass die Jacht an diesen beiden Tagen hier gelegen hat, konnte ich den Unterlagen entnehmen. Sind die drei häufiger mit dem Boot hier auf Amrum?«

»Jo, seit einiger Zeit kommen die zwei- oder dreimal im Jahr. Manchmal nur für ein paar Stunden, aber auch schon mal für ein oder zwei Tage. Warum?«

»Das darf ich dir nicht sagen, Tamme. Sind sie denn immer zu dritt?«

»Ich sagte ja schon: Diesen einen, den Knudsen, kenne ich nicht so gut. Der ist seltener hier gewesen. Aber Thomsen war, glaube ich, fast jedes Mal dabei.«

»Was machen die so?«

Tamme Ohlsen goss sich Tee nach und ließ langsam die Sahne in die braune Flüssigkeit laufen. »Die Zeit muss sein«, kommentierte er das Teeritual und trank einen kleinen Schluck aus der Tasse. »Was die so machen? Na ja, segeln halt und feiern. Die sind wohl selten hier im Jachtklub geblieben, wie ich gehört habe. Ins Taxi und dann nach Wittdün in die Blaue Maus oder nach Nebel ins 54° Nord. Aber das weiß ich natürlich nur vom Hörensagen.«

»Und hier im Hafen? Haben sie da Kontakt zu anderen Seglern?«

»Das kommt ja automatisch, Lena. Die fühlen sich doch alle ihrer, wie nennt man das heute, Community verbunden. Da spielt es dann keine große Rolle, ob man stinkreich ist oder nur Bauer auf Hooge.«

»Gab es da besondere Kontakte?«

»Nee, ich habe nichts beobachtet. Aber man sitzt schon mal zusammen und hält einen Schnack. Am Steg oder hier im Klub. Manche laden sich auch gegenseitig auf die Boote ein. Jo, so ist das.«

»Hast du schon mal den Namen Klaas Rieckert gehört?«

Tamme Ohlsen kratzte sich am Kopf. »Ist das nicht der Typ von Hooge, der im Watt ertrunken ist? Bist du deshalb hier?« Als er Lenas Blick bemerkte, hob er schützend die Hände. »Schon klar, du darfst mir nichts sagen.« Er fuhr sich noch einmal mit der Hand über den Kopf. »Hatte dieser Rieckert denn auch ein Boot?«

»Nein, er selbst auf jeden Fall nicht.« Lena rief auf ihrem Smartphone das Foto von Klaas Rieckert auf und reichte es Tamme Ohlsen. »Erkennst du ihn vielleicht hier drauf?«

Tamme Ohlsen ließ sich Zeit. »Wenn er vor mir stehen würde, könnte ich dir das genau sagen. Aber so … Irgendwie kommt mir der Typ bekannt vor. Der hat ja auch ein Allerweltsgesicht. Aber ich kann ihn auch genauso gut mit jemandem verwechseln.« Er gab Lena das Handy zurück. »Also beschwören würde ich es nicht, aber, wie gesagt, irgendwie kommt mir der Mann bekannt vor. Rieckert, hast du gesagt? Und wie war noch der Vorname?«

»Klaas.«

»Klaas. Mag sein, dass ich ihn tatsächlich mal gehört habe.« Er sah Lena entschuldigend an. »Damit kannst du jetzt nicht so viel anfangen, oder?«

»Denk noch mal ein paar Tage drüber nach. Vielleicht fällt dir ja noch ein, wo du den Mann gesehen hast. Wenn du mir deine Handynummer gibst, schicke ich dir das Foto.«

Tamme Ohlsen zog einen Kugelschreiber aus seinem Arbeitsanzug und schrieb eine Nummer auf seine Serviette. Grinsend reichte er sie Lena. »Ist schon lange her, dass mich eine hübsche Frau nach meiner Handynummer gefragt hat.«

Lena unterdrückte ein Schmunzeln und fragte: »Noch mal zu Jan Thomsen und den beiden anderen. Hatten die auch manchmal weitere Leute an Bord?«

Tamme Ohlsen sah sie mit zusammengekniffenen Augenbrauen an. »Du willst jetzt aber nicht von mir hören, dass Thomsen diesen Rieckert auf seinem Boot hatte, den er dann später auf See über Bord geworfen hat? Nee, die beiden bringe ich überhaupt nicht zusammen.«

»Aber sie hatten schon mal andere Leute dabei?«

»Ich kontrolliere doch nicht, wer alles an Bord ist! Wir schreiben hier sowieso schon eine Menge mehr Zeugs auf, als es so manch ein anderer Hafen macht. Da wandert das Geld auch schnell mal so über den Tisch, ohne Quittung und Registrierung. Bei mir nicht!«

Lena versuchte es ein letztes Mal. »Also besondere Kontakte hat es nicht zwischen der Crew der *Esprit* und anderen Seglern gegeben?«

»Irgendwas Geheimnisvolles, meinst du? Nee, ist mir nicht aufgefallen. Tut mir echt leid, Lena, ich hätte ja gerne mal bei so einem Kriminalfall mitgemacht.«

Sie reichte ihm die Liste der Boote und fragte Tamme Ohlsen nach den Gastliegern. Er nickte und griff wieder nach seinem Kugelschreiber. Kurz darauf hatte Lena den Ausdruck wieder in der Hand. Mit der *Esprit* waren acht Boote an diesem Wochenende im Seglerhafen gewesen. Tamme Ohlsen konnte ihr nicht sagen, ob die Besatzung von Thomsens Jacht mit der eines der anderen Gastlieger Kontakt gehabt hatte.

Lena bat ihren alten Schulfreund um die Listen der Gastboote, die in den zwei Wochen vor Rieckerts Tod im Hafen lagen. Er sagte es ihr für den nächsten Tag zu. Sie saßen noch eine Weile zusammen, bevor Lena sich wieder auf den Weg nach Norddorf machte.

# Achtzehn

Lenas Handy machte sich bemerkbar, als sie das Auto vor Ercks Haus geparkt hatte.

»Moin, Johann. Alles gut bei dir?«

»Hallo, Lena.«

»Genießt du deine freien Tage?«

»Ich glaube, ich habe Björn Preischel gefunden. Das Alter kommt hin. Er lebt in Hannover. Allerdings habe ich ihn bisher noch nicht erreicht. Seine Frau hat mir gesagt, dass er geschäftlich unterwegs ist und erst in den nächsten Tagen zurückkommt. Seine Handynummer wollte sie mir nicht geben.«

»Komische Freizeitbeschäftigung, Herr Kollege.«

»Mir war langweilig.«

Lena stöhnte auf. »Jetzt mal im Ernst, Johann. Was meinst du, was Groll mit dir macht, wenn er das mitbekommt?«

»Und was meinst du, warum mir die Ehefrau die Handynummer nicht gegeben hat? Ich habe natürlich nicht meinen richtigen Namen genannt und schon gar nicht, dass ich beim LKA arbeite.«

»Okay, aber was willst du Preischel sagen, wenn du ihn erreichst? Glaubst du, er wird einem Wildfremden mal eben so alle Fragen beantworten? Wir sind raus, Johann.«

»Und warum hat mich dann gerade Kollege Kotten aus Husum angerufen und mir …«

»Jetzt lass gut sein, Johann! Ich will dich da nicht mit reinziehen. Okay?«

»Darf ich das vielleicht selbst entscheiden?« Seine Stimme klang verärgert. »Und ich habe mich entschieden. Noch Fragen?«

»Was wollte Ole Kotten von dir?« Lena hatte ihm bei dem ersten Treffen auch Johanns Nummer gegeben, falls sie nicht erreichbar sein sollte.

»Genau diese Suche nach den Freunden koordinieren. Er hat Husum und die unmittelbare Umgebung auf dem Radar, hat aber weder Petersen gefunden noch Preischel. Keiner mit diesem Namen und ungefähren Geburtsdaten ist in der Gegend offiziell gemeldet. Er konzentriert sich jetzt auf Christian Petersen, während ich mich um Preischel kümmere.«

»Ich sag's noch mal: Groll ist gefährlich! Sieh zu, dass du keine Spuren hinterlässt.« Sie zögerte, ihm eine offizielle Anweisung zu geben, sich aus dem Fall rauszuhalten. Ihr war klar, dass Johann sich nicht daran halten würde. »Hast du mich verstanden?«

»Seit wann bist du so ängstlich? Erzähl mir lieber, was du beim Hafenmeister in Erfahrung gebracht hast. Kollege Kotten hat mir gesagt, dass du dich darum kümmern willst.«

Sie berichtete in kurzen Worten, was sie bei Tamme Ohlsen erfahren hatte. »Ich glaube nicht, dass uns diese Liste weiterbringt. Das mit Amrum ist offensichtlich eine Sackgasse. Ohlsen hat mir zugesagt, die Listen von den zwei Wochen vor dem Mord zu schicken. Ich bezweifele zwar, dass wir damit weiterkommen, aber …« Sie brach ab.

»Schon klar. Ein letzter Strohhalm. Sag mal, Eike Knudsen, den du ja eigentlich auf der Rückfahrt nach Kiel befragen wolltest, steht noch aus. Soll ich zu ihm fahren?«

»Inkognito? Nein, das ist zu gefährlich.« Als Johann schwieg, fuhr sie fort: »Versprichst du mir, die Finger von Knudsen zu lassen?«

»Ja, schon gut«, antwortete Johann mit wenig Begeisterung. »Und die alte Sekretärin von Walter Reinstedt? Die wohnt doch in Kiel.«

Lena stöhnte leise. »Lass uns abwarten, bis die SoKo die Arbeit aufgenommen hat. Ich bekomme schon raus, ob sie bei ihr waren, und danach können wir gefahrlos dort auflaufen.«

»Okay, dann kümmere ich mich auf jeden Fall um die Kugel, die Rieckert vor über neun Jahren abbekommen hat. Da werde ich ja wohl recherchieren dürfen, oder?«

»Solange du keine Spuren hinterlässt.«

»Ganz ehrlich, sind wir inzwischen beim Geheimdienst?«

Lena musste unwillkürlich lachen. »Gute Frage. Lass uns die Sache locker angehen. Unsere Chancen stehen eins zu einer Million. Ich weiß, dass dir die SoKo gegen den Strich geht. Das ist bei mir genauso. Aber deshalb solltest du nicht deine Karriere aufs Spiel setzen. Versprochen?«

Johann seufzte. »Wie häufig muss ich das noch wiederholen? Ja, ich bin verdammt vorsichtig, Lena.«

»Gut, Johann. Melde dich, wenn du was Neues hast.«

Lena, die immer noch im Auto vor Ercks Haus saß, stieg aus und ging auf die Eingangstür zu. Die Ferienwohnung, die den größten Teil des Hauses belegte, würde in zwei Wochen zum ersten Mal Gäste beherbergen. Für den Rest des Jahres war sie bereits fast komplett ausgebucht.

Lena betrat die Einliegerwohnung und ließ sich auf das Bettsofa fallen. Dafür, dass sie den Fall ad acta gelegt hatte, waren sie und ihr kleines Team ziemlich aktiv. Um sich selbst machte sie sich wenig Sorgen, aber dass Ole Kotten und Johann Ärger bekommen würden, musste sie verhindern.

Groll wartete nur darauf, dass Lena einen Fehler machte und er zuschlagen konnte. Auch wenn die sexuelle Nötigung lange verjährt war, musste ihm klar sein, dass inzwischen allein der begründete Verdacht reichte, um ihn in Schwierigkeiten zu bringen. Würde ihn diese Erkenntnis noch gefährlicher machen?

Lena quälte sich hoch, um sich in der Küche einen Milchkaffee zuzubereiten. Sie schaltete die Siebträgermaschine ein, wartete, bis sie die richtige Temperatur erreicht hatte, und ließ dann den Espresso in die große Tasse laufen, die sie anschließend mit der aufgeschäumten Milch auffüllte. Mit der Tasse in beiden Händen setzte sie sich an den kleinen Tisch in der Küche.

Nach den ersten beiden Schlucken meldete sich ihr Handy. Nach dem Blick aufs Display nahm sie das Gespräch an.

»Rika, alles gut bei dir?«

Sie hörte ihre Freundin leise stöhnen. »Nicht wirklich.«

»Was ist passiert?«

»Das, was du schon angekündigt hast. Gestern sind hier sage und schreibe zehn Polizisten mit der Fähre angekommen und laufen seitdem von Haus zu Haus. Bei uns waren sie auch schon.«

»Tut mir leid, Rika. Ich konnte das leider nicht verhindern. Es ist nicht mehr mein Fall.«

»Das dachte ich mir schon.«

»Wie hat Maike Holzer es aufgenommen?«

»Sie ist schlichtweg zusammengebrochen. Mehrere Polizisten haben sie über zwei Stunden immer wieder das Gleiche gefragt und danach das ganze Haus auf den Kopf gestellt. Als die endlich weg waren, hat Maike mich angerufen und ich bin gleich hin. Das war gestern Abend. Ich habe sie dann mit zu mir genommen. Sie hat im Gästezimmer übernachtet.«

»Haben sie ihr gesagt, was Klaas vorgeworfen wird?«

»Nicht wirklich. Nur, dass er ein landesweit gesuchter Verbrecher wäre. Maike ist vollkommen mit den Nerven am Ende. Sie haben ihr gedroht, sie mit nach Kiel zu nehmen und dass sie dort in Untersuchungshaft kommen würde, wenn sie nicht die Wahrheit sagt.«

»Ist sie noch bei dir?«

»Das ist es ja. Die Polizisten haben sie auf dem Handy angerufen und wollen noch mal mit ihr sprechen. Können die sie wirklich mitnehmen?«

»Sag Maike, dass sie nicht verpflichtet ist, mit den Polizisten zu reden. Erst wenn sie eine Vorladung der Staatsanwaltschaft bekommt, muss sie dort erscheinen. Am besten, sie sagt kein Wort mehr und verlangt einen Anwalt.«

»Macht sie sich dann nicht erst recht verdächtig? Das klingt doch so, als wenn sie etwas zu verbergen oder gar mit Klaas gemeinsame Sache gemacht hätte.«

Lena trank einen Schluck von dem Kaffee, der inzwischen nur noch lauwarm war. Rika oder eigentlich Maike in dieser Situation etwas zu raten war ausgesprochen schwierig. Sie wusste nicht, was für einen Ansatz die Ermittler der SoKo verfolgten und wie belastbar Maike letztendlich war. »Nicht Maike muss etwas beweisen, sondern die Polizisten. Wenn Maike meint, dass sie noch eine Befragung durchstehen kann, dann ist das natürlich eine Option. Aber noch mal: Sie muss nichts beweisen oder nachweisen. Wenn die Kollegen meinen, sie habe etwas mit Klaas' Verbrechen zu tun, müssen sie ihr das nachweisen.«

Rika zog hörbar die Luft ein. »Das klingt so einfach, wenn du das sagst. Ich persönlich glaube nicht, dass Maike das ein weiteres Mal aushält.«

»Dann rate ihr davon ab. Sie kann sagen, dass sie nicht in der Lage ist, mit ihnen zu sprechen. Sie kann nicht dazu gezwungen werden.«

Rika seufzte. »Ich rede gleich mit Maike. Danke erst mal, Lena.«

»Du kannst mich immer unter dieser Nummer erreichen. Jederzeit.«

»Lena?«

»Ja.«

»Was hat Klaas wirklich gemacht?«

Lena hatte geahnt, dass ihre Freundin diese Frage stellen würde. Sie zögerte, Rika Einzelheiten zu erzählen.

»Ich verspreche dir, es nicht weiterzusagen«, hörte sie Rikas flehende Stimme.

Lena zögerte, aber letztlich würde es nur noch ein paar Tage dauern, bis die Informationen durchsickern würden. So würde Rika zumindest wissen, was auf ihre Freundin Maike zukommen würde. »Vermutlich hat er drei Menschen getötet. Vor ungefähr zehn Jahren.«

Rika schwieg zunächst und fragte schließlich: »Bei einem Unfall auf dem Festland?«

»Nein, Rika. Die drei wurden unabhängig voneinander ermordet. Klaas' DNA ist bei den Opfern gefunden worden. Es ist leider sehr wahrscheinlich, dass er der Täter ist.«

»Das ist …« Sie brach ab. »Das ist vollkommen verrückt, was du da sagst. Das kann einfach nicht wahr sein.«

»Bereite Maike vorsichtig darauf vor. Es dauert bestimmt nicht mehr lange, bis das öffentlich wird.«

»Drei Morde. Das ist … Maike wird das nicht verkraften. Wie soll ich ihr das beibringen? Und wahrscheinlich darf ich nicht mal sagen, um was es sich bei Klaas' … Verbrechen handelt, oder?«

»Wenn herauskommt, dass ich dir das erzählt habe, werde ich richtig Ärger bekommen. Bitte behalte das für dich, solange das noch nicht öffentlich gemacht wurde.«

»Ja, natürlich. Ich muss jetzt auch zu Maike. Vielleicht ist es wirklich besser, wenn sie der Polizei nichts mehr sagt.«

»Du kannst mich jederzeit anrufen, Rika.«

»Ist gut, Lena. Ist gut. Bis später.«

Lena starrte auf ihr Handy und murmelte: »Verdammter Mist!«

# Neunzehn

»Du kannst nichts dafür, dass dir der Fall entzogen wurde«, sagte Erck.

Lena und er liefen an der Ostseite der Insel auf einem Weg mit Blick auf das Wattenmeer entlang. Sie hatte ihm soeben von dem Gespräch mit Rika erzählt. »Da bin ich mir nicht ganz so sicher.«

Erck blieb stehen und sah sie erstaunt an. »Wie meinst du das jetzt? Du wusstest doch, wie unwahrscheinlich es ist, diesen Fall in drei Tagen aufzuklären.«

»Das meine ich nicht.« Sie gingen eine Weile schweigend nebeneinanderher, bis Lena stockend anfing, von Grolls versuchter Vergewaltigung zu erzählen. Erck hörte fassungslos zu, während er ihre Hand hielt. Schließlich setzten sie sich auf eine Bank. Erck legte seinen Arm um Lenas Schulter und reichte ihr ein Taschentuch, als die ersten Tränen über ihre Wangen liefen.

»Wäre ich damals gegen Groll vorgegangen, wäre er jetzt sicher nicht mehr in der Truppe«, erklärte Lena ihm. »Ich war einfach zu feige.«

»Du und feige?« Erck schüttelte vehement den Kopf. »Ich kenne niemanden, der mutiger ist.«

Lena warf ihm einen dankbaren Blick zu. »Das ist schön, dass du das sagst, aber ich bin keine Heldin. Meinst du etwa, der Kerl hat danach aufgehört, Frauen zu belästigen? Hätte ich nicht so schnell reagiert und ihm die Waffe an den Kopf gehalten, hätte er mich …« Sie schluckte. »Nein, ich war erbärmlich feige. Ich hatte panische Angst, dass er mich fertigmacht und meine Karriere am Ende ist. So einfach ist das. Ich habe nicht verhindert, dass Groll mit der Masche weitermachen konnte. Und das nennst du jetzt mutig?«

»Du warst jung und hattest keine Unterstützung. Im Gegenteil, wenn dich dieser Kollege auch noch bei Groll angeschwärzt hat, konnte sich dieser miese Typ darauf vorbereiten und die angeblichen Zeugen besorgen. Du hättest mit einer Anzeige nichts erreicht. Im Gegenteil, er hätte dir den Rest gegeben.«

Lena stand auf und reichte Erck die Hand. »Lass uns weitergehen. Mir wird kalt.«

Sie liefen eine weitere halbe Stunde, bevor sie umkehrten. Kurz bevor sie den Weg Richtung Norddorf verlassen mussten, setzte die Dämmerung ein und leichter Nebel zog über dem matt schimmernden Watt auf. Lena blieb stehen und sog die salzige Nordseeluft tief in ihre Lungen. Wie häufig hatte sie hier mit ihrer Mutter gestanden, nachdem sie von einem langen Spaziergang zurückgekehrt waren? Sie hatten schweigend dem Naturschauspiel beigewohnt, die sich immer wieder neu bildenden Wolkenformationen bewundert, dem aufziehenden Nebel zugesehen, der die Landschaft in ein weiches Licht tauchte, oder den Tausenden Vögeln, die auf ihrem Weg in den Süden im Watt Station machten. Plötzlich hörte Lena die Stimme ihrer Mutter, die ihr versprach, auf sie aufzupassen.

»An was denkst du?«, fragte Erck, der bisher schweigend neben ihr gestanden hatte.

»Daran, dass ich fast vergessen habe, wie betörend die Landschaft hier ist«, sagte sie und fügte leise hinzu: »Und daran, wie oft ich hier mit Mama spazieren gegangen bin.«

»Ja, ich weiß. Wir sind doch auch manchmal zu dritt hier gewesen.«

»Sie wäre in diesem Jahr sechzig geworden.« Lena hatte so leise gesprochen, dass Erck sich zu ihr hinübergebeugt hatte.

»Am sechzehnten Juni, ich weiß. Ich habe schon mal nachgeschaut, was es für ein Tag ist.«

»Samstag«, kam Lena ihm zuvor. »Begleitest du mich zum Friedhof? Beke habe ich auch schon gefragt. Vielleicht laden wir auch noch ein paar Freunde von Mama ein. Was meinst du?«

»Das ist eine gute Idee. Wir können alle in die Strandhalle zu Kaffee und Kuchen einladen.«

Lena nickte nachdenklich. »Ja, da hat Mama so gerne gesessen. Ich spreche mit Beke darüber.« Sie suchte Ercks Hand und zog ihn mit sich. »Lass uns nach Hause gehen. Es ist bald dunkel.«

Am Mittwochmorgen wachte Lena spät auf. Der Duft von frischem Kaffee und selbst gebackenen Brötchen erfüllte den kleinen Wohn- und Schlafraum. Sie richtete sich auf und sah Erck lächelnd in der Tür stehen.

»Guten Morgen, mein Murmeltier!«

Lena rieb sich die Augen. »Wie spät ist es?«

»Kurz vor zehn. Ich wollte dich nicht aufwecken, so friedlich, wie du geschlafen hast.«

Lena sprang aus dem Bett. »Gib mir zehn Minuten. Dann bin ich bei dir.«

Wenig später stand sie mit noch nassen Haaren neben Erck und küsste ihn auf die Wange. »Du musst mich nicht immer bedienen. Morgen bin ich dran mit dem Frühstück.«

Erck reichte ihr eine große Tasse Milchkaffee. »Jetzt setz dich erst mal. Rührei ist gleich fertig.«

»Was machen wir heute?«, fragte Lena, als Erck ihr ein Ei auf den Teller legte.

»Ein Freund hat mich vorhin angerufen und gefragt, ob ich Lust auf eine kleine Tagestour auf seiner Segeljacht habe. Was meinst du?«

»Auf jeden Fall. Sag sofort zu. Wann sollen wir da sein?«

»Um zwölf geht's los.« Erck griff nach seinem Handy und tippte etwas ein. »So. Gebucht!«

Lena schmierte Butter aufs Brötchen und wollte gerade hineinbeißen, als sich ihr Handy bemerkbar machte. Sie schaute aufs Display und stöhnte leise. »Warnke! Was will der denn?« Sie drückte das Gespräch weg. »Das hat sicher Zeit.« Sie sah auf. »Wie heißt dein Freund?«

»Georg. Er hat seine Jacht im Seglerhafen liegen und kommt ab und zu für ein paar Tage nach Amrum. Er wohnt und arbeitet in Flensburg.«

Lena grinste. »Du kennst Leute! Ist die Jacht groß?«

»Siebzehn Meter, glaube ich. Sechs Leute können darauf schlafen, hat er mir mal gesagt.«

Während sie aßen, erzählte Erck von einem früheren einwöchigen Trip die dänische Küste hoch bis nach Frederikshavn.

Als sie den Tisch abgeräumt hatten, fiel Lena wieder ein, dass ihr Chef angerufen hatte. Sie griff nach dem Handy und wählte seine Nummer.

»Frau Lorenzen. Danke für den Rückruf«, flötete er zuckersüß.

»Was kann ich für Sie tun?«, fragte Lena kühl.

»Ich habe heute mit dem Kollegen aus Husum gesprochen, der auch die Ermittlungen auf Hallig Hooge geleitet hat. Er braucht dringend Unterstützung.«

»Ole Kotten?« Lena war hellhörig geworden.

»Genau der! Auf dieser Hallig wurde jemand als vermisst gemeldet und er meinte …«

»Wer?«

»Augenblick! Ein gewisser Jan Thomsen. Sie würden ihn kennen, hat er mir versichert. Er bat darum, dass wir aufgrund der dünnen Personaldecke jemanden schicken. Dabei hat er an Sie gedacht.«

Lenas Puls hatte sich beschleunigt. War das die Chance, wieder ins Spiel zu kommen? Konnte Warnke so naiv sein, dass er den Zusammenhang zum Rieckert-Fall nicht sah?

Bevor sie antworten konnte, fuhr er fort: »Die SoKo muss ja nicht unbedingt mitbekommen, dass Sie im Umfeld von Klaas Rieckert ermitteln. Sie verstehen mich?«

»Ich brauche Grasmann. Heute Nachmittag kann ich in Husum sein.«

»Wunderbar. Ich informiere den Kollegen sofort.« Lena hörte, wie er kurz Luft holte. »So weit, so gut. Ich wünsche Ihnen viel Erfolg. Melden Sie sich bei mir, wenn es Fortschritte in der Sache gibt. Ich zähle auf Sie.« Er beendete das Gespräch mit einer freundlichen Verabschiedung.

Lena starrte auf ihr Handy. War das eine indirekte Aufforderung gewesen, im Fall Klaas Rieckert weiterzuermitteln? Ihr war klar, dass sie sich, selbst wenn Warnke es so gemeint hatte, im Ernstfall nicht darauf würde berufen können.

Erst jetzt bemerkte Lena Erck, der in der Tür stand und vermutlich das Gespräch mitbekommen hatte. Er sah sie fragend an. »Du musst sofort nach Husum?«

Sie nickte. »Das war Warnke. Einer der Zeugen im Fall Rieckert wurde als vermisst gemeldet und Warnke hat mich jetzt ...« Sie schüttelte ungläubig den Kopf. »Das ist vollkommen verrückt.«

»Ja, das ist es wohl«, murmelte Erck und wandte sich ab.

Lena kam näher und legte ihre Arme von hinten um seinen Körper. »Du bist sauer? Und du hast auch vollkommen recht. Meine Arbeit ...« Es verschlug ihr die Sprache.

Erck drehte sich zu ihr um. »Ist in Ordnung, Lena. Ich weiß ja, wie wichtig dir der Fall ist.« Er sah auf die Uhr. »Du musst jetzt sofort packen, um die Fähre noch zu erreichen.«

»Es tut mir leid, Erck. Wirklich. Wenn der Fall ...«

»Ich weiß doch, Lena. Und jetzt pack deine Sachen. Hopp, hopp!«

Lena warf Erck einen Kussmund zu, griff nach ihrer Reisetasche, die sie auf dem Schrank deponiert hatte, und suchte alles Notwendige zusammen. Der Abschied von Erck fiel ihr schwerer als gedacht. Mit feuchten Augen stieg sie ins Auto und fuhr Richtung Wittdün.

Auf der Fahrt zur Fähre rief Lena Ole Kotten an.

»Du bist auf dem Weg nach Husum?«, fragte Kotten.

»Wenn alles gut läuft, bin ich gegen ein Uhr vor Ort. Was genau ist passiert?«

»Enno Brunken hat Thomsen als vermisst gemeldet. Er ist seit gestern nicht mehr auf Hooge gesehen worden.«

»Nicht sehr ungewöhnlich, wenn ein erwachsener Mann sich für ein paar Tage abseilt. Er wird irgendwo auf dem Festland sein und ...«

»Dann muss er geflogen sein. Auf einer der Fähren war er definitiv nicht. Ich habe es persönlich kontrolliert. Außerdem wollten sich Brunken und Thomsen am Dienstag für dringende Reparaturarbeiten an der Segeljacht treffen. Er ist aber schon am Abend zuvor, als sie im Friesenpesel verabredet waren, nicht gekommen. Auf dem Handy war und ist er nicht zu erreichen. Das Gerät ist nicht zu orten. Wahrscheinlich ausgestellt oder der Akku ist leer.«

»Okay, das ist wirklich merkwürdig. Wie hast du übrigens Warnke so schnell herumbekommen? Der hat mir vorhin ja fast einen roten Teppich ausgerollt.«

Kotten lachte. »Sieh an! Ehrlich gesagt, habe ich zwar darüber nachgedacht, dich anzufordern, aber dein werter Chef ist mir zuvorgekommen. Er hat mich angerufen und vorgeschlagen, Unterstützung zu schicken. Offiziell soll die Anfrage natürlich von uns kommen.«

»Was ist denn da passiert?«, murmelte sie.

»Wie bitte?«, fragte Ole Kotten.

»Entschuldige, eines meiner vielen Selbstgespräche. Ich bin jetzt kurz vor der Fähre. Wenn ich in Dagebüll losfahre, melde ich mich noch mal. Mein Kollege Johann Grasmann setzt sich auch gleich in Bewegung. Wahrscheinlich ist er eher da als ich.«

»Alles klar, ich bin hier.«

Lena reihte sich in die Schlange der Fahrzeuge ein, die auf dem Kai warteten, und fuhr kurz darauf auf die Fähre.

Auf dem Oberdeck suchte sie sich eine ruhige Ecke und rief Johann an. »Hast du schon mit Warnke gesprochen?«

»Kurz. Was ist eigentlich los? Er sagte mir nur, dass du mich ins Bild setzen würdest.«

Lena erklärte ihm die Lage.

»Klingt tatsächlich etwas merkwürdig«, sagte Johann.

»Ich bin auf der Fähre. Wann bist du in Husum?«

»Mit Übernachtung?«

»Am besten, du nimmst deine Sachen mit. Wir müssen vor Ort besprechen, wie wir vorgehen.«

»Alles gut! Ich breche in einer halben Stunde auf. Kotten weiß Bescheid?«

»Ja. Er erwartet dich. Frag dich einfach durch.«

»Bis später!«, verabschiedete sich Johann.

Lena verließ ihren windgeschützten Platz auf dem hinteren Teil des Oberdecks und trat an die Reling.

Warnke war von allein aktiv geworden. Warum? Lena war davon ausgegangen, dass er froh über die Entwicklung war und darüber, dass er die Verantwortung für den Fall hatte abgeben können. Waren wieder mal eigene Interessen im Spiel? Hatte der Generalstaatsanwalt ihn auflaufen lassen und kaltgestellt? Hatte er Angst um seinen Posten beim LKA? Das alles war Lena letztlich vollkommen egal, solange sie sich auf Warnkes Rückendeckung verlassen konnte. Und genau in diesem Punkt war sie sich nicht sicher. Warnke war ein Karrierist, der zuallererst seine persönlichen Interessen im Blick hatte. Lena würde aufpassen müssen, da sie ihre Ermittlungen kaum vor Groll geheim halten konnte.

Sie verließ das Oberdeck und suchte sich einen ruhigen Platz am Fenster, um einen heißen Milchkaffee zu trinken.

»Kotten!«

»Lena hier! Ich bin jetzt auf dem Festland. Wenn die Straßen weiter so leer sind, bin ich in einer halben Stunde in Husum.«

»Gut! Dein Kollege ist übrigens schon da, hat sich aber gerade auf die Suche nach einem Kaffee verabschiedet.«

»Dann ist unser Team ja komplett. Bis später, Ole.«

Lena fuhr parallel zum Nordseedeich auf der L 191 Richtung Süden. Diese Straße würde Erck in Zukunft zwei- oder dreimal in der Woche auf dem Weg nach Dagebüll fahren müssen. Insgesamt über zwei Stunden inklusive Fährfahrt. Ihre Strecke nach Kiel würde nur halb so lange dauern, dafür musste sie sie fast jeden Tag zurücklegen. Sie beide würden viele Stunden auf der Straße verbringen, um die wenigen Stunden am Abend und in der Nacht zusammen zu sein. Ein hoher Preis. Lena war klar, dass es keine optimalen Bedingungen waren, um ein neues Leben zu beginnen, aber dies war momentan der einzige Weg, das Experiment starten zu können.

Sie erschrak über ihre eigenen Gedanken. Experiment klang nicht nach einem Neuanfang. Nein, das Leben war nicht planbar, aber auch kein Experiment. Dieses Mal würde sie ihre ewigen Vorbehalte zurückstellen, darum kämpfen, dass Erck und sie eine Zukunft hatten. Selbst eine berufliche Veränderung schloss sie nicht mehr aus. Kiel und das LKA waren ersetzbar und nicht ihre Familie.

# Zwanzig

Ole Kotten schmunzelte und verneigte sich leicht. »Dann begrüße ich die Kollegen aus Kiel noch einmal ganz offiziell.«

Lena war fünf Minuten zuvor in Kottens Büro gekommen und hatte die beiden Männer dabei angetroffen, wie sie einen Tisch in das geräumige Büro trugen.

»Eine SoKo ohne Besprechungstisch geht doch gar nicht«, meinte Johann grinsend und zog sich einen Stuhl heran. Als die drei Kommissare Platz genommen hatten, warf Lena Ole Kotten einen fragenden Blick zu. Er zuckte mit den Schultern. »Soll ich einen kurzen Abriss der Ereignisse geben? Dann sind wir alle auf dem gleichen Stand.«

Ole Kotten war am Dienstag gegen elf Uhr informiert worden, dass Enno Brunken seinen Freund Jan Thomsen als vermisst gemeldet hatte. Kurz darauf sprach er persönlich mit Brunken und machte sich gegen Mittag auf den Weg nach Hooge. Enno Brunken war offensichtlich am Montagabend mit seinem Freund im Friesenpesel verabredet gewesen, um einen längeren Segeltörn im Juni zu besprechen. Als Thomsen nicht kam, machte Brunken sich auf den Weg zu diesem nach Hause. Auch hier traf Brunken ihn nicht an, Thomsens Handy war abgestellt. Brunken versuchte an diesem Abend mehrmals, seinen Freund zu erreichen, rief diverse Leute auf Hooge an, fand

Thomsen aber nicht. Am nächsten Morgen setzte er seine Suche fort und meldete Thomsen dann in Husum als vermisst.

Kotten befragte Brunken erneut auf Hooge, stellte eine kleine Suchmannschaft zusammen, die die Hallig abfuhr, während er selbst sich um die Fähren kümmerte. Nirgendwo fand sich ein Hinweis auf Thomsens Verbleib. Mit der letzten Fähre verließ Kotten die Hallig. Am nächsten Morgen versuchte er, die Schwester von Thomsen zu erreichen, die in Bredstedt wohnte, einem kleinen Ort, der zwanzig Autominuten von Husum entfernt lag. Nur ihr Mann ging ans Telefon, seine Frau sei zum Einkaufen nach Flensburg gefahren und von seinem Schwager hätte er nichts gehört. Kotten informierte die umliegenden Polizeistationen, fragte in Krankenhäusern nach und versuchte mehrfach, Thomsen auf seinem Handy zu erreichen. Alle Versuche, Thomsen zu finden, liefen ins Leere.

Nachdem Ole Kotten seinen kurzen Bericht beendet hatte, sah er Lena auffordernd an. Sie nickte und übernahm die Gesprächsführung.

»Okay! Auch wenn es nur auf einer Nebenspur ist, wir sind wohl wieder im Spiel. Lassen wir mal beiseite, weshalb Warnke uns hier hinbeordert hat …«

»Ich dachte …«, unterbrach Johann erstaunt.

»Stimmt. Du weißt ja noch gar nichts davon. Nicht Ole hat uns angefordert, sondern Warnke hat die Initiative ergriffen und ihn angerufen.«

»Es geschehen noch Zeichen und Wunder«, murmelte Johann.

»Erst mal sind Warnke und seine Hintergedanken egal, aber wir müssen uns vorsehen. Ich bin mir nicht sicher, ob er sich vor uns stellen wird, wenn es Ärger mit der SoKo gibt.«

»Sehe ich genauso«, stimmte ihr Ole Kotten zu. »Was ich bei meinem Bericht gerade noch vergessen habe: Ich habe beim

Halligkaufmann einen Zeugenaufruf an das Schwarze Brett geheftet. Allerdings hat sich bisher noch niemand gemeldet.«

»Gibt es keine anderen Möglichkeiten, um von dieser Hallig wegzukommen?«, erkundigte sich Johann.

»Mit dem Helikopter. Aber das können wir definitiv ausschließen, der wäre weithin sichtbar gewesen. Das hätte sich schnell herumgesprochen. Und dann natürlich mit einer Segeljacht oder einem Motorboot. In den Büchern waren an diesem Tag keine Gastboote eingetragen, Thomsens Jacht liegt im Hafen.«

»Warum sollte er auch ein fremdes Schiff nehmen, wenn seine eigene Jacht zur Verfügung stand?«, warf Lena ein.

»Um seine Spuren zu verwischen«, konterte Johann.

Ole Kotten nickte. »Allerdings müsste er einen Grund zur Flucht gehabt haben.«

»Ist er von den SoKo-Leuten befragt worden?«, war Lenas nächste Frage.

»Daran habe ich natürlich auch gleich gedacht und meinen alten Kumpel Frank aus Schleswig angerufen. Um es kurz zu machen: Es sind fast alle Erwachsenen auf Hooge befragt worden. Frank Hansen war nicht in der Gruppe, die Thomsen befragt hat, aber er hat netterweise das Protokoll aufgerufen und mich informiert.«

»Wow! Haben wir sozusagen einen direkten Draht in die große SoKo?«, fragte Johann und konnte sich ein Grinsen nicht verkneifen.

»Wenn ich das nicht überstrapaziere, werde ich von Frank schon die eine oder andere Wasserstandsmeldung abrufen können«, bestätigte Ole Kotten.

Lena nickte. »Ist Thomsen hart rangenommen worden?«

»Beim ersten Mal waren es sehr allgemeine Fragen, bei der zweiten Befragung, nachdem wohl inzwischen klar war, dass er nicht unbedingt Klaas Rieckerts Freund war, wurde er lange und ausgiebig befragt.«

»Und?«

»Da ist nichts bei herumgekommen, weil er sich nach kurzer Zeit mehr oder weniger ausgeschwiegen hat. Ihm wurde am Ende eine dritte Befragung in Kiel angedroht. Ich denke, das ist der übliche Vorgang, wenn Zeugen mauern.«

»Er stand also schon unter Druck«, schlussfolgerte Lena.

»Das hängt sicher davon ab, ob er mehr weiß oder unter Umständen sogar in die Sache verstrickt ist.«

»Es gab in der Befragung aber keine Anzeichen, dass er nervös wurde?«, wollte Johann wissen.

»Das Protokoll habe ich natürlich nicht gelesen, darum wollte ich Frank nun nicht bitten, aber nach seiner Auskunft hielt sich alles im Rahmen der üblichen, uns allen bekannten Reaktionen von Zeugen, die uns nicht so wohlgesonnen sind. Aus welchem Grund auch immer.«

Lena griff nach einem breiten Filzstift und stellte sich an die im Büro stehende Flipchart und schrieb oben auf die Seite »Jan Thomsen«.

»Thomsen ist unser Ausgangspunkt.«

Links unter Jan Thomsen platzierte sie seinen Vater Tom, rechts Enno Brunken und Eike Knudsen. Zwischen Jan Thomsen und den beiden Freunden schrieb sie »Segeljacht«.

»Das wäre Thomsen und sein für uns relevantes Umfeld. Die Mutter ist vor fünfzehn Jahren verstorben und bisher noch nicht in unseren Ermittlungen aufgetaucht. Habt ihr weitere Personen?«

Als die beiden Kommissare den Kopf schüttelten, setzte sie ihre Arbeit an der Flipchart fort. Ganz unten auf dem Blatt erhielt Klaas Rieckert seinen Platz. Links in waagerechter Linie zu Tom Thomsen positionierte sie Gesine Husmann und darüber ihren ersten Ehemann und Klaas' Vater, Tjark Rieckert.

Die Mitte war für Maike Holzer reserviert, während auf der rechten Seite, wie bei Thomsen, die beiden Freunde standen, die sie bisher noch nicht gefunden hatten. Christian Petersen und Björn Preischel.

»So, das wäre der Gegenpart, vorausgesetzt, die beiden oder sogar alle drei Fälle haben miteinander zu tun. Letztendlich bleibt uns nur die Chance, die Fäden bei Jan Thomsen aufzunehmen. Wenn wir dann im Rahmen unserer Recherchen zu Klaas Rieckert und seinem Umfeld vorstoßen, lässt sich das nun mal nicht ändern.«

Lena griff wieder nach einem roten Filzstift und verband Tjark Rieckert mit einem kräftigen Strich mit Tom Thomsen.

»Bisher schienen die Konflikte, die Rieckert mit Thomsen ausgetragen hat, immer wieder auf eine alte Feindschaft der beiden Väter zurückzuverweisen.«

»Schön und gut«, kommentierte Johann ihre Ausführungen. »Ich kenne solche Feindschaften, wie du es jetzt genannt hast, aus meiner Heimat nur zu gut. Dort wurden die Streitigkeiten manchmal über Generationen fortgeführt und am Ende konnte keiner mehr so genau sagen, wie es angefangen hatte und vor allem welche Relevanz dieser Urkonflikt überhaupt noch für die Gegenwart hatte. Auf jeder Feier, bei der die Kontrahenten aufeinandertrafen und der Alkohol in Strömen floss, kam es zu handfesten Auseinandersetzungen. Nicht mehr und nicht weniger. Niemand wäre auf die Idee gekommen, jemanden aus der anderen Familie zu ermorden. Ich halte diesen Ansatz für eine Sackgasse. Wir sollten uns lieber auf die letzten Jahre konzentrieren. Was ist da passiert? Was hatte Rieckert mit Thomsen zu tun? Ist er verstrickt in die Morde in Flensburg, Hamburg und Berlin?«

»Wir können das eine machen, ohne das andere zu lassen«, brachte sich Ole Kotten ein. »Wann genau begannen die Streitigkeiten zwischen Rieckert und Thomsen?«

Lena zog eine unterbrochene Linie zwischen Klaas Rieckert und Tom Thomsen. Auf halber Höhe schrieb sie »2013«.

»In diesem Jahr soll es laut Thomsen zu einer Auseinandersetzung auf dem Schleusenfest gekommen sein.«

»Das war also fünf Jahre nach den Morden«, sagte Ole Kotten. »Könnte es sein, dass die beiden sich über den Lohn ihrer gemeinsamen Arbeit gestritten haben? Hat Thomsen nicht genau um diese Zeit gemeinsam mit seinen Freunden die Segeljacht gekauft?«

Lena kontrollierte ihre Notizen. »Ja, das muss kurz zuvor passiert sein.«

Johann warf seinen Kollegen einen ungläubigen Blick zu. »Das ist sehr, sehr weit hergeholt. Thomsen investiert den Lohn für die Auftragsmorde in eine Jacht und Rieckert geht leer aus?«

»Johann! Warum willst du dich unbedingt auf nur einen Ansatz festlegen?« Um ein Haar wäre ihr der Vorwurf herausgerutscht, dass das unprofessionell sei. Johann schien entweder nicht ganz bei der Sache zu sein oder ihm missfiel die neue Konstellation des Teams. Hatte er Bedenken, dass er neben den beiden Hauptkommissaren eine untergeordnete Rolle spielen würde?

Sie trat wieder an die Flipchart. »Wir brauchen also mehr Informationen über die Auseinandersetzungen zwischen den beiden Männern. Das Gleiche gilt für die Väter der Männer.«

Dann tippte sie auf die Namen von Brunken und Knudsen. »Was haben die beiden mit dem Streit zu tun? Wissen sie mehr darüber? Knudsen, der in Schleswig lebt, haben wir noch gar nicht befragt.« Sie markierte zuerst die Linie zwischen Klaas Rieckert und Jan Thomsen mit einer Eins, anschließend die Verbindung der Väter mit einer Zwei. Neben Knudsen schrieb sie eine Drei, eine Vier über Brunken.

»Das Gleiche gilt für Rieckerts Freunde.«

»Kommen wir da der SoKo nicht gefährlich nahe?«, fragte Johann, der Lenas nur halb ausgesprochenen Rüffel anscheinend weggesteckt hatte.

»Wenn die SoKo überhaupt von den beiden weiß«, bemerkte Ole Kotten. »Ich werde Frank fragen.«

»Selbst wenn, sie waren damals an dem Streit beim Schleusenfest beteiligt«, warf Lena ein. »Da liegt es nahe, dass wir sie befragen.«

Sie schrieb eine Fünf und eine Sechs neben die beiden Namen.

Ole Kotten griff nach dem Filzstift, den Lena inzwischen wieder auf den Tisch gelegt hatte, und malte eine Sieben neben Gesine Husmann. »*Sie* müssen wir noch einmal zum alten Streit zwischen den Vätern befragen. Es kann nicht sein, dass sie davon nichts weiß. Vielleicht gibt es ja noch andere auf Hooge, die uns da helfen können.«

»Wenn sie denn ihren Mund mal aufkriegen würden«, murmelte Lena und lauter an Johann gewandt: »Hattest du Preischel jetzt schon erreicht?«

»Leider nein, aber ich versuche es morgen noch einmal.«

»Du hast ihn gefunden?«, fragte Kotten seinen jungen Kollegen.

»Ich glaube es zumindest. Er wohnt in Hannover, war aber bis jetzt nicht dort zu erreichen. Seine Frau erwartet ihn jeden Tag zurück.«

Er nickte. »Ich hatte mit Petersen noch nicht so viel Glück. In Husum, wo wir ihn vermutet haben, ist er definitiv nicht gemeldet.«

»Okay, Vorschläge, wie wir weiter vorgehen?«, fragte Lena.

# Einundzwanzig

Mit Mühe erreichte Lena die letzte Fähre nach Hallig Hooge. Johann hatte dankend abgelehnt, als sie vorschlug, dass er mitkommen solle. Schließlich beschlossen sie, sich alle einzeln in die Ermittlungsarbeit zu stürzen. Johann würde sich intensiv mit den Listen des Seglerhafens auseinandersetzen und gleichzeitig versuchen, Björn Preischel in Hannover zu erreichen. Zusätzlich übernahm er die Recherche zum Preis von Thomsens Segeljacht. Ole Kotten würde sich derweil mit Jan Thomsens Schwester treffen und sie befragen. Die Suche nach Christian Petersen hatte er ebenfalls auf dem Zettel. Lena wiederum würde Gesine Husmann und Enno Brunken befragen und am Donnerstagvormittag zurück nach Husum kommen.

»Hallo, Lena!«, begrüßte Rika de Boer sie am Telefon.

»Moin, Rika. Ich bin auf dem Weg nach Hooge. Darf ich noch einmal deine Gastfreundschaft in Anspruch nehmen?«

»Klar, kein Problem. Ich hole dich am Anleger ab.« Sie hielt kurz inne. »Kommst du wegen Jan Thomsen? Der soll angeblich verschwunden sein.«

»Ja, er wurde als vermisst gemeldet. Deshalb muss ich noch einmal mit Enno Brunken und Gesine sprechen.«

Rika stöhnte leise. »Die Hallig steht Kopf. Zwar sind die meisten Polizisten wieder verschwunden, aber ein paar von ihnen laufen hier noch rum. Sogar Hauke und ich wurden befragt – oder sollte ich lieber sagen: regelrecht verhört. Als wenn wir alle Klaas' Komplizen gewesen wären.«

»Tut mir leid, Rika.«

»Du kannst doch nichts dafür. Glaubst du denn, dass Jan Thomsen etwas mit der ganzen Sache …« Sie brach ab. »Klar, du darfst mir nichts sagen. Dann mal bis gleich. Ich stell schon mal eine Flasche Weißwein kalt. Hauke wird sich freuen, dich zu sehen.«

»Bis später, Rika!«

Lena verließ das Oberdeck und suchte sich eine Etage tiefer einen ruhigen Platz. Erst jetzt konnte sie ihre Gedanken auf Jan Thomsen konzentrieren. Normalerweise hatte sie, egal in welcher Phase der Ermittlungen, verschiedene Theorien im Kopf. Dieses Mal war es anders. Thomsen hatte sich bei ihren Befragungen zwar unkooperativ verhalten, aber tragfähige Verdachtsmomente hatte Lena nicht gefunden. Warum war er gerade jetzt verschwunden, und dazu auf so mysteriöse Weise? Wäre er ganz normal mit der Fähre aufs Festland gefahren, hätte es trotz der Vermisstenanzeige keine weitergehende Untersuchung gegeben. Er war volljährig und zurechnungsfähig und konnte sich frei bewegen. Trotzdem war die zeitliche Nähe zu Klaas Rieckerts Tod Grund genug, Ermittlungen anzustellen. Sie holte ihren Laptop aus der Tasche und ging noch einmal die Notizen der Befragung durch. Auch beim zweiten Durchlesen fand sie keine Ungereimtheiten, bei denen sie ansetzen konnte. Sie würde ganz von vorne anfangen müssen.

Als Lena gegen fünf Uhr nachmittags Hooge erreichte, wartete Rika am Anleger. Sie begrüßten sich mit einer herzlichen Umarmung, Lena warf ihre Tasche in den Kofferraum und ließ sich auf den Beifahrersitz fallen.

»Kannst du mich direkt zu Enno Brunken fahren? Er wartet auf mich.«

Fünf Minuten später saß sie in Brunkens Büro und ließ sich von ihm den Ablauf der letzten zwei Tage schildern.

»Haben Sie, nachdem Ihr Freund von den Kollegen befragt wurde, noch einmal mit ihm gesprochen?«

»Befragt?« Er hob mit empörtem Gesichtsausdruck die Arme. »Verhört! In die Zange genommen! Eine Unverschämtheit! Was die alles von uns wissen wollten. Als wären wir … Egal.« Er warf ihr einen abschätzigen Blick zu. »Ja, ich habe noch mit ihm telefoniert. Warum fragen Sie danach?«

»War er genauso empört über die Befragung wie Sie?«

»Klar! Und das mit Recht. Jan musste sogar gleich zweimal antanzen. Er war stinksauer, das sag ich Ihnen.«

»Er hat bei Ihrem letzten Gespräch nicht angedeutet, dass er vorhat, aufs Festland zu fahren?«

»Nein, natürlich nicht. Wir waren ja auch fest verabredet. Jan muss etwas zugestoßen sein.«

»An was genau denken Sie da?«

Enno Brunken stand auf und schob dabei seinen Stuhl nach hinten. »Ich habe nicht die geringste Ahnung. Sonst hätte ich ja wohl kaum die …« Er schluckte das Wort hinunter, das ihm offenbar auf der Zunge lag. »… Polizei angerufen. Aber Rieckert ist ja offensichtlich auch nicht nur ertrunken, oder? Läuft hier etwa ein Mörder auf Hooge herum und …«

»Setzen Sie sich doch, Herr Brunken.«

Widerwillig kam er der Aufforderung nach. »Was unternehmen Sie denn jetzt? Warum fliegt hier kein Hubschrauber die Gegend und das Watt ab? Mit Wärmebildkamera oder was weiß ich.«

»Das ist bereits passiert, Herr Brunken. Mein Kollege Kotten aus Husum hat das veranlasst, aber leider hat der zweistündige Flug keine Ergebnisse gebracht. Bei der momentanen Faktenlage ist es schwierig, weitere Flüge bewilligt zu bekommen. Wir können bisher nicht ausschließen, dass Ihr Freund für ein paar Tage freiwillig abgetaucht ist. Er ist erwachsen und sicherlich auch nicht orientierungslos oder dement.«

»Darum geht es doch gar nicht!«, fauchte Brunken Lena an.

»Ich würde vorschlagen, Sie beruhigen sich erst mal. Wenn Sie Ihrem Freund helfen wollen, brauche ich Informationen«, sagte sie kühl.

»Ist ja gut! Fragen Sie!«

»Herr Thomsen hat mir erzählt, dass er vor fünf Jahren mit Rieckert auf dem Schleusenfest aneinandergeraten ist. Sie erinnern sich daran?«

Brunken schnaubte verächtlich. »Das schon wieder.« Er zögerte, entschied sich dann aber zu antworten. »Rieckert … also Klaas war mit zwei anderen Typen dort. Wenn ich mich richtig entsinne, hatten die ein recht stattliches Boot, und ich meine auch, Jan hätte gesagt, dass sie nicht zum ersten Mal auf Hooge waren.«

»Wissen Sie noch, wie das Boot hieß?«

»Gott, das ist fünf Jahre her. Nein, ich glaube kaum, dass ich mich daran noch erinnere. Aber an das Boot schon. Es war an die zwanzig Meter lang. Alles vom Feinsten. Da hatte jemand Geld.« Er grinste. »Oder einen Papa mit Geld.«

»Wie ist es zu dem Streit gekommen?«

»Sie kennen das doch! Ein Wort gibt das andere und ratzfatz hat man eine handfeste Auseinandersetzung.«

»Man schlägt sich in Ihrem Alter doch nicht wegen Nichtigkeiten. Um was ging es tatsächlich?«

Brunken griff nach einem Kugelschreiber auf seinem Schreibtisch und drehte ihn unruhig in der Hand herum. »Ehrlich gesagt, verstehe ich nicht, was diese Fragen sollen. Das ist ewig her.« Er wirkte sichtlich genervt. »Aber gut, wenn es unbedingt sein muss. Ich war damals nicht von Anfang an dabei. Aber Jan meinte später, das wäre eine alte Geschichte zwischen den beiden.«

»Rieckert und Ihr Freund waren also allein, als der Streit anfing?«

»Habe ich das nicht schon gesagt?« Brunken rollte verächtlich mit den Augen. »Ja, sie waren allein. Keine Ahnung, warum Jan sich abseits des Festes mit ihm getroffen hat.«

»Es war Ihrer Meinung nach kein zufälliges Aufeinandertreffen?«

Er warf ihr einen misstrauischen Blick zu. »Hat Jan das so gesagt?«

»Nein, das hat er nicht. Er hat sich nicht weiter zum Ort der Auseinandersetzung geäußert.«

»Warum auch! Das Ergebnis ist doch das gleiche. Und keine Ahnung, wie es zu dem Treffen kam.« Er stutzte. »Wenn es denn überhaupt ein Treffen war.«

»Wie sind Sie darauf aufmerksam geworden?«

»Na ja, Eike und ich haben Jan gesucht und ihn dann ja auch jenseits der Schleuse gefunden. Wir hatten unser gemeinsames Boot damals noch nicht so lange und er hatte eigentlich zugesagt, um die Zeit, also genau da, wo wir ihn dann gesucht haben, auf dem Boot zu sein. Das ist schon besser bei so einem Fest, bevor einem die Leute auf der Jacht herumtrampeln. Ich bin also los und habe die beiden, wie gesagt, gefunden. Zu dem Zeitpunkt war die Stimmung schon am Gefrierpunkt, wenn Sie verstehen, was ich meine. Dann kam auch noch einer von Rieckerts Freunden dazu …« Er zuckte mit den Schultern. »Wie gesagt, eines kam zum anderen und plötzlich flogen die Fäuste. Sozusagen.«

»Sie haben aber schon noch mitbekommen, über was die beiden sich gestritten haben?«

Brunken stöhnte theatralisch. »Das ist ewig her!«

»Trotzdem! Es könnte wichtig sein.«

»Ehrlich gesagt, das kann ich ganz und gar nicht erkennen. Warum sollte das wichtig sein?«

»Herr Brunken, glauben Sie mir, bei solchen Ermittlungen weiß man erst am Schluss, was wichtig und was unwichtig war.« Sie hielt einen Moment inne und fügte dann hinzu: »Sie verstehen, was ich damit meine?«

»Sie nerven! Hat Ihnen das schon mal jemand gesagt?«

Lena unterdrückte den Impuls, Brunken zusammenzustauchen, und lächelte ihn an. »Was haben Sie damals mitbekommen?«

»Geld! Was sonst! Meistens geht es doch ums Geld. Oder um Frauen. Rieckert war außer sich und hat Jan angebrüllt, dass er es bereuen wird. Und dass er alles bezahlen muss.« Brunken fuchtelte mit der Hand in der Luft herum. »So ein Zeugs halt. Und Jan hat dagegengehalten und …« Er grinste. »… und mindestens genauso laut geschrien.«

»Was hat Ihr Freund gesagt?«

»Dass das alles kalter Kaffee ist und er sich nicht so haben soll. Das brachte dann Rieckert noch mehr auf die Palme und es hat dann auch ziemlich schnell geknallt. Ich bin dazwischengegangen, dieser Kumpel von Rieckert auch … Und so weiter und so fort. Am Schluss sind die Fäuste geflogen und genützt hat es einen Scheißdreck.«

»Und Jan Thomsen hat nie wieder mit Ihnen darüber gesprochen?«

»Nee, nicht wirklich. Was sollte man auch da groß reden. Es war, wie es war. Ende.«

»Gut, kommen wir noch mal auf die letzten Tage zu sprechen. Was hatten Sie für einen Eindruck von Ihrem Freund?«

»Eindruck? Was meinen Sie?«

»War Thomsen nervöser als sonst? Hat er sich anders verhalten? Hat er davon gesprochen, dass er bedroht wurde?«

»Bedroht? Natürlich nicht! Das hätte ich Ihnen ja wohl als Erstes erzählt. Er war nicht anders als sonst.« Brunken stand wieder auf und lief zum Fenster, um es kurz zu öffnen und wieder zu schließen. Zurück am Schreibtisch, blieb er stehen. »Na ja, vielleicht war er doch etwas anders.«

»Inwiefern?«

»Wie soll ich das sagen? Gereizt, schlecht gelaunt, eben alles in allem etwas neben der Spur.«

»Ich habe mir Ihre Segeljacht am Hafen angeschaut. Ein wirklich schönes Schiff. Sie haben sie zu dritt gekauft?«

»Ja, so ein Teil kostet eine Stange Geld. Und jeden Tag hat man ohnehin keine Zeit, mit dem Teil rauszufahren. Da ist es 'ne tolle Sache, das zu dritt zu machen.«

»Hundertfünfzigtausend?«, wagte Lena einen Schuss ins Blaue.

»Dafür kriegen Sie ein solches Schmuckstück nicht«, antwortete Brunken mit stolzer Miene. »Teures Hobby, aber wenn man draußen auf See ist, bereut man die Investition nicht. Im Gegenteil. Schöner als Fliegen.«

»Woher hatte Ihr Freund so viel Geld?«

»Ach, darauf wollen Sie hinaus. Die Antwort ist ganz einfach: Er hatte es nicht. Die erste Hälfte hatte Jan von seinem Vater geerbt, den Rest hat Eike ihm geliehen. Ohne Zinsen und so. Ein Freundschaftsdienst halt.«

»Ich dachte, Jan Thomsen hat den Hof von seinem Vater übernommen.«

»Richtig, aber sein Alter hatte noch Geld auf der hohen Kante. Jan hat das erst zurückgelegt. Sozusagen für schlechte Zeiten, aber dann …« Brunken setzte sich wieder auf seinen Schreibtischstuhl. »Jan war selbst überrascht, dass sein alter Herr so viel gespart hatte. Aber okay, er konnte es gut gebrauchen.«

Lena schaute auf ihre Notizen. »Noch einmal zu Jan Thomsens Verfassung in den letzten Wochen. Sie sagten, er wäre etwas neben der Spur gewesen. Wie genau hat sich das geäußert?«

Brunken wiegte den Kopf hin und her. »Ein Hansdampf in allen Gassen ist Jan sowieso nicht, aber eigentlich ist er immer ganz gut drauf. Man kann Spaß mit ihm haben, er macht alles mit, was so kommt.«

»Aber?«

»In den letzten Wochen … sagen wir, seit Beginn des Jahres, war er nur schwer zu etwas zu bewegen. Als wir die zwei Tage auf Amrum waren, Eike, Jan und ich, hatten wir echt Probleme, ihn mit ins 54° Nord zu bekommen. Er ist dann auch recht früh mit dem Taxi zurück aufs Boot. So was ist vorher nie vorgekommen. Verstehen Sie jetzt, was ich meine? Eike und ich haben uns schon Sorgen gemacht, ob er ernsthaft krank ist. Man hört ja immer wieder davon, dass Leute in unserem Alter schon Krebs bekommen.«

»Haben Sie ihn danach gefragt?«

Wieder rollte Brunken mit den Augen. »Fragen Sie doch mal Ihren Mann, ob er mit seinen Kumpels über solche Sachen quatscht.«

»Mag sein. Ich werde ihn bei Gelegenheit mal fragen.« Lena konnte sich lebhaft vorstellen, über was sich die drei Freunde unterhielten, wenn sie auf Tour waren. An tiefschürfende Gespräche dachte sie dabei nicht. Zu diesem Punkt war von Brunken nichts mehr zu erfahren. »Machen Sie häufiger auf Amrum Station?«

»Je nachdem. Wir machen auch längere Touren, aber Amrum oder Sylt sind natürlich ein gutes Ziel, wenn man nicht tagelang unterwegs sein will.«

»Haben Sie da auch Kontakt zu anderen Seglern? Zum Beispiel auf Amrum?«

Brunken raufte sich die Haare und musterte Lena, als sähe er sie gerade zum ersten Mal. »Ihre Fragen werden immer merkwürdiger. Geht es Ihnen wirklich darum, meinen Freund zu finden?«

»Zum Spaß sitze ich hier nicht. Sie sind einer der wenigen, der recht intensiven Kontakt zu Jan Thomsen hatte. Wie gesagt, es ist wie die Suche nach der Nadel im Heuhaufen. Ob eine Ihrer Antworten uns weiterbringt, kann man im Vorfeld nicht sagen.« Lena wunderte sich über sich selbst. So diplomatisch und vorsichtig war sie schon lange nicht mehr mit Zeugen umgegangen, denen man jedes Wort aus der Nase ziehen musste.

»Sei's drum! Klar, man lernt schon mal den einen oder anderen Seglerfreund kennen. Aber bitte schön, was sollen die mit Jans Verschwinden zu tun haben?«

»Gab es an dem letzten Amrum-Wochenende einen solchen Kontakt?«, bohrte Lena weiter, ohne auf seine Frage einzugehen.

»Mag sein.« Wieder raufte er sich die Haare. »Am Sonntag haben wir, also Eike und ich, lange geschlafen, und als wir frühstücken wollten, sagte Jan, er hätte schon.«

»Was daran war ungewöhnlich?«

»Auf unserem Schiff hat er auf jeden Fall nicht gefrühstückt. Keine Ahnung, ob er überhaupt über Nacht da war.« Brunken grinste schief. »Sie wissen schon, was ich meine.«

»Eine Frau? Auf einem der anderen Boote?«

»Wie gesagt, keine Ahnung.« Er stand auf und reckte sich. »Haben Sie noch Fragen? Ich muss beim Abendessen für die Kinderbande helfen.«

Lena stand auch auf und reichte ihm ihre Visitenkarte. »Falls Sie die andere verloren haben. Rufen Sie mich an, wenn Ihnen noch etwas einfällt.«

# ZWEIUNDZWANZIG

Rika hielt am Fuße der Warft, Lena stieg ein.

»Hatten Sie ein Taxi bestellt, meine Dame?«, fragte Rika mit gespielt ernstem Gesicht. »Wohin kann ich Sie bringen?«

»Wenn ich es mir aussuchen darf, bitte direkt nach Amrum. Luftlinie zehn Kilometer, würde ich mal schätzen. Oder fliegt Ihr Gefährt nicht?«

Rika lachte. »Leider nein, die Flügel sind mir abhandengekommen. Wohin also?«

»Meinst du, dass Gesine zu Hause ist?«

»Ich denke schon.« Sie legte den ersten Gang ein und beschleunigte langsam den alten Golf.

»Wie geht es ihr?«

Rika schaltete in den nächsten Gang. »Ich war gestern bei ihr. Sie ist niemand, der schnell jammert. Du weißt ja, die Menschen auf der Hallig sind hart im Nehmen. Und ihre Familie lebt schon seit vielen Generationen hier. Ich glaube, sie ahnt, dass Klaas noch eine andere Seite hatte als die, die wir alle kennengelernt haben.«

»Du hast ihr aber nichts gesagt?«

Rika warf ihr einen empörten Blick zu. »Nein, natürlich nicht. Aber du hast doch gesagt … Was meinst du, wann das mit Klaas rauskommt?«

»Das hängt davon ab, ob die SoKo das aus – wie es immer so schön heißt – ermittlungstaktischen Gründen weiter geheim halten will. Allerdings wissen inzwischen so viele Kollegen davon, dass ich mir nicht vorstellen kann, dass nicht bald etwas durchsickert.«

»Verstehe!« Rika stoppte den Golf. »Wir sind da. Du kennst ja den Weg. Ruf mich an, wenn ich dich abholen soll.«

»Danke, Rika.« Lena stieg aus und lief die letzten Meter die Husmannswarft hoch. Am Fenster des Hauses wurde eine Gardine kurz zur Seite geschoben. Lena meinte, Gesine Husmann erkannt zu haben. Als sie anklopfte, musste sie eine Weile warten, bevor die alte Dame ihr die Tür öffnete.

»Moin, Frau Husmann. Darf ich Ihnen noch ein paar Fragen stellen?«

Wortlos trat Gesine Husmann zur Seite und führte Lena in die Küche. »Möchten Sie eine Tasse Tee? Ich habe gerade welchen aufgesetzt.«

Lena nahm am Tisch Platz und wartete, bis Frau Husmann ihr den Tee servierte und sich zu ihr setzte.

Bevor Lena ihre erste Frage stellen konnte, wandte sich Gesine Husmann an sie. »Hat eine Mutter nicht das Recht zu erfahren, was ihrem Sohn vorgeworfen wird?«

Lena hatte zwar mit der Frage gerechnet, aber nicht unbedingt zu Beginn des Gesprächs. Sie ließ sich Zeit mit ihrer Antwort und überlegte fieberhaft, wie weit sie gehen konnte.

»Mir ist der Fall entzogen worden«, sagte sie schließlich. »Nicht weil ich einen Fehler gemacht habe, sondern weil der Leiter der SoKo einen persönlichen Groll gegen mich hegt.«

Gesine Husmann schmunzelte. »Bei seinem Namen kann das vielleicht nicht anders sein.«

»Sie kennen Kriminalrat Groll?«

»Er war persönlich hier und hat seine unverschämten Fragen gestellt. Ich kann mir vorstellen, warum dieser Mann Sie nicht mag.«

Lena leistete der alten Dame in Gedanken Abbitte. Sie schien klüger zu sein, als Lena zunächst gedacht hatte.

»Wenn ich das richtig beurteile …«, fuhr Gesine Husmann fort, »… hat er Probleme mit uns Frauen.«

Lena lächelte zustimmend. »Ja, so könnte man das formulieren.«

»Darf ich Sie noch einmal fragen, ob eine Mutter nicht das Recht hat, alles zu erfahren? Jetzt und nicht aus der Zeitung.«

»Ich setze meinen Job aufs Spiel, wenn herauskommt, dass ich interne Informationen weitergegeben habe.«

»Das weiß ich durchaus, Lena.«

Zum ersten Mal hatte Frau Husmann sie mit dem Vornamen angesprochen. Lena wog die Risiken ab und entschied sich.

»Ihrem Sohn Klaas wird vorgeworfen, drei Männer in drei verschiedenen Städten getötet zu haben.«

Die Stille im Raum wurde mit jeder weiteren Sekunde unerträglicher. Gesine Husmann starrte über Minuten auf ihre Teetasse, vollkommen bewegungslos und ohne ein Wort zu sagen. Lena wagte es nicht, eine Frage zu stellen oder sich anderweitig zu äußern. Schließlich richtete sich Gesine Husmann auf und atmete tief durch.

»Ich brauche wohl nicht zu fragen, ob die Polizei Beweise hat?«

»Die Wahrscheinlichkeit, dass sich die Kollegen aus der Forensik geirrt haben, ist verschwindend gering.«

Gesine Husmann nickte mit sorgenvoller Miene. »Warum?«

Nach einer gefühlten Ewigkeit antwortete Lena ihr: »Das liegt noch vollkommen im Dunkeln. Ich weiß, Sie können sich nicht vorstellen, dass Ihr Sohn dazu fähig wäre, einem anderen

Menschen so etwas anzutun. Alles, was ich bisher von Klaas erfahren habe, spricht nicht für einen ...« Lena brach ab.

»... einen eiskalten Killer?«, ergänzte Gesine Husmann mit gebrochener Stimme.

»Ich würde es schon anders formulieren.«

»Und wie?«

»Spricht nicht für einen planmäßig vorgehenden Auftragsmörder.«

»Klaas hätte so etwas niemals für Geld gemacht. Niemals.«

»Das Gleiche vermute ich auch. Aber es muss einen Grund gegeben haben oder eigentlich mindestens drei Gründe.«

Gesine Husmann sah Lena flehend an. »Werden das bald alle hier auf der Hallig wissen?«

»Auch das kann ich Ihnen nicht sagen. Einen Prozess wird es nicht geben, aber es könnte sein, dass die SoKo mit den bisherigen Erkenntnissen an die Öffentlichkeit geht, um dadurch an weitere Zeugenaussagen zu gelangen.«

»Die arme Maike«, murmelte Gesine Husmann mit weit aufgerissenen Augen. »Sie wird daran zerbrechen.«

Lena sog die frische Luft tief ein. Soeben hatte sie das Haus von Gesine Husmann verlassen. Nachdem sich Klaas Rieckerts Mutter wieder halbwegs gefangen hatte, konnte Lena ihr weitere Fragen stellen. Klaas Rieckert wurde von ihr als sensibler Junge beschrieben, der sehr an seinem Vater gehangen hatte. Dessen plötzlicher und unerwarteter Tod hatte Klaas in eine tiefe Krise gestürzt, die er nach Ansicht der Mutter erst als junger Erwachsener überwunden hatte. Gesine Husmann sah in dieser Verbundenheit zum toten Vater auch den Grund, weshalb sich Klaas mit Jan Thomsen nicht verstanden habe. Er habe sich verpflichtet gefühlt, die alten Streitigkeiten zwischen den Vätern fortzuführen. Warum die Väter verfeindet waren, konnte Gesine Husmann wie schon bei den vorherigen

Befragungen nicht mit Sicherheit benennen. Das ursprünglich freundschaftliche Verhältnis zwischen den beiden Männern hätte sich mit einem Mal schlagartig verschlechtert. Gesine Husmann vermutete, dass es sich bei dem Streit um Geld handelte, das ihr Mann Thomsen geliehen und nicht oder nur teilweise zurückbekommen hatte. Während der kurzen Krankheit hätten die Querelen keine Rolle mehr gespielt. Erst Klaas habe den Konflikt viele Jahre später ausgegraben und ihn sich zu eigen gemacht.

Gesine Husmann bezweifelte während des Gesprächs immer wieder, dass Klaas der Mörder der drei Männer sei, schwankte zwischen Wut und Verzweiflung und fragte Lena mehrfach nach den Gründen der Tat.

Gegen Ende der Befragung sprach die alte Dame ausschließlich über ihren Sohn. Darüber, wie Maike und er sich gefunden hatten, über die ersten glücklichen Jahre, in denen seine – auch wenn Gesine Husmann es nicht so nannte – Depressionen nicht mehr auftraten sowie den plötzlichen Absturz und die folgenden schweren Zeiten, die erst vor neun Jahren geendet hatten.

Frau Husmann zeichnete das Bild eines Mannes, der sich nach dem frühen Tod seines Vaters langsam wieder ins Leben gekämpft hatte, der zwar widersprüchliche Seiten an sich hatte, aber eher zurückhaltend und empathisch gewesen war.

Zum Abschied umarmte Gesine Husmann Lena und dankte ihr für die Zeit, die sie sich für das Gespräch genommen hatte. Lena schickte Rika eine Nachricht, dass sie zu Fuß zurückgehen würde. Als sie gerade von der Warft hinuntergehen wollte, sah sie zwei Männer, die schon von Weitem als Polizisten zu erkennen waren. Weder war ihre Kleidung der Umgebung angepasst noch verhielten sie sich wie Halliggäste. Sie schienen nicht im Geringsten an der Natur interessiert zu sein. Lena trat einen Schritt zurück und wartete, bis die beiden außer Sicht waren, bevor sie sich auf den Weg machte.

Die Ruhe, die hier draußen über der Hallig lag, wirkte auf sie wie das Kontrastprogramm zu den letzten eineinhalb Stunden bei Gesine Husmann, die sie emotional aufgewühlt hatten.

Die Tagesgäste der Hallig fuhren zu dieser Zeit mit der Fähre zurück aufs Festland, die meisten Halligbewohner saßen zu Hause mit der Familie am Küchentisch oder erledigten die letzten Arbeiten des Tages auf dem Hof. Die Dämmerung hatte eingesetzt und würde in spätestens zwei Stunden den Sternenhimmel über der Hallig preisgeben. Selbst die zahlreichen Vogelarten schienen sich auf die Nacht vorzubereiten und ließen sich scharenweise auf den Wiesen rechts und links des Weges nieder.

Lena genoss die Stille der Natur, während ihre Gedanken zu den beiden unterschiedlichen Befragungen zurückkehrten. Zwar hatte Enno Brunken ihre Fragen weitaus bereitwilliger beantwortet als beim ersten Mal, aber der Nutzen schien ihr gering zu sein. Zumindest hatte sie jetzt die Bestätigung, dass Thomsen in den Wochen vor seinem Verschwinden unter Stress gestanden hatte. Inwieweit dies mit dem Tod von Klaas Rieckert zu tun hatte, würden sie weiter recherchieren müssen. Auf jeden Fall schien Lenas Intuition sie auch dieses Mal nicht im Stich gelassen zu haben. Schon beim ersten Gespräch mit Jan Thomsen hatte sie vermutet, dass er ihr etwas verschwieg. Würde es in den nächsten zwei bis drei Tagen kein Lebenszeichen von ihm geben, stieg die Wahrscheinlichkeit, dass die beiden Fälle zusammenhingen. War Thomsen das gleiche Schicksal widerfahren wie Rieckert? Hatte er doch etwas mit den Morden in Flensburg, Hamburg und Berlin zu tun?

Das zweite Gespräch mit Gesine Husmann lag Lena schwer auf dem Magen. Konnte sie in ähnlich gelagerten Fällen eine professionelle Distanz zum Leid der Angehörigen halten, so fiel ihr das bei Klaas Rieckerts Mutter von Mal zu Mal schwerer.

Es tat ihr leid, dass Gesine Husmann zusätzlich zum schweren Verlust ihres Sohnes mit der öffentlichen Meinung konfrontiert werden würde, sobald die Morde an die Öffentlichkeit drangen. Dabei hatte sie nicht zuerst an sich gedacht, sondern an die Lebensgefährtin ihres verstorbenen Sohnes. Maikes Wohl schien ihr mehr am Herzen zu liegen als ihr eigenes.

Welche Erkenntnisse die letzten eineinhalb Stunden gebracht hatten, konnte Lena im Moment noch nicht übersehen. Ohnehin war es besser, die Sache langsam anzugehen, um nach und nach das Wesentliche herauszufiltern. Dieser Prozess lief bei Lena meistens in mehreren Phasen ab. In der ersten ließ sie Informationen und Eindrücke auf sich wirken und versuchte, sie nicht voreilig zu beurteilen. In der zweiten schälten sich einzelne Szenen der Befragung in ihrem Bewusstsein heraus. In aller Regel hatten sich Widersprüche aufgetan, die erst beim zweiten Hinsehen deutlich wurden. In der dritten Phase ging sie die Notizen systematisch durch und versuchte, die bisher intuitiv erfassten Knackpunkte der Aussagen zu hinterfragen. Dieser dreistufige Ablauf konnte zwischen wenigen Minuten und mehreren Tagen dauern.

Als Rikas Haus in Sicht kam, spürte Lena zum ersten Mal die Kälte der beginnenden Nacht. Sie lief schneller, bis sie den Fuß der Warft erreichte. Dort drehte sie sich noch einmal um und ließ die Halliglandschaft auf sich wirken. Das Rauschen des auflaufenden Wassers, der kräftiger wehende Wind, die Wiesen, die inzwischen im Grau der Dämmerung lagen und deren fliegende Bewohner nur noch schemenhaft wahrzunehmen waren. Sie legte den Kopf in den Nacken und schloss für ein paar Sekunden die Augen.

# Dreiundzwanzig

Kaum hatte Lena das Haus betreten und Rikas Mann begrüßt, klingelte ihr Handy. Die Nummer auf dem Display gehörte Kriminalrat Groll. Sie stellte das Handy auf lautlos und folgte Rika und ihrem Mann in die Küche.

»Hunger?«, fragte Lenas Freundin und musterte sie kritisch. »So dünn, wie du bist, isst du doch sicher selten etwas Warmes. Wie wäre es mit Bratkartoffeln und Matjes?« Als Lena zustimmend nickte, holte Rika eine große gusseiserne Pfanne aus dem Schrank und griff nach einer Schüssel, in der bereits geschnittene Kartoffeln lagen. Kurz darauf breitete sich in der Küche der köstliche Duft von gebratenen Kartoffeln und Zwiebeln aus. Hauke öffnete die Flasche Weißwein und stellte Gläser auf den Tisch.

»Hooge scheint ja inzwischen von der Hälfte aller schleswig-holsteinischen Polizisten bevölkert zu werden«, sagte Hauke mit einem Augenzwinkern.

»Tut mir leid, Hauke, die Invasion konnte ich leider nicht verhindern.«

»Und was der gute Klaas gemacht haben soll, darfst du uns sicher nicht verraten?«

Sie schüttelte den Kopf. »Nein, leider nicht.« Sie atmete innerlich auf. Anscheinend hatte Rika nicht mal ihrem Mann von den Morden erzählt.

»Muss ja ein ziemliches Ding gewesen sein, wenn hier eine ganze Busladung Polizisten auftaucht.« Er schenkte Wein ein und reichte seiner Frau am Herd ein Glas. »Dann sollten wir darauf trinken, dass auf Hooge bald wieder Ruhe einkehrt.«

Lena hob ihr Glas. »Prost!«

Rika hatte ihr einen verstohlenen Blick zugeworfen. Ihr war klar, dass Haukes Wunsch so schnell nicht in Erfüllung gehen würde.

Das Vibrieren ihres Handys zeigte Lena, dass eine Nachricht eingetroffen war. Johann fragte an, ob sie noch telefonieren könnten. Sie schrieb zurück, dass sie sich in einer Stunde melden würde.

»Immer noch bei der Arbeit?«, fragte Rika, als sie die große Pfanne auf den Tisch stellte.

»Mein Kollege. Er will später noch mit mir sprechen. Ich mach's dann aber kurz. Versprochen!«

Rika griff nach Lenas Teller und legte neben den Matjes eine große Portion Bratkartoffeln. »Guten Appetit!«

»Hallo, Lena!«, begrüßte Johann sie. »Bist du morgen wieder in Husum?«

»Ich werde wohl die erste Fähre nehmen. Im Moment kann ich hier nichts weiter machen. Und bei dir und Ole?«

»Der Kollege Kotten ist bei der Schwester gewesen und wird uns morgen wohl berichten. Ich habe Björn Preischel erreicht. Viel ist da nicht rausgekommen, aber ich berichte dann morgen ausführlich. Die Listen des Amrumer Hafens habe ich durch. Bis auf ein Boot habe ich alle Eigner ausfindig gemacht und auch schon mit dreien sprechen können. An den Preis für die Thomsen-Jacht war nicht so einfach ranzukommen, aber ich habe es geschafft. Das Teil ist doch tatsächlich in Kiel gebaut worden und war nagelneu. Der Prokurist der Werft wollte mir den genauen Preis nicht nennen, aber er meinte, dass sie häufig Boote anbieten würden, die zwischen hundertsiebzig- und hundertachtzigtausend Euro liegen würden. Also gehe ich einmal davon aus, dass der Preis irgendwo dazwischenliegt. Wenn man das durch drei teilt, kommen wir auf fast sechzigtausend für Thomsen.«

»Die eine Hälfte muss er von seinem Vater geerbt haben, die andere hat ihm Eike Knudsen geliehen.«

»So viel Geld hatte sein Vater gespart? Ich meine, die Tochter wird ja auch etwas bekommen haben, und den Hof hat er zusätzlich übernommen?«

»Lass uns das morgen besprechen, Johann. Ich kann gegen zehn in Husum sein.«

»Okay!«

Johann zögerte einen Moment zu lange. Lena ahnte, dass er noch etwas mitteilen wollte, und fragte: »Du hast noch was?«

»Morgen! Ich zieh mich dann mal in mein Hotelzimmer zurück. Gute Nacht, Chefin.«

Ehe Lena etwas antworten konnte, hatte er aufgelegt. Normalerweise war Johann nicht so kurz angebunden, wenn es um den Austausch von Ermittlungsergebnissen ging. Lena seufzte leise. Vielleicht gab es morgen endlich eine Gelegenheit, mit ihm unter vier Augen zu sprechen.

»Alles geregelt?«, fragte Rika, als sie in die Küche zurückkehrte.

»Morgen geht's weiter. Ich nehme gleich die erste Fähre.«

»Schade! Ich dachte, wir könnten noch einen ausgiebigen Spaziergang machen.«

»Aufgeschoben ist nicht aufgehoben«, antwortete Lena und küsste ihre Freundin auf die Wange. »Hatte ich mich eigentlich schon bei dir bedankt für die ganzen Übernachtungen, die ganze Fahrerei und die Bewirtung?«

»Nicht nötig! Das weißt du doch. Außerdem kommen wir euch bald in Husum besuchen.«

»So sieht's aus!«, warf Hauke ein, der kurz einmal ums Haus gelaufen war, um nachzusehen, ob die Schuppentür geschlossen war.

»Wir bestehen sogar darauf!«, sagte Lena lachend. »Erck will in den nächsten Tagen mit der Renovierung anfangen. Spätestens Mitte Juni wollen wir Einweihung feiern. Ihr müsst unbedingt kommen.«

Hauke setzte sich zu den Frauen an den Tisch. »Keine Frage! Wir sind dabei. Und sagt Bescheid, wenn ihr Hilfe braucht beim Umzug.«

Rika fuhr Lena nach einem schnellen Frühstück zur Anlegerstelle und winkte ihr zu, als die Fähre ablegte. Auf der Fahrt hatten sie kurz über Klaas Rieckert gesprochen. Lenas Freundin hoffte weiterhin, dass Klaas' Verbrechen nicht öffentlich würden, weil die Situation für Maike Holzer schon jetzt kaum zu ertragen war. Rika befürchtete, dass Maike es ansonsten nicht mehr lange auf der Hallig aushalten würde. Lena versprach ihr, sie sofort zu informieren, wenn sie davon hören würde, dass Einzelheiten des Falles bekannt gegeben würden.

Die Autofahrt nach Husum verlief reibungslos. Lena betrat kurz vor zehn Ole Kottens Büro, in dem die beiden Kommissare bereits auf sie warteten. Nach kurzer Begrüßung setzten sie sich zusammen und berichteten von ihren Recherche-Ergebnissen.

Ole Kotten hatte Jan Thomsens Schwester, Hilka Reimers, befragt. Seit die Mutter der beiden Geschwister vor sieben Jahren gestorben war, hatte sich der Kontakt zwischen ihnen auf kurze Telefonanrufe in unregelmäßigen Abständen beschränkt. Hilka Reimers hatte den Thomsen-Hof zur Hälfte geerbt, war aber damit einverstanden gewesen, dass ihr Bruder ihn weiter bewirtschaftete und dort lebte. Allerdings hatte sie ihn vor fast zwei Jahren gebeten, ihr in absehbarer Zeit ihr Erbe auszubezahlen. Jan Thomsen hatte ablehnend reagiert und gemeint, dass er in dem Fall Hooge verlassen müsse. Die Schwester hatte daraufhin zunächst ihre Pläne verschoben, war aber in einem der letzten Telefongespräche darauf zurückgekommen. Thomsen hatte versprochen, sich um die Angelegenheit zu kümmern.

»Was wird der Hof wert sein?«, fragte Johann.

»Schwer zu sagen. Ich habe Frau Reimers danach gefragt und sie meinte, dass es sich schon um zwei- bis dreihunderttausend Euro handeln würde.«

»Das würde aber für Thomsen zu einem Problem werden. Selbst wenn er seinen Anteil an der Jacht verkaufen würde, käme er auf keinen grünen Zweig«, sagte Johann mit Blick auf Lena.

»Ich habe gestern erfahren, dass er die Hälfte seines Anteils an der Jacht seinerzeit aus eigener Tasche bezahlt hat«, ergänzte Lena. »Das sind vermutlich dreißigtausend gewesen. Die andere Hälfte hat er sich von Knudsen geliehen. Aber gleich dazu noch mehr.«

Kotten nickte und fuhr fort.

Hilka Reimers hatte in den letzten drei Wochen keinen Kontakt zu ihrem Bruder gehabt und wusste auch nicht, wo er sich aufhielt. Weitere nahe Verwandte gab es nicht, von guten Freunden, die er eventuell auf dem Festland besuchen würde, hatte sie nie etwas gehört.

»Du hast nicht zufällig mit ihr über das Erbe des Vaters gesprochen?«, fragte Lena.

»Nicht direkt, aber sie erwähnte in einem Nebensatz, dass ihr Vater keinen gut geführten Hof hinterlassen habe.«

Lena erklärte kurz den Hintergrund ihrer Frage. »Woher hatte er dann die dreißigtausend Euro?«

»Lebensversicherung?«, schlug Johann vor.

»Möglich, aber nicht sehr wahrscheinlich«, sagte Lena, während Ole Kotten bereits zum Telefon griff und Hilka Reimers anrief. Nach einem kurzen Gespräch legte er wieder auf.

»Sie weiß nichts von einem Geldbetrag, den ihr Vater vererbt hat.«

»Wie soll das denn gehen?«, fragte Johann verwundert. »Das wird doch alles offiziell geregelt. Niemand kommt einfach so an die Konten des Verstorbenen ran und kann mal eben schnell etwas abheben. Entweder hatte er es unter seinem Kopfkissen versteckt oder …« Johann zuckte mit den Schultern. »Nichts oder. Entweder hat Thomsen nicht die Wahrheit über die Herkunft des Geldes gesagt oder ich übersehe gerade etwas.«

»Wie wäre es mit einem Nummernkonto in der Schweiz?«, warf Lena ein. »Er könnte davon gewusst oder nach dem Tod des Vaters entsprechende Unterlagen gefunden haben.«

Ole Kotten nickte. »Durchaus möglich. Und damit es nicht auffällt, hat er ein paar Jahre gewartet, bevor er das Geld benutzt hat.«

»Oder er hat vorher nur kleinere Beträge abgehoben«, schlug Lena vor. »Auf jeden Fall scheint es sich hier um Schwarzgeld zu handeln.«

Johann räusperte sich. »Euch ist schon klar, dass wir hier von einem Halligbauern sprechen? Seit wann haben die ein Nummernkonto in der Schweiz?«

»Schweiz oder nicht, wichtig ist doch, dass das Geld ganz offensichtlich nicht normal auf einem Konto lag«, warf Lena ein. »Und dass Thomsen senior das Geld mal eben so übrig hatte, ist auch mehr als unwahrscheinlich. Solange nicht geklärt ist, wie und woher das Geld kam, müssen wir da dranbleiben.«

»Sehe ich auch so, zumal wir kaum Anhaltspunkte haben«, stimmte ihr Ole Kotten zu.

»Gut, sehe ich ein«, sagte Johann. »Nur wen wollen wir da befragen? Die Mutter ist tot, die Schwester weiß nichts von einem hohen Geldbetrag, an die Schweizer Bank – oder wo immer das Geld auch lag – kommen wir definitiv nicht ran.«

»Bekommen wir einen Durchsuchungsbeschluss?«, fragte Ole Kotten.

Lena schüttelte den Kopf. »Im Moment sicher nicht. Es ist schon außergewöhnlich, dass wir zu dritt an dieser Vermisstensache dran sind, aber zum jetzigen Zeitpunkt wird uns kein Richter einen Beschluss ausstellen.«

»Ja, vermutlich hast du recht. Und bevor wir die Pferde scheu machen und Groll auf uns aufmerksam wird, lassen wir es lieber.«

Lena stöhnte leise. »Apropos Groll.« Sie zog ihr Handy aus der Tasche und spielte die letzte Mailbox-Nachricht ab. Grolls wütende Stimme war zu hören.

*Lorenzen! Nehmen Sie gefälligst das Gespräch an! Verdammt, was fällt Ihnen ein, weiter auf Hooge zu ermitteln. Sind Sie komplett durchgedreht? Das ist nicht mehr Ihr Fall. Haben Sie immer noch nicht kapiert, was die Stunde geschlagen hat?* Die Kommissare hörten Groll geräuschvoll schnauben. *Sie sind tot! Und zwar so was von tot!*

Ole Kotten rollte mit den Augen. »Da hat sich aber jemand überhaupt nicht mehr unter Kontrolle.«

»Er steht gewaltig unter Erfolgsdruck, würde ich mal vermuten«, kommentierte Lena die Mailbox-Nachricht. »Leider macht ihn das noch gefährlicher.«

»Trotzdem«, konterte Ole Kotten. »Damit hat er eine rote Linie weit überschritten. Druck hin, Druck her. Ich kann dir nur raten, die Aufzeichnung gut aufzuheben. Es könnte sein, dass du sie noch mal brauchst.«

Lena nickte nachdenklich. »Ja, das könnte sein.«

»Wollen wir uns nicht lieber mit unserem Fall beschäftigen und diesen unfähigen Menschen ignorieren?«, warf Johann sichtlich genervt ein.

»Schon gut, Johann«, sagte Lena. »Ole hat recht, wenn er zur Vorsicht mahnt. Aber wir sollten wirklich weitermachen.«

Ole Kotten fuhr mit seinem Bericht fort. Er hatte noch einmal alle Petersens in Husum kontrolliert und einige von ihnen angerufen. Als er nichts gefunden hatte, erweiterte er den Radius um Hude und fand drei Männer mit dem gesuchten Namen.

»Petersen ist einer der häufigsten Nachnamen in Schleswig-Holstein. Die Chance, den Mann ohne weitere Daten, wie zum Beispiel Geburtstag und -ort, zu finden, ist relativ gering. Deshalb habe ich mich auch auf ein Umfeld von vierzig Kilometern um Husum konzentriert. Bei den drei Männern könnte das angenommene Alter von vierzig bis fünfzig passen.«

»Hat Frau Husmann eigentlich die beiden Namen an die SoKo weitergegeben, Lena?«, fragte Johann.

»Ich habe nicht direkt danach gefragt, aber nach allem, was sie mir von der Befragung erzählt hat, glaube ich das nicht.«

»Ich denke, ich hätte schon davon gehört, wenn hier in Husum nach Petersen gesucht würde«, warf Ole Kotten ein.

»Okay, dann bin ich wohl dran.« Johann blätterte in seinen Notizen. »Zuerst der Hafencheck. Sieben Boote musste ich identifizieren und mit den Eignern sprechen. Bis auf einen habe ich alle erreicht. Drei kannten Thomsen und seine Freunde von kurzen Besuchen, drei nur vom Grüßen. Ich habe die Aussagen erst mal so aufgenommen und müsste sie beim Hafenmeister noch gegenchecken. Sie klangen alle schlüssig, keiner der Angerufenen schien besonders aufgeregt zu sein oder verfing sich in Widersprüchen.«

»Was ist mit dem letzten Boot?«, fragte Lena.

»Schwierig. Das ist auf eine Firma angemeldet, die ihren Sitz auf Malta hat. Mein Versuch, im Internet etwas über sie zu erfahren, ist kläglich gescheitert.«

»Ich rufe Tamme Ohlsen an und frage ihn«, schlug Lena vor. »Findet sich das Boot auch auf den Listen wieder, die die zwei Wochen vor dem Tod von Klaas Rieckert umfassen?«

»Nein, das Boot war nur an dem Samstag im Hafen. Meint ihr, wir haben eine Chance, die Firma zu durchleuchten?«

Ole Kotten und Lena schüttelten gleichzeitig den Kopf. »Das könnte Monate dauern und zuvor müssten wir einen Gerichtsbeschluss haben, der wiederum auf Grundlage des momentanen Ermittlungsstands sicher nicht ausgestellt würde«, erklärte Lena.

»Okay, dann mache ich mal weiter. Ich habe endlich Björn Preischel in Hannover erreicht. Zunächst das Positive: Er ist der von uns Gesuchte und kennt die beiden anderen. Allerdings behauptet er, dass er seit mindestens vier Jahren keinen Kontakt mehr zu Klaas Rieckert und auch nicht zu Christian Petersen hat. Die Bekanntschaft zu Thomsen war ohnehin über Petersen entstanden. Er war nach seiner Erinnerung zwei- oder dreimal auf Hallig Hooge, jedes Mal mit dem Schiff von Petersen, sozusagen im Rahmen einer Tour. An das besagte Schleusenfest kann er sich erinnern. Er hat damals versucht, die Streithähne auseinanderzubringen, ist dann allerdings mit in die Auseinandersetzung reingezogen worden. Genau dieses Erlebnis hat ihn auch dazu bewogen, mehr Abstand zu Petersen und dadurch auch zu Thomsen zu halten, was letztlich zu einem Abbruch der Kontakte geführt hat.«

»Weiß er, wo Petersen wohnt?«, fragte Ole Kotten.

»Das habe ich ihn natürlich auch gefragt. Er hat ihn mal in Husum besucht und auch bei ihm in der Wohnung geschlafen, weiß aber nicht, ob die wirklich Petersen gehörte oder jemand anders. An die Adresse konnte er sich auch nicht erinnern. Dann habe ich ihn zum Verhältnis von Rieckert und Petersen befragt. Die beiden waren sehr gut befreundet, meint er, und hätten häufiger zusammen gesegelt.«

»Was ist Petersen von Beruf?«

»Ingenieur. Mehr wusste Preischel auch nicht.«

»Hatte er sonst noch Informationen, die uns weiterbringen?«, fragte Lena, die sich mehr von der Befragung erhofft hatte.

»Ich erspare euch mal die Details, aber da war nichts mehr. Leider.«

Lena sah Johann an, dass er noch weitere Informationen hatte. Anscheinend überlegte er, ob er sie preisgeben sollte.

»So weit meine Aufträge. Allerdings ...« Er legte eine kurze Pause ein. »... habe ich mich noch weiter in die Recherche wegen der Schusswunde reingekniet.« Er warf einen abschätzenden Blick zu Lena und fuhr fort: »Ich weiß, das ist nicht mehr unsere Baustelle, und ja, ich war vorsichtig.«

»Geht es um die Schusswunde von Klaas Rieckert?«, fragte Ole Kotten.

Johann nickte. »Genau die! Der Zeitraum ist ja durch die Aussage der Lebensgefährtin relativ gut eingrenzbar geworden. Ich habe trotzdem ein Zeitfenster von sechs Monaten angesetzt und alle Schusswaffenvorfälle in dieser Zeit unter die Lupe genommen. In allen Bundesländern im Norden einschließlich Berlin. In den meisten Fällen ist geklärt worden, wer auf wen geschossen hat und ob es Verwundete gab. Übrig geblieben sind zwei Fälle, die passen könnten.«

Lena warf ihm einen anerkennenden Blick zu. »Das muss eine Menge Arbeit gewesen sein.«

»Ich sitze da schon länger dran«, sagte Johann ausweichend. »Also gut. Der erste Vorfall war ein Schusswaffengebrauch bei einer Routine-Fahrzeugkontrolle. Der Fahrer zog unerwartet eine Waffe, schoss auf einen Kollegen und flüchtete. Der Kollege wurde an der Schulter getroffen, konnte aber noch das Feuer erwidern. Das Auto wurde später ausgebrannt in einer Kiesgrube bei Flensburg gefunden, ein Mietwagen. Von dem

Fahrer und Schützen fehlte jede Spur. Die Ermittlungen sind nach drei Monaten eingestellt worden.«

»Klingt nicht unbedingt nach unserem Mann, oder?«, fragte Ole Kotten.

»Immerhin haben wir es bei Rieckert mit jemandem zu tun, der mindestens drei Morde auf seinem Konto hat«, entgegnete Johann. »Das muss einiges an Vorbereitung mit sich gebracht haben. Die Ausführung war in allen drei Fällen brutal und skrupellos. Warum sollte Rieckert nicht in dem Wagen gesessen haben?«

»Auszuschließen ist es nicht«, mischte sich Lena in die Diskussion ein. »Wenn man allerdings das Auto so entsorgt, müssen wir wohl von Helfern ausgehen. Der Täter wird wohl kaum zu Fuß weitergegangen sein. Dass Rieckert über solche Kontakte, die er auch kurzfristig aktivieren konnte, verfügt hat, ist bisher nicht nachweisbar.«

»Schon klar. Trotzdem, ich möchte nicht ausschließen, dass hier unser Mann am Werk war. Nun gut, komme ich zum zweiten Vorfall.« Er holte tief Luft und sprach weiter. »Joswig von Gotenberg, Innenminister von Schleswig-Holstein von 1966 bis 1979. Auf ihn ist mutmaßlich 2009 ein Anschlag verübt worden. Also dreißig Jahre nach seiner Zeit als Innenminister.«

»Davon habe ich überhaupt nichts mitbekommen«, sagte Ole Kotten mit überraschter Miene.

»Von Gotenberg war auch nicht unmittelbar betroffen. Ich fang mal von vorne an. Der gute Mann schien – er ist übrigens 2012 verstorben – etwas übervorsichtig zu sein, um nicht zu sagen leicht paranoid. Wie jeder Politiker in hoher Position war er tendenziell von Anschlägen aus der terroristischen Szene, sprich RAF, bedroht. Er soll in seiner aktiven Zeit auch tatsächlich auf einer der Todeslisten gestanden haben, ist aber nie Opfer eines Anschlags geworden. Nachdem er sich aus der Politik verabschiedet hatte, wurde sein Haus auf Staatskosten zu einem Hochsicherheitsgebäude umgebaut. Ich erspare euch auch hier mal die Einzelheiten. In seinem Haus wird er sich sicher gefühlt haben, aber sobald er in der Öffentlichkeit auftauchte, hatte er einen Leibwächter an seiner Seite.«

»Selbst noch 2009?«, fragte Ole Kotten.

»Ja, so scheint es gewesen zu sein. Dieser besagte Leibwächter hatte nun einen Schusswechsel mit einem potenziellen Attentäter. So wurde es zumindest von ihm dargestellt. Die Kollegen, die den Vorfall untersucht haben, waren sich da wohl nicht so sicher. Obwohl Jens Vogt, das ist der Name des Security-Mannes, behauptet hat, es wäre auf ihn geschossen worden, wurden keine Kugeln gefunden. Aber eins nach dem anderen. Joswig von Gotenberg war zu der Eröffnung eines neuen Museums eingeladen worden. Während dieser Veranstaltung und auf dem Rückweg ist nichts passiert, doch als Vogt den Ex-Innenminister sicher abgeliefert hatte und sich auf den Rückweg machen wollte, ist ihm ein Mann aufgefallen. Er hat ihn angesprochen, der Mann zog eine Waffe und schoss auf ihn. Vogt hat das Feuer sofort erwidert und ist der Meinung, dass er den Mann getroffen hat. Allerdings haben die Kollegen keine Spuren gefunden, die Vogts Version bestätigen. Kein Blut, keine Kugel, keine weiteren Zeugen. Allerdings hatte es während des angeblichen Vorfalls stark geregnet. Von daher war es wohl schwierig, Fußabdrücke, aber auch Blut oder andere DNA-Spuren zu finden.«

»Aber geschossen wurde schon?«

»Ja, das hat nicht nur Joswig von Gotenberg bezeugt, sondern auch sein Nachbar. Beide haben mehrere Schüsse gehört. Unsere Kollegen haben dann vermutet, dass der Leibwächter darauf aus war, die Dringlichkeit seiner Anwesenheit zu unterstreichen.«

»Schön formuliert«, sagte Ole Kotten schmunzelnd.

»Danke!« Johann grinste breit. »Nachweisen konnten sie Vogt das natürlich nicht, trotzdem wurde ein Verfahren eingeleitet mit dem Ziel, ihm die Waffenerlaubnis abzuerkennen. Es ist allerdings weder die Kugel, die der Angreifer abgefeuert hat, noch Vogts Kugel gefunden worden. Merkwürdig ist das schon. Aber gut, zurück zum Verfahren. Nur der Intervention des Ex-Innenministers hatte er es dann zu verdanken, dass es – zumindest vorerst – nicht dazu gekommen ist.«

»Und wie lautet das Ende der Geschichte?«, fragte Lena, die sich vorstellen konnte, was passiert war.

»Joswig von Gotenberg ist, wie schon erwähnt, 2012 verstorben, Vogt stand bis zu dem Zeitpunkt in seinen Diensten, anschließend ist das Verfahren gegen ihn wieder aufgenommen worden und er durfte in der Folge keine Waffe mehr tragen. Ich vermute mal, dass sich das beruflich für ihn nicht unbedingt positiv ausgewirkt hat.«

Lena hatte Johanns Ausführungen mit Spannung zugehört. Hatte er hier tatsächlich einen neuen Ansatzpunkt im Fall Klaas Rieckert aufgetan? Würde der Leibwächter Rieckert wiedererkennen? Und wenn, was würde das für Erkenntnisse nach sich ziehen?

»Kann man den Typ erreichen?«, fragte Ole Kotten, der ebenfalls die Brisanz der neuen Information erkannt zu haben schien. Er hatte sich nach vorne gebeugt und sah Johann gespannt an.

»Zumindest habe ich die Adresse, bei der er gemeldet ist.«

»Jetzt wird's schwierig«, warf Lena sofort ein. »Wenn die SoKo auch schon auf seiner Spur ist, müssen wir passen. Das wäre zu gefährlich.«

Ole Kotten stand auf. »Ich führe mal kurz ein Gespräch mit Frank. Vielleicht bekomme ich ja was heraus.« Er verließ das Büro.

»Würdest du wirklich …«, begann Johann und brach mitten im Satz ab.

»Das war gute Arbeit, Johann. Entschuldige, dass ich das nicht gleich erwähnt habe. Wirklich gute Arbeit.«

»Danke!« Er sah zur Tür und wandte sich dann wieder an Lena. »Selbst wenn die SoKo schon so weit ist, wir können das doch nicht einfach ignorieren. Wenn das wirklich Rieckert war, wirft das ein komplett anderes Licht auf den Fall.«

»Dir ist schon klar, was passiert, wenn wir dabei erwischt werden, im Fall Rieckert herumzustochern?«

Johann schwieg eine Weile, bevor er sie direkt ansah. »Vor einem Jahr hättest du anders reagiert. Was ist mit dir los? Bisher haben wir uns einen Dreck darum geschert, was die da oben meinen.«

»Bisher hatten wir es auch nicht mit dem Generalstaatsanwalt und Kriminalrat Groll zu tun. Der Letztere wartet nur auf eine Gelegenheit, mich in hohem Bogen zu feuern.«

»Und warum? Du bist da ganz schön … Ich meine, ein paar Infos wären vielleicht nicht schlecht.«

Dieses Mal sah Lena zur Tür. Ihr war klar, dass dies die letzte Gelegenheit war, Johann von dem Zwischenfall zu erzählen. »Groll …«, begann sie. »Also damals in der SoKo bin ich nicht freiwillig ausgeschieden. Es ist da …« Wieder brach sie ab. Johann sah sie auffordernd an und wartete. »Um es kurz zu machen, Groll hätte mich um ein Haar vergewaltigt, wenn ich ihn nicht mit der Waffe gestoppt hätte.«

Johann starrte sie mit weit aufgerissenen Augen an. »Und dann?«

In diesem Augenblick kehrte Ole Kotten zurück und blieb vor dem Tisch stehen. »Entschuldigung, hat eine Weile gedauert. Frank musste sich erst eine ruhige Ecke suchen.« Sein Blick wanderte zwischen Lena und Johann hin und her. »Ist etwas passiert?«

»Alles gut«, wich Lena ihm aus. »Was sagt Frank?«

Ole Kotten zögerte kurz, bevor er antwortete: »Im Morgen-Meeting, wie Frank es nannte, gab es keine neuen Erkenntnisse. Zwei Kollegen kümmern sich um die Sache, und Frank meinte, dass sie sicher eine Weile brauchen werden.« Er grinste. »Vermutlich sind sie nicht die Schnellsten unter der Sonne.«

»Super! Dann können wir ja Vogt auf die Pelle rücken«, schlug Johann vor. Er schien sich halbwegs von dem Schock erholt zu haben.

»Die Gefahr, erwischt zu werden, ist vielleicht etwas kleiner geworden, aber irgendwann werden die Kollegen auf die gleiche Spur stoßen.«

»Glaube ich nicht«, entgegnete ihr Johann. »In den Protokollen, die ich eingesehen habe, ist Vogt als Spinner abgetan worden. Ich bin mir nicht mal sicher, dass sie ihn in die engere Wahl nehmen.«

»Wenn überhaupt jemand mit Vogt spricht, dann bin ich das«, sagte Lena und der Klang ihrer Stimme ließ keinen Widerspruch zu. »Und ihr beide haltet euch bedeckt.«

# Vierundzwanzig

Nachdem Lena von ihren beiden Befragungen auf Hooge berichtet hatte, besprachen sie ihr weiteres Vorgehen. Ole Kotten wollte sich weiter um die Suche nach Christian Petersen kümmern, Johann würde nach Schleswig fahren, um mit Thomsens Freund Eike Knudsen zu sprechen, während Lena sich in Bad Segeberg um Jens Vogt kümmern würde.

Auf dem Weg zum Parkplatz hielt Lena Johann zurück. »Die Geschichte mit Groll bleibt unter uns, okay?«

Johann antwortete nicht gleich. »Warum hast du damals nichts gegen ihn unternommen?«

»Ich hatte nicht die Kraft und auch keine Unterstützung. Und ich hatte Angst, bei einer Anzeige den Kürzeren zu ziehen. Mir war schon damals klar, dass Groll gefährlich ist. Er hat sich Zeugen unter den Kollegen besorgt, die ausgesagt hätten, dass ich der aktive Part an dem Abend gewesen wäre. Meine Chancen standen schlecht …« Lena schluckte. »… aber ich hätte es trotzdem versuchen müssen.«

Johann schüttelte energisch den Kopf. »Nein, das wäre beruflicher Selbstmord gewesen. Der Typ scheint wirklich gefährlich zu sein. Wie konnte er sich so lange halten?«

»Er kennt die richtigen Leute, ist bestens vernetzt. Allerdings hat ein ähnlicher Vorfall wie meiner seine Karriere ausgebremst. Vor vier Jahren hat ihn eine Kollegin wegen Belästigung angezeigt.«

»Und?«

»Es gab eine Untersuchung, er hat einen Eintrag in die Personalakte bekommen und seine Beförderung zum Kriminaloberrat ist ausgesetzt worden. Wie ich gehört habe, war der Fall wohl bei Weitem nicht so schwerwiegend wie meiner. Er hat ihr Avancen gemacht, und als sie deutlich abgelehnt hat, wurde sie massiv von ihm benachteiligt. Sie hat sich versetzen lassen und gleichzeitig die Angelegenheit bei der Polizeiführung angezeigt.«

»Also kann Groll gut einen Erfolg mit der SoKo gebrauchen.«

»Ja, darüber habe ich auch schon nachgedacht. Aber das macht ihn nicht gerade ungefährlicher. Wenn du später Eike Knudsen befragst, erwähne Klaas Rieckert am besten gar nicht.«

»Hey, ich krieg das schon hin«, antwortete Johann leicht säuerlich. »Es gab Zeiten, da hast du mir mehr zugetraut als im Moment.«

»Nein, Johann. Ganz sicher nicht. Ich arbeite ausgesprochen gerne mit dir zusammen, weil ich weiß, dass ich mich hundertprozentig auf dich verlassen kann. Und dass du ein exzellenter Ermittler bist, habe ich dir nicht nur einmal gesagt.«

Johann legte den Kopf in den Nacken und sog tief die frische Luft ein. »Dieser Fall bringt mich an meine Grenzen. Vielleicht liegen meine Nerven zu blank.« Er lächelte verzagt. »Entschuldige, wenn ich übers Ziel hinausgeschossen sein sollte.«

»Alles gut, Johann.« Sie setzten den Weg fort und blieben noch einmal auf dem Parkplatz vor ihren Autos stehen.

»Bis später, Lena. Ich melde mich bei dir.«

Sie nickte ihm zu und öffnete die Autotür.

»Moin, schöne Frau!«, grüßte Tamme Ohlsen.

»Versuchst du schon wieder, mit mir zu flirten?«, fragte Lena lachend.

»Ich weiß ja, dass ich keine Chance habe. Was kann ich heute für dich tun?«

»Auf deiner Liste des besagten Wochenendes stand ein Schiff, dessen Eigner wir nicht so ohne Weiteres herausbekommen konnten.«

»Welchen Namen hat die Jacht?«

»*Sunshine-Boy*. Lag das Boot schon häufiger bei dir im Hafen?«

»Zwei- oder dreimal vielleicht. Aber das über einen längeren Zeitraum von ein paar Jahren. Beschwören kann ich es aber nicht, Lena.«

»Kennst du den Eigner?«

»Nicht wirklich. Als er bei mir bezahlt hat, habe ich gerade telefoniert. Er hat mir den Schiffsnamen aufgeschrieben und das Geld hingelegt. Ganz ehrlich, ich könnte dir den Typ nicht mal richtig beschreiben.«

»Versuch's mal.«

»Wie gesagt, ein Mann, groß, die üblichen Seglerklamotten, Allerweltsgesicht, würde ich sagen. Vermute ich richtig, dass du damit nichts anfangen kannst?«

»Würdest du ihn identifizieren können?«

»Eher nicht. Nein, das würde ich nicht wagen, schon gar nicht, wenn da eine Menge dranhängt. Übrigens: Von Weitem habe ich noch einen Mann auf der Jacht gesehen. Aber frag mich jetzt bitte nicht, wie der ausgesehen hat. Das war zu weit entfernt.«

»Schade, aber da kann man nichts machen.«

»Sind das denn jetzt die gesuchten Verbrecher?«

Lena musste unwillkürlich schmunzeln. »Wer weiß. Ich würde mich an deiner Stelle vorsehen. Amrum scheint inzwischen wirklich ein gefährliches Pflaster zu sein.«

»Lena Lorenzen! Deinen merkwürdigen Humor mochte ich schon zur Schulzeit nicht.«

Lena lachte. »Echt jetzt? Das hast du mir nie gesagt.« Sie wurde ernst. »Danke für die Info, Tamme. Wenn dir noch was zu dem Boot einfällt, ruf mich doch bitte an.«

»Wird gemacht, Frau Hauptkommissarin.«

Lena war inzwischen kurz vor Schleswig und fuhr auf die A 7 auf. Sie überlegte, ob sich weitere Recherchen zur maltesischen Segeljacht lohnten, und entschied sich, Leon mit ins Boot zu holen, der andere Möglichkeiten hatte als die Polizei. Leon war ein begnadeter Hacker und stand in Lenas Schuld, seit sie ihn bei einem Fall vor mehreren Jahren Gefängnis bewahrt hatte. Hin und wieder bat sie ihn um einen Gefallen.

»Ja?«, hörte sie seine Stimme.

»Moin, Leon. Lena hier.«

»Ob ich deine verdammte Nummer wohl auswendig kenne?«

»Vermutlich schon, ich finde es trotzdem nett, sich zu begrüßen.«

»Was willst du?«, hörte sie seine genervte Stimme.

»Ein klitzekleiner Gefallen. Nichts Aufwendiges, vermute ich zumindest.«

»Klar, deine Aufträge sind ja nie aufwendig.«

Lena nannte ihm den Namen der Firma. »Die ist auf Malta gemeldet und ich komme da sonst nur über zeitraubende Anträge und ewiges Warten ran. Kannst du mir helfen?«

»Warte kurz, ich schau eben nach, wer hinter der Firma steckt.«

»Leon, bitte! Ich brauche wirklich deine Hilfe.« Als er nicht antwortete, sagte sie erneut: »Bitte!«

»Keine Ahnung, wie ich das machen soll. Das kann dauern.«

»Also morgen?«

»Deine Scherze werden immer schlechter. Sonst noch was?«

In diesem Augenblick fielen Lena die Daten von Klaas Rieckerts Laptop ein. »Ich habe da noch Daten von einem Rechner. Kannst du die untersuchen, ob etwas gelöscht wurde?«

»Hast du die Kopien so gemacht, wie ich's dir gesagt habe?«

Leon hatte ihr bereits vor zwei Jahren ein Programm geschickt, mit dem sie eine Festplatte Byte für Byte kopieren konnte – und nicht nur die sichtbaren Daten. »Natürlich.«

»Dann sieh zu, wie du die Platte zu mir bekommst. Online ist mir das zu stressig.«

»Okay. Mache ich.« Sie horchte, aber Leon hatte bereits aufgelegt.

Als Lena die A 7 verließ und Richtung Osten auf der B 205 nach Bad Segeberg fuhr, musste sie an Winnetou und Old Shatterhand denken. Wie alt war sie gewesen, als sie mit ihren Eltern zu den Karl-May-Spielen gefahren war? Neun Jahre oder schon zehn? Die große Freilichtbühne, die vielen Menschen, die Pferde, die über die abgesperrten Gänge durch die Zuschauerränge galoppierten. Der Schatz im Silbersee. Winnetou und Old Shatterhand.

Waren sie damals noch eine Familie gewesen? Sie versuchte, sich zu erinnern, konnte aber keine Bilder in ihrem Kopf abrufen. Sie waren mit der ersten Fähre aufs Festland gefahren und hatten in Bad Segeberg ein Hotelzimmer bezogen, bevor sie zu Fuß zur Freilichtbühne gegangen waren.

Langsam kehrte die Erinnerung zurück. Sie war so aufgeregt gewesen, dass sie die Hand ihrer Mutter gehalten hatte. Ihr Vater hatte gelächelt und sie beruhigt. Ein strahlender Sommertag. Die Sonne schien, es war warm. Die Karten hatte sie zu Weihnachten von ihren Eltern geschenkt bekommen. Erst nach der Vorführung in Bad Segeberg hatte sie den dritten Band der Winnetou-Trilogie zu Ende gelesen, in dem der

Indianerhäuptling starb. Das Buch hatte schon ein Jahr in ihrem Regal gestanden, weil sie nicht begreifen konnte, dass das Gute zum Schluss nicht die Oberhand behielt.

Das Navi leitete sie durch Bad Segeberg und führte sie in eine Straße mit viergeschossigen Mietshäusern, die vermutlich in den Fünfzigerjahren des letzten Jahrhunderts gebaut worden waren. Sie suchte sich einen Parkplatz und ging auf das Haus mit der Nummer fünf zu. Bereits von Husum aus hatte sie Jens Vogt telefonisch erreicht. Widerwillig hatte er sich zu einem Treffen bereit erklärt.

»Lena Lorenzen«, sagte sie in die Gegensprechanlage.

Der Türöffner summte. Sie trat ein und lief drei Stockwerke die Treppe hinauf. In der Tür stand ein bulliger Mann um die sechzig, Glatze, nur wenig größer als sie. Lena reichte ihm die Hand, die er jedoch nicht beachtete.

»Ausweis!«

Lena reichte ihm das Dokument und wartete, bis er es ausgiebig studiert hatte. »LKA? Lustig.«

»Können wir uns in der Wohnung unterhalten?«, fragte Lena mit einem freundlichen Lächeln.

»Ungern. Um was geht's?«

»Ich benötige Ihre Hilfe.«

Er lachte höhnisch auf. »Sagen Sie das noch mal!«

»Es könnte sein, dass Sie mir entscheidende Hinweise in einem Mordfall geben können.«

»Warum sollte ich das tun? Ich mag Ihren Verein nicht. Ganz und gar nicht.«

»Das kann ich durchaus nachvollziehen, Herr Vogt. Nach allem, was ich in den Akten gelesen habe, sind Sie zu Unrecht beschuldigt worden.«

Er schüttelte missmutig den Kopf. »Bisschen spät, oder?«

»Das ist mir durchaus bewusst. Aber vielleicht ergibt sich durch meine Recherchen eine Möglichkeit, Sie zu rehabilitieren.«

Vogt zog seine Augenbrauen zusammen und musterte Lena. »Ein Trick, Gnädigste?«

»Ganz sicher nicht. Geben Sie mir fünf Minuten.«

»Ganz schön tough, junge Frau.« Er trat zur Seite und ließ Lena in die Wohnung. Er führte sie in ein kleines Wohnzimmer, dem man ansah, wie lange es nicht mehr gestrichen worden war. Das Sofa war durchgesessen und mit einer dunklen Decke bezogen.

»Die Zeit läuft!«, sagte Vogt mit Blick auf seine Armbanduhr.

Lena zog ihr Smartphone aus der Tasche und rief das Foto von Klaas Rieckert auf. »Erkennen Sie den Mann wieder?«

Jens Vogt warf einen Blick auf das Foto und erstarrte. »Wo haben Sie das her?«

»Ist das der Mann, der damals vor dem Haus von Joswig von Gotenberg auf Sie geschossen hat?«

»Wer ist das?« Sein Blick haftete immer noch am Foto.

»Der Mann ist vor Kurzem selbst Opfer eines Gewaltverbrechens geworden. Kann ich mich auf Ihre Diskretion verlassen?«

Er sah auf. »Wie meinen Sie das jetzt?«

»Eigentlich ist das nicht mehr mein Fall und es könnte sein, dass in Kürze die Kollegen, die den Fall übernommen haben, bei Ihnen auftauchen.«

»Habe ich das gerade richtig verstanden? Sie sind hier quasi privat?«

»Privat ist nicht das richtige Wort. Ich ermittle schon im Umfeld des Opfers, da ein Bekannter von diesem Mann hier vor ein paar Tagen spurlos verschwunden ist.«

Jens Vogt stand auf und drehte eine Runde im kleinen Zimmer. »So ganz verstehe ich nicht, was Sie mir sagen wollen. Aber lassen wir das mal so stehen.« Er zeigte auf Lenas Smartphone. »Das ist definitiv der Mann, der auf mich geschossen hat. Definitiv.« Er stutzte. »Ich habe ihn also doch getroffen?«

Lena nickte. »Durchschuss. An der Schulter. Über diese Spur bin ich zu Ihnen gelangt.«

Er setzte sich wieder in seinen Sessel, lächelte. »Wow! Gute Arbeit! Kann ich nicht anders sagen.«

»Ich brauche Ihre Hilfe«, wiederholte Lena.

Jens Vogt nickte nachdenklich. »Ja, das ist mir inzwischen klar.«

Eine Stunde später verließ Lena Jens Vogts Wohnung. Mehrfach war sie mit Vogt die damalige Situation vor dem Haus des Ex-Innenministers durchgegangen. Vogt war sich nach wie vor sicher, dass Klaas Rieckert einen Anschlag auf Joswig von Gotenberg geplant und sich aus diesem Grund in der Nähe des Hauses aufgehalten hatte. Rieckerts Reaktion, nachdem er ihn angesprochen hatte, bezeichnete er als ausgesprochen nervös, und auch deshalb war Vogt die ganzen Jahre nicht davon ausgegangen, dass er einem Profikiller gegenübergestanden hatte. Weder war Rieckert auf Vogt als Leibwächter vorbereitet noch wäre es nötig gewesen, die Waffe zu ziehen. Nach Vogts Ansicht hätten ein einfaches Schulterzucken und eine halbwegs plausible Ausrede gereicht, um sich aus der Affäre zu ziehen. Er war daher der festen Ansicht, dass Rieckert niemals die Sicherheitsvorkehrungen des Hauses überwunden hätte.

Über die Frage, warum keine der Kugeln gefunden wurde, hatte sich Jens Vogt seinerzeit viele Gedanken gemacht. Die Kugel, die für ihn bestimmt war, ging weit über seinen Kopf schräg nach oben. Er schätzte die mögliche Weite auf bis zu tausendfünfhundert Meter, und da er nicht genau sagen konnte, welche Richtung die Kugel genommen hatte, war die Suche in den umliegenden Gärten nach zwei Stunden abgebrochen worden. Seine eigene Kugel, die den Angreifer in die Schulter getroffen hatte, war von den ermittelnden Beamten nicht gefunden worden und man ging davon aus, dass, falls an Vogts Geschichte überhaupt etwas dran war, die Kugel im Körper des Angreifers verblieben war. Als Lena ihm vom Durchschuss erzählte, berichtete er von dem schlechten Wetter an diesem Tag und dem matschigen Weg zum Haus. Er vermutete, dass die Kugel in einer der großen Pfützen gelegen hatte, die nicht ausreichend abgesucht wurden.

Lena hatte sich bereits auf der Fahrt nach Bad Segeberg Gedanken darüber gemacht, inwieweit sie Jens Vogt in die Umstände der Ermittlungen einweihen konnte und wollte. Letztendlich hatte sie spontan entschieden und alles auf eine Karte gesetzt. Wie sich im Gespräch herausstellte, hatte der Generalstaatsanwalt seine Finger im Spiel gehabt, als Vogt nachträglich die Waffenerlaubnis entzogen worden war. Vogt war erfahren genug, seine Chance auf Rehabilitierung unter diesem Juristen realistisch einzuschätzen, und entschied sich noch während des Gesprächs für Lenas Seite. Falls sich Rieckerts Anschlagsabsichten nachweisen lassen würden, würde auch der Generalstaatsanwalt sich einer Wiederaufnahme des Verfahrens gegen Vogt nicht verweigern können.

Der Abschied von Vogt war erheblich herzlicher ausgefallen als die Begrüßung. Lena versprach, ihn auf dem Laufenden zu halten, er sagte ihr zu, sie über eine eventuelle Befragung durch die SoKo-Leute zu informieren.

# Fünfundzwanzig

Auf dem Rückweg nach Husum fuhr Lena über Kiel, tauschte ihre Kleidung gegen frisch gewaschene und brachte Leon die Festplatte vorbei. Während der weiteren Stunde Autofahrt versuchte sie, die neuen Informationen einzuordnen. Joswig von Gotenberg passte weder vom Alter noch von seinem beruflichen Werdegang her in die Reihe der Opfer. War das ein Hinweis auf Rieckert als Auftragsmörder? Oder war das geplante vierte Opfer das fehlende Puzzlestück zu den Hintergründen der Morde? Was hatte von Gotenberg mit den drei anderen Männern zu tun? Als er Innenminister von Schleswig-Holstein wurde, waren Maximilian von Brockdorf und Thomas Solinger noch Kinder gewesen. Allenfalls Walter Reinstedt konnte eine persönliche oder geschäftliche Verbindung zu von Gotenberg gehabt haben. Trotzdem war sich Lena sicher, dass das geplante Attentat in Verbindung mit den anderen Morden stehen musste. Jens Vogts Einschätzung von Rieckert hatte sie darin bestätigt, dass sie es nicht mit einem eiskalten Auftragsmörder zu tun hatten.

Ihr Handy machte sich bemerkbar. Sie schaute auf das Display und nahm das Gespräch an.

»Guten Tag, Herr Kriminaldirektor.«

»Guten Tag!«, hörte sie Warnkes Stimme. »Wie laufen die Ermittlungen?«

»Sie wissen schon, dass wir erst seit ein paar Stunden am Ball sind?«

Sie hörte Warnke schwer atmen. »Selbstverständlich. Gibt es trotzdem Neuigkeiten?«

»Wir kommen gut voran«, antwortete Lena und fügte dann hinzu: »In jeder Hinsicht.«

»Sehr gut. Wenn Sie Substanzielles haben, bitte zuerst zu mir. Sie verstehen mich?«

»Absolut, Herr Kriminaldirektor.«

»Hat Groll sich bei Ihnen gemeldet?«

»Ich habe das Gespräch nicht angenommen. Seine Nachricht auf dem AB war mehr als deutlich. Es könnte sein, dass ich Ihre Hilfe benötige, wenn der Kollege es übertreibt.«

»Ich werde mein Möglichstes tun, Frau Hauptkommissarin.«

»Sie hören von mir, sobald wir Ergebnisse vorweisen können.«

»Danke. Ich wusste, dass ich auf Sie zählen kann.«

Warnke beendete das Gespräch mit einem kurzen Abschiedsgruß.

Lenas Eindruck hatte sich bestätigt. Warnke hatte ein persönliches Interesse daran, die SoKo vorzuführen. War er mit dem Generalstaatsanwalt aneinandergeraten oder hatte es mit Kriminalrat Groll zu tun? Dessen Bemerkung lag ihr noch in den Ohren. Er hatte angedeutet, dass Warnke nicht immer ihr Chef bleiben würde. Hatte Groll sich auf Warnkes Stelle beworben? War es Warnkes Ziel, Grolls Erfolg zu verhindern? Eines war Lena klar: Würde Groll Warnkes Posten übernehmen, wäre es das Aus für sie beim LKA.

Sie wählte Johanns Nummer.

»Bist du schon auf dem Rückweg?«, fragte Lena.

»In ein paar Minuten. Ich trinke noch eine Tasse Kaffee. Wie war's bei dir?«

»Du hattest den richtigen Riecher! Gratulation! Klaas Rieckert war tatsächlich der Mann, den Jens Vogt angeschossen hat.«

»Verrückt! Ehrlich gesagt, habe ich nicht damit gerechnet. Und nun?«

»Lass uns das in Husum besprechen.«

»Ich mach mich gleich auf den Weg. Bis später.«

Lena berichtete in allen Einzelheiten von dem Gespräch mit Jens Vogt. Ole Kotten und Johann stellten zwischendurch Fragen, die Lena, soweit sie selbst über die Informationen verfügte, beantwortete.

»Jetzt sind wir der SoKo einen großen Schritt voraus«, meinte Ole. »Nur, ich sehe noch kein Licht am Horizont. Im Gegenteil, der Anschlag auf von Gotenberg macht die ganze Angelegenheit doch nur noch verworrener.«

»Es muss einen verfluchten Zusammenhang zwischen den Taten geben«, sagte Johann.

»Sehe ich auch so«, pflichtete ihm Lena bei. »Wir sollten uns später auf die Suche machen. Wollt ihr erst mal berichten?«

Kotten nickte. »Ich habe meine Petersens durch. Einer ist übrig und der ist heute nicht zu erreichen. Morgen, sagte mir die Putzfrau, die ich glücklicherweise ans Telefon bekommen habe. Er ist wohl geschäftlich viel unterwegs. Zumindest konnte mir seine Putzfrau bestätigen, dass er eine Segeljacht besitzt und ihr von den Nordfriesischen Inseln erzählt hat. Das Alter stimmt und die Beschreibung, die die Putzfrau mir gegeben hat, ebenso.«

»Wo wohnt er?«

»Stedesand. Das liegt an der B 5. Eine halbe Stunde Fahrt. Das war gerade noch in meinem Radius.«

»Also morgen.« Lena wandte sich an Johann. »Und bei dir?«

»Eike Knudsen. Geschäftsführer und Gesellschafter eines mittelständischen Unternehmens, das Werkbänke für Apotheken und Labore herstellt und noch weitere Kleinstartikel liefert. Er hat mich in seinem Büro empfangen, in das dieser Raum …« Er schaute sich um. »… dreimal reinpassen würde. Die wichtigste Info vorweg: Er weiß nicht, wo Jan Thomsen sich aufhalten könnte, und hatte auch schon seit letzter Woche keinen Kontakt mehr zu ihm. Sein Freund Enno Brunken hat ihn erst gestern erreicht und von Thomsens spurlosem Verschwinden berichtet.«

»Klang das glaubwürdig?«, wollte Lena wissen.

»Ich denke schon. Er war zwar alles in allem etwas kurz angebunden, aber hat sich nicht verweigert oder gar widersprochen. Ich habe ihn zu Thomsen befragt und auch da hat er bereitwillig Auskunft gegeben. Sie sind zusammen auf Hooge aufgewachsen und seit jeher gute Freunde. Er selbst behauptet, keine Fehde mit Rieckert gehabt zu haben. Was uns Brunken vom Schleusenfest-Streit berichtet hat, wurde von ihm im Großen und Ganzen bestätigt. Auch er vermutet, dass die Auseinandersetzung etwas mit den Vätern der beiden zu tun hatte, konnte mir aber nicht mehr darüber sagen. Thomsen hat sich wohl sehr bedeckt gehalten, was die Sache anging.«

»Was ist mit der Segeljacht?«

»Sie gehört ihnen zu dritt. Vor sechs Jahren hatte Knudsen wohl nicht so viel Geld flüssig wie heute und hat sich deshalb auf den Gemeinschaftskauf eingelassen. Zumindest habe ich seine Worte so interpretiert. Er sagte, dass er Thomsen vor ein paar Wochen vorgeschlagen habe, ihm seinen Teil der Jacht abzukaufen. Eine Hälfte davon stand ihm ja ohnehin zu, weil er Thomsen einen Kredit gegeben hatte. Na ja, Thomsen war wohl nicht so begeistert von dem Vorschlag und hat auch kurz danach die erste Rate für die fehlenden dreißigtausend an Knudsen gezahlt.«

»Wann?«, fragte Ole Kotten.

»Das ist ungefähr vier Wochen her, müsste also kurz nach diesem Amrum-Wochenende gewesen sein. Den Rest des Geldes sollte Knudsen in diesen Tagen bekommen.«

»Wie hat er bezahlt? Per Überweisung?«, fragte Lena.

»Gute Frage. Als ich sie gestellt habe, hat Knudsen rumgedruckst und ist schließlich darüber hinweggegangen. Ich gehe davon aus, dass er das Geld in bar bekommen hat.«

»Das war alles?«

»Die eine oder andere Frage habe ich natürlich noch gestellt, aber nichts Relevantes erfahren.«

Lena stand auf und stellte sich an die Flipchart, auf der sie das Blatt der letzten Besprechung umdrehte. »Wie machen wir weiter?«

»Wir müssen eine Verbindung zwischen den drei Morden und dem ehemaligen Innenminister herstellen«, schlug Ole Kotten vor, während Lena bereits die Namen der drei ersten Opfer untereinanderschrieb und mit Joswig von Gotenberg, dessen Namen sie auf der anderen Seite notiert hatte, verband.

»Wir sollten die Sekretärin des Bauunternehmers Reinstedt noch einmal befragen«, schlug sie vor und schrieb den Namen Ursula Rotenburg auf. Als sich Kotten anschickte, etwas anzumerken, kam sie ihm zuvor. »Ich weiß, die SoKo. Aber ich versuche es mit einer Nachfrage. Schließlich hat Groll über unsere Protokolle gemeckert, die ich jetzt ja wohl ergänzen muss.«

Ole Kotten wiegte den Kopf hin und her. »Damit kommst du im Ernstfall nicht durch, Lena.«

Sie ging nicht auf seinen Einwand ein und wandte sich an Johann. »Kannst du versuchen rauszufinden, ob Reinstedts Firma Projekte durchgeführt hat, die etwas mit dem Land Schleswig-Holstein zu tun haben?«

Johann nickte. »Werden sie garantiert gemacht haben, ich kümmere mich drum. Auf welchen Zeitraum soll ich mich konzentrieren?«

»Schwer zu sagen. Zehn Jahre vor dem Tod der drei?«

Wieder nickte Johann und machte sich eine Notiz.

»Die beiden anderen Opfer können wir wohl ausschließen?«, fragte Ole Kotten. »Von Brockdorf könnte natürlich über seine Organisation etwas mit dem Land zu tun gehabt haben, aber zwischen der Amtszeit von Gotenbergs und der beruflichen Laufbahn von Brockdorfs liegen zu viele Jahre.«

Lena starrte ihn an. Ihr war gerade ein Gedanke gekommen. »Aber die Firma seines Vaters hatte ganz bestimmt geschäftliche Kontakte zum Land.«

»Du meinst …« Ole Kotten sprang auf und zeigte auf den Namen von Thomas Solinger, dem Professor aus Berlin. »Hatte seine Familie nicht auch ein Unternehmen?«

»Nein. Sein Vater war Vorstandsvorsitzender einer großen Bank. Die gehörte ihm aber nicht«, sagte Johann.

»Egal, vielleicht haben sie Geschäfte mit dem Land Schleswig-Holstein gemacht.« Er rieb sich das Kinn. »Aber ein Innenminister hat mit den Finanzen wohl eher wenig zu tun, oder?«

»Eher nicht so viel«, pflichtete ihm Lena bei. »Das läuft alles über den Haushalt, der wiederum vom Finanzministerium aufgestellt und vom ganzen Kabinett verabschiedet wird.«

»Trotzdem!«, beharrte Ole Kotten. »Fangen wir doch erst mal mit dem Bauunternehmen und dem Innenministerium an. Vielleicht gibt es da Verbindungen. Und dann prüfen wir die Firma der Familie von Brockdorf.«

Lena griff nach dem Handy. »Johann kümmert sich um das Hamburger Bauunternehmen, du, Ole, um die Unternehmensberatung in Flensburg. Und ich versuche, die Sekretärin zu erreichen.«

# Sechsundzwanzig

»Ich sitze hier über meinem Protokoll von unserem Gespräch und habe noch eine Nachfrage, Frau Rotenburg.«

Lena hatte die ehemalige Sekretärin von Walter Reinstedt beim ersten Anruf erreicht.

»Fragen Sie, Frau Hauptkommissarin.«

Ursula Rotenburg schien ein gutes Gedächtnis zu haben, da sie sich sofort an Lenas Dienstgrad erinnerte.

»Wir haben eine Spur, die zum ehemaligen Innenminister von Schleswig-Holstein führt, Joswig von Gotenberg. Kannten Sie den Herrn?«

»Nicht persönlich, wenn Sie das meinen. Aber ansonsten ist er mir schon bekannt.«

»Gab es einen freundschaftlichen oder geschäftlichen Kontakt zwischen Ihrem Chef und Herrn von Gotenberg?«

»Weder noch. Zumindest nicht zu meiner Zeit. Wie Sie wissen, habe ich auch die privaten Termine von Herrn Reinstedt verwaltet. Nein, es gab keinen Kontakt. Allenfalls auf irgendeinem Empfang oder Ähnlichem, auf dem sich beide aufgehalten haben. Das kann ich natürlich nicht ausschließen.«

»Gilt das Gleiche für die Unternehmensberatung der Familie von Brockdorf?«

»Die Firma kenne ich nicht, aber mein Chef hielt nichts von dieser Art von Beratern. Ich kann definitiv ausschließen, dass dieses oder ein anderes Beratungsunternehmen für unseren Betrieb tätig war.«

»Einen persönlichen Kontakt zwischen Joachim von Brockdorf und Herrn Reinstedt gab es auch nicht?«

»Ist das der Vater oder Bruder des Herrn, der in Flensburg ermordet wurde?«

»Der Vater. Der Bruder trägt den Vornamen Alexander.«

»Tut mir leid. Ich kenne weder einen Joachim von Brockdorf noch einen Alexander. Wenn dem so gewesen wäre, hätte ich das natürlich schon seinerzeit mitgeteilt. Es wäre ja durchaus von Belang gewesen, vermute ich mal.«

»Danke, Frau Rotenburg. Sie haben mir sehr geholfen.«

»Gerne, Frau Lorenzen. Wenn Sie noch weitere Fragen haben, melden Sie sich bei mir. Ihre Kollegen waren übrigens gestern persönlich bei mir. Aber das wissen Sie sicher.«

»Ja, Frau Rotenburg. Ich wünsche Ihnen einen schönen Abend.«

Lena legte das Handy auf den Tisch. Die Spur war kalt. Frau Rotenburg schien ein ausgezeichnetes Gedächtnis zu haben. Es war nutzlos, in diese Richtung weiter zu recherchieren. Sie informierte Johann und Ole Kotten und verabschiedete sich für eine halbe Stunde.

Als sie vor der Polizeidirektion stand, hörte sie ihren Magen knurren. Seit dem Morgen auf Hallig Hooge hatte sie nichts mehr gegessen. Sie lief durch die Straßen von Husum und kaufte sich in einer Bäckerei ein Croissant und einen Becher Milchkaffee. Am Stehtisch vor dem Geschäft biss sie in das köstlich duftende Gebäck und trank dazu den heißen Kaffee. Langsam kehrten ihre Gedanken wieder zum Fall zurück. Damit, dass die Sekretärin von Walter Reinstedt ihr keinerlei Anhaltspunkte für eine Verbindung liefern konnte, hatte sie nicht gerechnet. Ihr hätte klar sein müssen, dass ein solch direkter Zusammenhang zwischen den Familien der drei bekannten Opfer schon in der damaligen SoKo aufgefallen wäre. Der neu hinzugekommene Ex-Innenminister schien ihr im ersten Moment als eine Art Mittler zwischen den drei anderen Opferfamilien bestens geeignet. Es war abzuwarten, ob Ole Kotten oder Johann mehr Erfolg in Bezug auf die anderen beiden Opfer haben würden.

Sie biss erneut in das Croissant und überlegte, an welcher Stelle der Ermittlungen sie falsch abgebogen sein konnten. War es möglich, dass es noch ein fünftes Opfer oder Anschlagsziel gegeben hatte und hier der gemeinsame Nenner für die Taten zu finden war? Hatten die drei Opfer und der Ex-Innenminister alle Kontakt über eine noch unbekannte Person miteinander gehabt? Oder über ein gemeinsames Projekt? Waren nicht die Verbindungen untereinander wichtig, sondern zu einer weiteren ihnen bisher fremden Person oder Organisation?

Als ihr Handy klingelte, nahm sie das Gespräch nach einem Blick aufs Display an.

»Erck! Tut mir leid, dass ich mich noch nicht bei dir gemeldet habe.«

»Alles gut! Ich wollte dir auch nur sagen, dass ich morgen in Husum anfange. Ich fahre mit der ersten Fähre rüber und treffe mich um zehn Uhr mit unserer Vermieterin am Haus.«

»Aha! Dann sollte ich vielleicht auch kommen«, antwortete Lena mit gespielt ernster Stimme.

Erck lachte. »Eifersüchtig? Das kenne ich ja gar nicht von dir.«

Lena stimmte in Ercks Lachen ein. »Vielleicht ist es ja auch besser, wenn ich nicht sehe, wie alt sie ist und wie sie aussieht.«

»Keine Sorge. Ich habe meine Traumfrau gefunden und suche allenfalls noch eine Traumküche. Aber mal im Ernst. Bist du noch in Husum?«

»Ja, Ole Kotten hat uns ein Hotelzimmer besorgt. Ich fürchte, morgen wird ein anstrengender Tag. Zu viele Fäden, die sich überhaupt nicht zusammenfügen wollen.«

»Kein Problem, Lena. Zuerst bin ich im Baumarkt einkaufen und danach im Haus arbeiten. Ich bringe übrigens eine große Luftmatratze mit. Vielleicht hast du ja Lust auf ein bisschen Camping-Feeling?«

»Klingt doch gut. Halt schon mal einen Platz für mich frei.«

»Das mach ich, Lena.« Er hielt einen Augenblick inne. »Und pass auf dich auf, versprochen?«

Lena schluckte. Da war sie wieder, Ercks Angst. Sie würde lernen müssen, damit umzugehen. »Bis später, Erck!«

Sie stellte ihre leere Tasse auf das dafür vorgesehene Tablett und verließ die Bäckerei. Auf dem Weg zurück ging sie noch einmal die bisher bekannten Fakten beider Fälle durch. Wo überschnitt sich das Verschwinden von Jan Thomsen mit dem Mord an Klaas Rieckert? Hatte sie sich zu sehr auf einen Ermittlungsansatz konzentriert?

Der Entzug des Falles und die Nichtberücksichtigung in der SoKo hatten ihr mehr zugesetzt, als sie gedacht hatte. Ganz tief in sich spürte sie den schnell wachsenden Hass auf Groll, Oberstaatsanwalt Kern und letztlich auch Warnke. Alle schienen ihr eigenes Spiel zu spielen, bei dem sie allenfalls ein austauschbarer Bauer auf dem Schachbrett war.

Lena betrat die Polizeidirektion und fand die beiden Kollegen konzentriert an ihren Laptops arbeitend.

Sie startete ihren eigenen Rechner und begann mit ihrer Recherche zu Joswig von Gotenberg. Geboren 1922 in Schleswig, in vierter Generation verarmter Adel, Vater hoher Offizier im Ersten Weltkrieg und General seit Anfang der Dreißigerjahre. Joswig von Gotenberg wurde als Achtzehnjähriger mitten im laufenden Abitur eingezogen und war ab 1940 in Polen und Russland im Einsatz. Rechtzeitig vor dem Vormarsch der Roten

Armee wurde er an die Westfront versetzt und kam 1944 in amerikanische Gefangenschaft, aus der er im November 1945 entlassen wurde. Er holte sein Abitur nach, studierte Jura und kehrte nach Schleswig zurück, wo er eine Anwaltspraxis eröffnete. Anfang der Sechzigerjahre wurde er erstmals in den Landtag gewählt. Er konzentrierte sich auf die Innenpolitik und übernahm nach einem rasanten Aufstieg in der Partei, den er nach unbestätigten Gerüchten alten Seilschaften seines Vaters zu verdanken hatte, im Jahr 1969 das Innenministerium. Als strammer Konservativer vertrat er einen harten Kurs gegen die aufbegehrenden Studenten der Achtundsechziger-Generation. Gleichzeitig war er ein vehementer Verfechter des freien Marktes und setzte sich für die Ansiedlung neuer Industriezweige im Land ein.

Als sich Johann auf seinem Stuhl regte, stand Lena auf und fragte, ob sie eine gemeinsame Pause einlegen und etwas essen wollten.

»Gute Idee!«, meinte Johann und sprang auf. »Mein Magen hängt mir in den Kniekehlen.«

Ole Kotten klappte seinen Laptop zu und schloss sich ihnen an. In einer nahe gelegenen Pizzeria fanden sie einen ruhigen Platz am Fenster. Nachdem sie bestellt hatten, fragte Lena, ob sie weitergekommen wären.

»Mit dem Hamburger Bauunternehmen ist das nicht so einfach«, antwortete Johann. »Die haben diverse Abteilungen. Großprojekte wie Flughäfen und öffentliche Gebäude, Brücken- und Straßenbau. Eine Verbindung zur Flensburger Firma habe ich nicht gefunden, ebenso wenig zur Bank nach Berlin. Da die AG nur Großprojekte übernimmt, gehe ich nicht davon aus, dass sie irgendwo ein Hospiz gebaut hat. Die Wahrscheinlichkeit ist wohl eher gering und diese Informationen lassen sich sicher auch nicht so einfach im Internet finden. Zu der Universität von unserem Professor konnte ich auch keinen Zusammenhang herstellen. Auf den Punkt gebracht: Ich habe bisher nichts gefunden.«

»Geht mir ähnlich«, fuhr Ole Kotten fort. »Das Unternehmen der Familie Brockdorf berät Firmen nicht nur im klassischen Sinn, sprich hilft ihnen aus Krisen oder arbeitet mit den Managern der Firmen neue Geschäftsmodelle aus, sondern ist auch stark im Bereich der Public Relations. Lobbyarbeit im weitesten Sinne, würde ich mal sagen. Verbindungen zur Hamburger Baufirma habe ich nicht gefunden, zur Uni in Berlin auch nicht.«

»Vielleicht müssen wir weiter zurückgehen«, schlug Lena vor.

»Wie weit?«, fragte Johann kopfschüttelnd. »Zwanzig Jahre, dreißig? Oder noch mehr? Je weiter es in die Vergangenheit geht, desto weniger finden wir das in öffentlich zugänglichen Quellen.«

Ihre Pizzen wurden serviert, sie unterbrachen ihr Gespräch und aßen schweigend. Als der Kellner den Tisch abgeräumt hatte, knüpfte Lena wieder am letzten Punkt an.

»Was verbindet eine Unternehmensberatung mit einem Bauunternehmen und dem Innenministerium? Im Allgemeinen, meine ich.«

Johann raufte sich die Haare. »Nichts, so weit waren wir doch schon.«

»Großprojekte«, sagte Lena. »Alle drei geben sich nicht mit kleinen Sachen ab. Und als Vorstandsvorsitzender einer überregionalen Bank wird sich Solingers Vater auch nicht um den kleinen Häuslebauer gekümmert haben.«

»Wir haben aber keine Geschäftsbeziehung zwischen den Firmen beziehungsweise dem Ministerium gefunden«, warf Ole Kotten ein.

»Vielleicht gibt es auch keine, sondern nur indirekt. These: Alle haben für ein und dasselbe Großprojekt gearbeitet.«

»Das wäre natürlich eine Möglichkeit«, sagte Johann mit nachdenklicher Miene. »Aber das ist die Nadel im Heuhaufen. Das ist dir doch wohl klar, oder?«

# Siebenundzwanzig

»Also konzentrieren wir uns auf Großprojekte und Großkunden«, sagte Ole Kotten, als sie wieder in seinem Büro angekommen waren.

Lena klappte ihren Laptop auf. »Genau! Du schaust bei der Flensburger Firma nach, Johann schaut bei dem Bauunternehmen und ich durchleuchte unseren Ex-Innenminister.«

»Wer übernimmt die Bank?«, fragte Johann. »Und streng genommen auch noch die Uni?«

»Die Uni lassen wir erst mal außen vor. Mit der Bank beschäftige ich mich«, antwortete Lena. Sie sah auf die Uhr. »Zwanzig Uhr. Spätestens um Mitternacht machen wir Schluss. Wenn jemand eine Vermutung hat, kann er sie auf die Flipchart schreiben.« Sie stand wieder auf, notierte die vier Bereiche oben auf der Seite und zog senkrechte Linien zwischen den Blöcken. »Auf geht's!«

Lena suchte systematisch das Netz nach Informationen zu Joswig von Gotenberg ab. Als Innenminister hatte er lange für einen eigenen zivilen Flughafen in Schleswig-Holstein geworben, der aber nie verwirklicht wurde. Trotzdem schrieb Lena *Flughafen Kiel (geplant)* auf die Liste.

Der Bau der Autobahn A 23 fiel in seine Amtszeit. Lena recherchierte eine halbe Stunde dazu, fand aber nur wenige

Informationen, die im Zusammenhang mit von Gotenberg standen. Für die A 215, die die A 7 mit der Landeshauptstadt Kiel verband, galt das Gleiche, ebenso wie für die A 21 und weitere Autobahnteilstücke. Sie notierte alle auf der Flipchart.

Die Uni Kiel wurde in den Siebzigerjahren verschiedenfach baulich erweitert, wobei alle Baumaßnahmen zusammen als Großprojekt bezeichnet werden konnten. Lena fügte die Uni zur Liste hinzu.

Die Fehmarnsundbrücke, die die Insel Fehmarn mit dem Festland verband, schloss Lena aus, da sie vor der Amtszeit des Ex-Innenministers gebaut wurde.

Die Atomkraftwerke Brunsbüttel und Brokdorf wurden in den Sechziger- beziehungsweise Siebzigerjahren geplant und gebaut. Das Kraftwerk Krümmel ein Jahrzehnt später, die Planungsphase ging aber weit in die Siebzigerjahre zurück. Lena notierte alle drei Kraftwerke in der Liste.

Weitere kleinere Projekte folgten, bis sie sich gegen elf Uhr abends auf die Bank konzentrierte. Hier war die Recherche erheblich komplizierter, da dieses Gewerbe mit Angaben über Kunden viel zurückhaltender umging. Sie scrollte sich eine Stunde durch etliche Seiten, fand aber keine direkten Hinweise. Erschöpft klappte sie schließlich den Laptop zu.

Auf der Flipchart waren auch in den anderen beiden Spalten mehrere Einträge von ihren Kollegen hinzugefügt worden. Sie ging die Liste kurz durch, schlug dann aber vor, sich morgens um halb acht zum Frühstück zu treffen.

Lena schreckte aus dem Schlaf hoch. Langsam setzte sie sich aufrecht im Bett hin und versuchte, sich an den Traum zu erinnern.

Jan Thomsen trieb leblos auf dem Wasser, Lena stand an der Reling eines kleinen Bootes und sprang, nachdem sie ihn entdeckt hatte, kopfüber ins Wasser. Als sie ihn endlich im Schleppgriff hatte, schlug er plötzlich um sich und schrie laut, dass sie ihn in Ruhe lassen solle. Sie befreite ihn aus der Rückenlage, er strampelte und versuchte, sich krampfhaft über Wasser zu halten. Sie starrte fassungslos auf das Schauspiel und fragte sich, ob er nicht schwimmen könne. Schließlich schrie er sie an, dass sie ihn gefälligst retten solle, das sei schließlich ihre Aufgabe als Polizistin. Sie zog ihre Waffe, drehte sich im Wasser herum und zielte im gleichen Augenblick auf eine Person, die sich unbemerkt in einem zweiten Boot genähert hatte. Als die Waffe versagte, ließ sie sich vom Wasser in die Tiefe ziehen, tauchte unter dem Boot durch und zog sich an der anderen Seite an einem Tau hoch. Schließlich stand sie vor einem Mann, der sie lachend fragte, was sie von ihm wolle. Sie stürzte sich auf ihn und legte ihm Handschellen an. Als Lena wieder aufsah, bemerkte sie, wie Thomsen im Wasser versank. Sie sprang auf und stürzte sich ein zweites Mal in die Fluten, aber Thomsen war in der Tiefe der Nordsee verschwunden.

Der Traum war schmerzhaft realistisch gewesen, Lena spürte immer noch die Kälte der Nordsee und hatte Thomsens Schreie in den Ohren. Sie stand auf, um das Fenster ihres Zimmers zu schließen. Zurück im Bett, fiel ihr Blick auf die Uhr. Es war kurz nach sechs.

Konnte Jan Thomsen, wenn er nicht aus eigenen Stücken verschwunden war, tatsächlich noch am Leben sein? Gab es überhaupt eine Chance, ihn zu finden? Die nächsten zwei Tage würden entscheidend sein. Jede Stunde länger verringerte die Wahrscheinlichkeit, dass sie ihn finden würden. Bis jetzt war jede ihrer Recherchen ins Leere gelaufen.

»Guten Morgen! Gut geschlafen?« Johann hatte im Foyer des Hotels auf sie gewartet.

»Moin, Johann. Frag lieber nicht. Die Ermittlungen haben mich bis in die Träume verfolgt.«

Sie verließen das Hotel und fanden nach kurzer Suche das Café, das Ole Kotten vorgeschlagen hatte. Er winkte ihnen zu, als sie die Gaststube betraten.

»Guten Morgen, Kollegen«, sprach er sie herzlich lächelnd an. »Ich hoffe, das Hotel ist so gut wie sein Ruf.«

»Alles perfekt, Ole«, antwortete Lena und setzte sich zu ihm an den Tisch. »Hast du schon bestellt?«

Ole Kotten verneinte und hob die Hand, als eine der jungen Frauen, die im Café bedienten, an ihrem Tisch vorbeilief. Sie bestellten und bekamen kurz darauf den Kaffee serviert. Ihr Frühstück hatten sie sich bereits am Büfett zusammengestellt.

»Guten Appetit«, wünschte Ole Kotten und belegte ein Vollkornbrötchen mit Käse und Wurst.

Lena biss in ihr Croissant und aß Rührei mit Speck, während Johann sich ein Müsli genommen hatte. Zwanzig Minuten später machten sie sich zu Fuß auf den Weg in die Polizeidirektion. Bis dahin hatten sie in ihren Gesprächen die Ermittlungen umschifft.

»Meint ihr, dass Jan Thomsen noch lebt?«, stellte Lena die Frage, die ihr seit dem Aufwachen durch den Kopf ging.

»Mein Gefühl sagt mir, ja, mein Kopf ist da eher skeptisch«, antwortete Ole Kotten. »Wir brauchen dringend konkrete Anhaltspunkte, denen wir nachgehen können, ansonsten sehe ich schwarz.«

»Ich denke, er hat was mit dem Tod von Rieckert zu tun und ist abgetaucht, nachdem die SoKo ihn zum zweiten Mal in die Mangel genommen hatte«, warf Johann ein.

Sie überquerten eine Straße, bogen nach links ab und liefen direkt auf das Polizeigebäude zu.

»Ihr seid auch der Meinung, dass wir mit den Recherchen zu Klaas Rieckert weitermachen sollten?«

»Solange sich nichts Neues zu Thomsen ergibt, auf jeden Fall«, antwortete Ole Kotten. Johann nickte zustimmend.

»Als Innenminister hatte von Gotenberg natürlich mit fast allen Großprojekten im Land auf die eine oder andere Weise zu tun«, schloss Lena ihren kleinen Vortrag ab. Sie war an der Flipchart die einzelnen Punkte durchgegangen. »Auf jeden Fall schien er ein Freund der Industrie zu sein. Als konservativer Hardliner ist das natürlich wenig verwunderlich.«

Johann tauschte den Platz mit ihr und zeigte auf seine Spalte, die die Projekte des Hamburger Bauunternehmens aufführte.

»Eines ist auf jeden Fall klar: Das Unternehmen war und ist viel in Schleswig-Holstein tätig. Walter Reinstedt ist in Kiel aufgewachsen und hatte schon von daher einen Bezug zum hohen Norden.« Er tippte auf die ersten fünf Notizen in seiner Spalte. »Soweit ich das im Internet recherchieren konnte, war seine Firma in den Siebziger- und Achtzigerjahren im großen Stil am Autobahnbau beteiligt. Logischerweise läuft das über Ausschreibungen, aber nach meinen Recherchen waren sie auf die eine oder andere Weise bei jedem Projekt dabei. Wie sie das geschafft haben, lassen wir mal dahingestellt. Auf jeden Fall habe ich den Autobahnbau ganz oben notiert.« Er zeigte auf den nächsten Eintrag. »Kraftwerksbau. Das scheint ein weiterer Schwerpunkt der Firma zu sein. In Brokdorf und Brunsbüttel war sie die treibende Kraft in einem Konsortium von Firmen. In einer Festschrift zu einem Firmenjubiläum habe ich dazu ein ganzes Kapitel gefunden. Deshalb habe ich es an die zweite Stelle gesetzt.« Er tippte auf die nächsten fünf Punkte. »Wie ihr seht, ist die Firma sehr aktiv in Schleswig-Holstein. Sie war Hauptbauunternehmen beim Ausbau der Uni Kiel, hat die Aufträge für mehrere Regierungsneubauten erhalten und zwei Sporthäfen an der Nordseeküste gebaut. Die weiteren Punkte hier unten …« Er fuhr mit der Hand über eine lange Liste von Namen. »… sind eher Projekte, die keine jahrelangen Arbeiten nach sich gezogen haben. Ich habe sie nur vollständigkeitshalber aufgeführt.« Er kreiste die Punkte *Autobahnbau* und *Kraftwerksbau* ein. »Hier liegen die entscheidenden Überschneidungen mit Lenas Punkten.«

Ole Kotten nahm seinen Platz ein. »So, jetzt zum Flensburger Unternehmen. Ganz so auskunftsfreudig wie bei euch sind meine Unternehmensberater nicht. Ein Schwerpunkt der Firma liegt und lag in der Beratung mittelständischer Unternehmen, von denen es in Schleswig-Holstein eine ganze Reihe gibt: in den Bereichen Autoindustriezulieferung, Schiffbau und Pharmaindustrie. Die habe ich hier aufgeführt. Konkrete Firmennamen werden selten genannt, die Wirtschaftszweige schon eher. Allerdings gibt es hier offensichtlich keine Überschneidung mit euren Punkten. Ein weiteres Standbein der Firma ist, wie ich gestern schon gesagt habe, die PR-Arbeit. Hier ist das Unternehmen mit Auskünften noch zurückhaltender. Ich gehe aber davon aus, dass es die Partei vom Ex-Innenminister über viele Jahre, wenn nicht Jahrzehnte, betreut hat. Hier gäbe es also eine Verbindung.«

»Könnte der Bauunternehmer nicht auch die Partei unterstützt haben?«, fragte Johann. »Finanziell, meine ich. Und die Berliner Bank …« Er brach ab. »Nein, die hat, wenn überhaupt, an die Partei in der Hauptstadt gespendet. Dürfen öffentliche Banken überhaupt Parteien unterstützen?«

Ole Kotten grinste. »Nicht nur das. Sie sind mit die größten Parteifinanziers. Allerdings spenden sie häufig querbeet, verstärkt allerdings eher im konservativen Bereich. Gut, das könnte eine Verbindung sein, aber das würde auf ein politisches Motiv von Klaas Rieckert hindeuten. Ist das realistisch?«

»Zumindest gibt es bisher keinerlei Anzeichen dafür«, warf Lena ein. »Niemand hat erwähnt, dass er politisch aktiv war oder gar extreme Ansichten vertreten hat. Wir sollten das zurückstellen.«

»Gut«, übernahm wieder Ole Kotten das Wort. »Wenn ich jetzt eure Schnittmengen sehe, läuft es auf Autobahnen und Kraftwerke hinaus. Im Bereich Autobahnbau habe ich nichts Relevantes gefunden, aber, und das habe ich gerade noch einmal gegoogelt, die Firma hat wohl über Jahre für einen der Großbetreiber der schleswig-holsteinischen Kraftwerke gearbeitet, möglicherweise bis heute. Ich habe Pressefotos gefunden, auf denen Joachim von Brockdorf, also der Vater von Maximilian und Alexander, mit den Vorstandschefs einer der Betreiberfirmen abgelichtet ist. Zusätzlich gibt es Hinweise auf deren Website, dass sie Verbindungen zu von Brockdorfs Firma haben.«

Während Ole Kotten gesprochen hatte, war Lena neben ihn getreten. »Atomkraftwerke«, murmelte sie. »Was hat das zu bedeuten?«

»Und die Berliner Bank«, warf Johann ein. »Was hat sie damit zu tun?«

»Du hast doch mit der Schwester des Berliner Opfers gesprochen. Kannst du versuchen, sie zu erreichen?«, schlug Lena vor.

Johann nickte und griff nach seinem Handy. Als er anfing zu sprechen, stand er auf und ging im Büro auf und ab. Hin und wieder stellte er eine Frage und hörte lange Thomas Solingers Schwester zu. Schließlich verabschiedete er sich und sah Lena und Ole Kotten triumphierend an. »Wir sind auf der richtigen Spur.«

# Achtundzwanzig

Die Schwester von Thomas Solinger, dem dritten Opfer und Physikprofessor aus Berlin, hatte Johann davon berichtet, dass die Bank, deren Vorstandsvorsitzender ihr Vater über viele Jahre gewesen war, die Hausbank eines der Atomkraftwerkbetreiber gewesen sei und vermutlich immer noch war. Sie wusste davon, da ihr Bruder vor seinem Tod jahrelang mit dem Vater darüber im Streit lag. Thomas Solinger sah in der Kernkraft eine der größten Bedrohungen der Menschheit und war entsetzt, als er erfuhr, dass die Bank seines Vaters sich bei der Finanzierung stark engagierte.

Die drei Kommissare saßen inzwischen wieder an ihrem Besprechungstisch. Lena ergriff als Erste das Wort. »Okay! Im Moment scheint sich alles auf den Kernkraftbau zu konzentrieren. Die Frage ist jetzt, was hatte Klaas Rieckert damit zu tun?«

»Hat er beim Bau eines der Kraftwerke mitgewirkt?«, fragte Ole Kotten und blätterte bereits in seinen Unterlagen. »Ich kann mich nicht daran erinnern, etwas Derartiges gelesen zu haben.«

»Er war zu jung dafür«, warf Johann ein. »Allenfalls kann sein Vater dort gearbeitet haben.«

»Ist der nicht früh an Leukämie verstorben?«, kam die nächste Frage von Ole Kotten. »Wäre das ein Zusammenhang?

Er hat im Atomkraftwerk gearbeitet und ist, wie auch immer, mit radioaktiven Stoffen in Berührung gekommen – und sein Sohn rächt sich viele Jahre später und …« Er brach mitten im Satz ab. »Klingt jetzt etwas abenteuerlich, oder?«

»Ich versuche, Gesine Husmann zu erreichen«, sagte Lena und griff nach ihrem Handy. Die alte Dame ging direkt ans Telefon und begrüßte Lena.

»Wie geht es Ihnen?«, fragte Lena als Erstes.

»Ich komme damit zurecht. Irgendwie. Aber Maike ist mit ihren Nerven am Ende. Ich mag gar nicht daran denken, was passiert, wenn sie davon erfährt.«

»Ja, ich weiß. Darf ich noch eine Frage stellen?«

»Wenn es hilft.«

Lena hörte, wie mühsam Gesine Husmann die Worte herausbrachte. Trotzdem blieb ihr keine andere Wahl, als die Frage zu stellen.

»Haben Klaas oder sein Vater jemals beim Bau eines Atomkraftwerks mitgearbeitet?«

»Nein, beide waren weder Maurer oder was man sonst dort für Handwerker braucht. Nein, ganz bestimmt nicht.«

»Hat vielleicht einer von ihnen im Atomkraftwerk gearbeitet, als es schon in Betrieb war?«

»Nein, wie kommen Sie nur darauf? Tjark hatte überhaupt keine Ausbildung dafür. Er war Seemann und Bauer. Und Klaas, nein. Er war auch eine Weile auf See, hat aber nie länger als ein paar Tage auf dem Festland gearbeitet.«

»Hat einer von den beiden jemals über Kraftwerke gesprochen?«

»Daran kann ich mich nicht erinnern. Eigentlich ist das hier bei uns auf Hooge doch kein Thema. Natürlich weiß ich, dass es an der Elbe solche Anlagen gibt, und die beiden wussten das ganz sicher auch. Aber nein, ich erinnere mich an kein Gespräch oder etwas anderes in der Richtung.«

»Danke, Frau Husmann. Ich melde mich bei Ihnen, wenn ich etwas Neues weiß.«

Sie verabschiedeten sich und Lena teilte ihren Kollegen mit, was sie von Gesine Husmann erfahren hatte.

»Sind wir doch auf dem Holzweg?«, fragte Johann. Er stand auf und ging zur Flipchart. Er schrieb unten aufs Blatt »Tom Thomsen«. Daneben malte er ein Kreuz und notierte »Leukämie«. Nacheinander zeigte er auf das sich wiederholende Wort »Kraftwerk«. »Was haben wir übersehen?«

»Ich kann gerne noch einmal Luise Stahnke anrufen und danach fragen, ob Klaas Rieckert Krebs hatte«, sagte Lena.

»Sinnlos! Das hätte sie uns gesagt«, meinte Johann.

»Wo kann Tjark Rieckert mit radioaktivem Material in Berührung gekommen sein?«, brachte Ole Kotten die Diskussion wieder auf die Kernfrage.

»Er hat als Seemann gearbeitet«, sagte Lena. »Aber die Schiffe haben doch keinen atomaren Antrieb.« Sie hielt einen Moment inne und schloss die Augen. »Und wenn das Schiff solches Material transportiert hat? In welcher Form auch immer. Und auf dem Schiff ist es zu einem Unfall gekommen, was wiederum seine Krebskrankheit verursacht hat. Klaas Rieckert hat irgendwann die Zusammenhänge erkannt und recherchiert, wer seiner Meinung nach dafür verantwortlich war. Der Bauunternehmer und der Ex-Innenminister lebten noch, die beiden anderen waren inzwischen verstorben. Also hat er sich an ihrer Familie gerächt, weil auch seine Familie unter dem Tod des Vaters gelitten hat.«

Ole Kotten nickte nachdenklich. »Verrückt, aber es klingt durchaus logisch.«

»Selbst wenn du richtigliegst, Lena«, warf Johann ein, »haben wir nicht die geringsten Beweise dafür. Groll und der Generalstaatsanwalt lachen uns aus, wenn wir ihnen das so präsentieren.«

»Wir werden etwas finden«, sagte Ole Kotten. »Das ist erst mal eine Hypothese, die wir jetzt nach und nach mit Fakten untermauern müssen. Warum so negativ, Johann?«

»Er hat schon recht, Ole. Bei der bisherigen Faktenlage können wir da niemandem mit kommen. Das geht eher nach hinten los.«

Ole Kotten stand auf. »Einen Zeugen haben wir noch nicht befragt. Christian Petersen. Vielleicht ist er schon wieder zu Hause. Ich versuch's noch mal. Verflucht, irgendwer muss doch was mitbekommen haben von Rieckerts Treiben.« Er lief zu seinem Schreibtisch, griff nach dem Telefonhörer und wählte die Nummer, die er in seinem Notizbuch notiert hatte.

»Herr Petersen! Hier spricht Ole Kotten von der Kriminalpolizei in Husum.« Kotten hielt kurz inne und horchte. »Nein, es geht nicht um Sie. Kennen Sie Klaas Rieckert, der auf Hallig Hooge lebt?« Wieder schwieg er kurz, bevor er fortfuhr: »Ich muss Sie dringend sprechen. Kann ich direkt bei Ihnen vorbeikommen?« Kurz darauf sagte er: »Okay. Spätestens in einer halben Stunde bin ich bei Ihnen.« Er legte auf.

»Weiß er gar nicht, dass Rieckert tot ist?«, fragte Lena direkt.

»Offensichtlich nicht. Er war sehr erstaunt, dass die Polizei etwas von ihm will.« Ole Kotten öffnete seine Schreibtischschublade und holte seine Waffe hervor. »Fahren wir zu dritt?«

»Schon in Ordnung«, kam Johann Lena zuvor. »Ich halte hier die Stellung.«

Auf dem Weg nach Stedesand versuchte Lena, ihre Gedanken zu ordnen. Wenn ihre Annahmen richtig waren, musste Klaas Rieckert die Umstände, wie sein Vater zu Tode gekommen war, erst sehr spät erkannt haben. Tom Thomsen war nach Aussagen von Gesine Husmann gemeinsam mit Tjark Rieckert zur See gefahren. Wieso war nur Rieckert mit radioaktivem Material in Berührung gekommen? Hatte der Streit zwischen den zwei Männern etwas mit dieser Sache zu tun? Wie war Klaas Rieckert an die Informationen gekommen? Er musste eine ganze Reihe von Menschen angesprochen haben, angefangen bei den Ärzten seines Vaters über den Reeder, auf dessen Schiffen sein Vater angeheuert hatte, bis zu Experten, die ihm über die Herkunft des radioaktiven Materials etwas sagen konnten. Das alles musste Spuren hinterlassen haben, die trotz der vergangenen zehn Jahre zu finden sein mussten.

»Wir sind gleich da«, kündigte Ole Kotten an. »Wie wollen wir vorgehen?«

»Die Gefahr ist groß, dass er in der Sache mit drinsteckt oder zumindest davon weiß. Ich vermute, dass er sich bereits auf Hooge erkundigt hat, was mit Rieckert passiert ist.«

»Ja, vermutlich schon.«

»Wir werden ihn unter Umständen erheblich unter Druck setzen müssen. Die Zeit läuft uns davon. Lange können wir unsere Erkenntnisse nicht mehr vor der SoKo verheimlichen.«

»Okay! Das übliche Spielchen?«

»Ich denke schon. Du kannst gerne den Guten spielen und so tun, als wenn dir die böse LKA-Tante im Rücken sitzt.«

Ole Kotten lachte. »Okay. Sonst muss ich immer auf den Tisch hauen. Warum nicht mal umgekehrt.«

Die Navi-Stimme kündigte an, dass sie in zweihundert Metern nach links abbiegen mussten und dann ihre Zielstraße erreicht hätten. Ole Kotten hielt am Ende der Sackgasse und stellte den Motor ab.

»Hier muss es sein.«

Ein hoher Zaun schützte das Gebäude vor unliebsamen Beobachtern. Sie klingelten an der Tür und wurden hereingelassen, nachdem sie sich vorgestellt und ihren Ausweis in die Kamera gehalten hatten. Auf dem großen Grundstück wirkte das Haus im Bauhausstil klein. Es war großflächig verglast, Lena schätzte das Alter auf fünfzehn bis zwanzig Jahre. Christian Petersen war ein hochgewachsener Mann Anfang fünfzig, leger gekleidet, die blonden Haare schulterlang, der Bart sorgfältig gestutzt. Mit ernster Miene begrüßte er sie an der Haustür und bat sie in sein spartanisch eingerichtetes Arbeitszimmer. An einem kleinen Besprechungstisch nahmen sie Platz.

»Ich habe vor ein paar Minuten mit Gesine Husmann telefoniert. Sie hat mir gesagt, dass Klaas tot im Watt aufgefunden wurde. Was genau passiert ist, konnte sie mir nicht sagen. Ist Klaas verunglückt?«

»Zum jetzigen Zeitpunkt gehen wir davon aus, dass er Opfer eines Gewaltverbrechens wurde«, erklärte Ole Kotten ihm.

»Ermordet?«

»Das ist Gegenstand der Ermittlungen. Details darf ich Ihnen leider nicht mitteilen«, sagte Ole Kotten.

Lena räusperte sich leise. »Wo haben Sie sich in den letzten zwei Wochen aufgehalten?«

»Ich war geschäftlich unterwegs und habe dann noch ein paar Tage in Barcelona drangehängt.«

»Sie kannten Klaas Rieckert gut?«, stellte Ole Kotten direkt die nächste Frage.

»Ja, wir waren sehr eng befreundet.«

»Aber die Lebensgefährtin von Herrn Rieckert, Maike Holzer, kennt Sie offenbar nicht«, sagte Lena. »Wie ist das zu erklären?«

Christian Petersen zuckte mit den Schultern. »Ich bin nur zwei oder drei Mal auf Hooge gewesen. Jedes Mal war sie nicht dort. Warum Klaas ihr nichts von mir erzählt hat, kann ich Ihnen leider auch nicht sagen.«

»Was machen Sie beruflich?«, wollte Lena wissen.

Er zögerte einen Moment zu lange, fand Lena. »Ich bin eine Art Berater in Umweltfragen.« Als Lena ihn fragend ansah, fuhr er fort: »Ursprünglich habe ich als Ingenieur in Spitzenpositionen gearbeitet, bin aber inzwischen seit fast fünfzehn Jahren in der Umweltbewegung tätig.«

»Wo haben Sie *ursprünglich* gearbeitet?«, fragte Lena.

»Haben Sie etwa mich in Verdacht, dass ich Klaas … Das ist absurd. Ich kann Ihnen alle Daten meiner Reise zur Verfügung stellen. Sie werden schnell sehen, dass …«

»Niemand verdächtigt Sie«, unterbrach Lena ihn. »Beantworten Sie doch einfach meine Frage.«

»Ich habe europaweit Firmen beraten, die Kraftwerke bauen oder betreiben.«

»Kernkraftwerke?«

»Auch.«

»Und inzwischen haben Sie die Seiten gewechselt?«

Petersen warf ihr einen verächtlichen Blick zu. »Ich würde es anders formulieren, aber gut, es gibt Menschen, die das so sehen.«

Ole Kotten beugte sich leicht nach vorne. »Erzählen Sie uns etwas über Ihre Freundschaft zu Klaas Rieckert. Wann haben Sie ihn kennengelernt? Wie oft haben Sie sich gesehen?« Seine Stimme klang ruhiger und zurückhaltender als die von Lena. Petersen entspannte sich sichtbar. Er lächelte und seine angespannten Schultern sanken leicht nach unten.

»Das war tatsächlich auf Hooge. Ich lag über Nacht dort vor Anker und war im Friesenpesel essen und was trinken. Sie kennen die Gaststätte?«

Ole Kotten nickte.

»Klaas brachte mir das Bier an den Tisch. Ich glaube, die Wirtin hatte ihn darum gebeten. Wir kamen ins Gespräch, ich weiß nicht mehr, worum es ging, aber er setzte sich schließlich zu mir. Ja, so habe ich Klaas kennengelernt. Es war ein sehr unterhaltsamer Abend, wir haben über Hooge und das Wattenmeer gesprochen. Sie wissen vielleicht, dass ihm der Naturschutz sehr am Herzen liegt.« Petersen stutzte. »… lag. Ist Klaas ertrunken?«

»Details darf ich Ihnen leider nicht sagen. Er ist tot auf Japsand angespült worden.«

»Kein schöner Tod.« Er hielt inne und rieb sich mit der flachen Hand mehrfach über die Stirn. »Aber welcher Tod ist schon schön?« Er seufzte leise. »Aber Sie wollten etwas über Klaas wissen.« Jetzt lächelte Petersen sanft. »Er war ein sensibler Mensch. Und ausgesprochen intelligent. Wir haben uns am nächsten Tag zum Frühstück auf meinem Schiff getroffen. An dem Tag habe ich ihn dann eingeladen, bei der nächsten Segeltour mitzukommen. Er hat sich sehr gefreut über die Einladung. Es hat zwar dann nicht sofort geklappt, aber nach einem guten halben Jahr waren wir ein paar Tage unterwegs.«

»Sie hatten eine Beziehung?«, fragte Ole Kotten unvermittelt.

Petersen warf ihm einen erstaunten Blick zu, fing sich aber gleich wieder. »Nein, Klaas ist … war mit seiner Frau zusammen.«

Lena brauchte einen Moment, um Ole Kottens Frage zu verstehen. Er ging offensichtlich davon aus, dass Petersen schwul war.

»Es gibt viele schwule Männer, die mit einer Frau zusammenleben«, fuhr Ole Kotten fort.

»Klaas war stockhetero. Ich mochte ihn sehr, ja, aber mehr war da nicht.« Seine Stimme klang leicht gereizt.

»Okay! Verstehe. Es tut mir leid, wenn ich Ihnen zu nahe getreten bin. Sie sagten vorhin, Klaas Rieckert wäre ein sehr sensibler Mensch gewesen. Wie genau hat sich das geäußert?«

»Er hat viel über sich und andere nachgedacht. Und mit sich und seinem Schicksal gehadert.«

»Ging es dabei auch um den frühen Tod seines Vaters?«, hakte Ole Kotten nach.

»Mag sein. Ja, auch das hat ihn selbstverständlich beschäftigt.«

»Sie kennen Jan Thomsen?«, wechselte Lena abrupt das Thema.

Petersen wandte sich langsam Lena zu. »Thomsen? Ist das dieser Typ, mit dem Klaas Stress hatte?«

»Sie waren vor fünf Jahren dabei, als Rieckert auf dem Schleusenfest auf Hooge mit ihm aneinandergeraten ist. Es kam zu einer Rangelei oder vielleicht auch mehr.«

»Ach das meinen Sie. Ja, ich erinnere mich schwach daran.«

»Um was ging es?«

Petersen zuckte mit den Schultern. »Keine Ahnung. Wieso wollen Sie das wissen? Steht der Typ in Verdacht, Klaas …«

Lena beschloss, aufs Ganze zu gehen. So wie sich die Befragung entwickelt hatte, würde Petersen ihnen freiwillig keine substanziellen Informationen geben. Sie fixierte den Mann, wartete eine Weile, bevor sie sich ruhig, aber energisch an ihn wandte.

»Herr Petersen, wir können dieses Spielchen jetzt noch eine ganze Weile so weitertreiben. Ich gehe davon aus, dass Sie genau wissen, auf was wir hinauswollen. Es geht hier nicht um irgendein Kavaliersdelikt, sondern um Mord. Mehrfachen Mord. Auch das wissen Sie oder ahnen es zumindest.«

Lena spürte, dass Petersen nervös wurde, auch wenn er es geschickt verbarg. Er atmete flacher, sein rechtes Auge flackerte hin und wieder kurz und seine Körperhaltung war angespannter als zuvor.

»Es ist Ihre Entscheidung«, fuhr Lena fort. »Bisher sind Sie für uns nur ein Zeuge und dabei kann es auch bleiben, wenn Sie kooperieren.«

»Wollen Sie mir drohen?«

»Nein, wie kommen Sie darauf? Das war lediglich eine Information.«

Sie holte ein kleines Aufnahmegerät aus der Tasche und legte es auf den Tisch.

Petersen schluckte. »Was soll das schon wieder?«

»Das ist ein Aufnahmegerät. Bei Verhören ist es für beide Seiten von Vorteil, wenn wir nicht nur in Stichworten Notizen machen.«

Petersen warf Ole Kotten einen flehenden Blick zu, der schüttelte kaum merklich den Kopf.

Lena beugte sich nach vorne, um nach dem Aufnahmegerät zu greifen, aber Petersen hielt sie mit einer Handbewegung davon ab. »Ich habe nicht das Geringste mit Klaas' Tod zu tun. Absolut nicht! Und wenn ich es hätte verhindern können, hätte ich es getan.«

Petersen sah zwischen den beiden Kommissaren hin und her.

»Wir brauchen Ihre Informationen«, begann Ole Kotten. »Unabhängig davon, was Ihr Freund Ricckert getan hat, er wurde brutal ermordet. Der Täter läuft weiterhin frei herum und die Gefahr ist groß, dass wir ihn nicht finden. Wollen Sie das wirklich?«

Petersen schwieg eine Weile, bevor er sich aufrecht hinsetzte und sagte: »Nein, das will ich nicht. Was wollen Sie wissen?«

# Neunundzwanzig

Christian Petersen hatte Klaas Rieckert auf die Idee gebracht, dass die Krankheit des Vaters und ihr schneller Verlauf auf einen Kontakt mit radioaktivem Material zurückzuführen sein könnten. Gemeinsam hatten sie in der Vergangenheit von Tjark Rieckert recherchiert und als einzig mögliche Quelle seine Arbeit auf den Containerschiffen ausgemacht. Als Tom Thomsen, der mit Rieckert auf den gleichen Schiffen angeheuert hatte, ausgesprochen zurückhaltend mit seinen Informationen war, hatte sich Petersen auf die Suche gemacht. Nach umfangreichen Recherchen war er auf einen Kernkraftunfall gestoßen, der zunächst nicht offiziell angezeigt worden war und von dem die Öffentlichkeit erst viele Jahre später erfuhr. Er nahm an, dass das radioaktive Material von diesem Unfall herrührte und später per Schiff abtransportiert worden sei.

»Es gab zu der Zeit tatsächlich einige Unfälle in Atomkraftwerken«, erklärte Petersen. »Dass dabei radioaktive Abfälle entstanden sind, hatte ich schon einige Jahre vorher vermutet und lange dazu recherchiert. Allerdings war ich trotz weiterer Nachforschungen nicht der Ansicht, dass meine Beweise für einen illegalen Abtransport per Schiff reichen würden, um damit an die Öffentlichkeit zu gehen.«

Petersen führte weiter aus, dass die Reederei zu diesem Zeitpunkt bereits seit fünfzehn Jahren aufgelöst und der Eigentümer inzwischen verstorben war. Trotzdem recherchierte Klaas Rieckert über viele Monate auf eigene Faust weiter, wer für den Tod seines Vaters verantwortlich gewesen sein könnte, und zog die Kreise immer weiter. Petersen warnte ihn davor, sich zu sehr in die ganze Sache hineinzusteigern und sein Leben durch den Hass dominieren zu lassen. Von daher war er froh, als sein Freund nach etwa einem Jahr anscheinend mit den Geschehnissen abgeschlossen hatte. Er wurde erst stutzig, als er von einem Bekannten, der bei der Polizei arbeitete, von dem missglückten Anschlag auf den Ex-Innenminister erfuhr. Petersen stellte Rieckert zur Rede – der aber schwor, dass er mit der Sache nichts zu tun habe. Petersen glaubte ihm, auch weil er den Eindruck hatte, dass sein Freund zu dem Zeitpunkt tatsächlich über den Tod seines Vaters hinweggekommen sei.

»Ja, aber dann kam das Schleusenfest«, sagte Petersen.

Erst der Streit auf diesem Fest, bei dem er einen Teil der Auseinandersetzung mitbekommen hatte, ließ erneut Zweifel in ihm aufkommen. Rieckert hatte Thomsen vorgeworfen, dass er sich die Segeljacht mit dem dreckigen Geld seines Vaters gekauft habe. Zu dem Zeitpunkt kam Petersen zunehmend der Verdacht, dass Klaas Rieckert etwas mit dem Unfalltod von Thomsen senior zu tun haben könnte und mehr von ihm erfahren hatte, als Rieckert ihm gegenüber zugegeben hatte. Einige Wochen später kam es wegen dieser Frage zum Streit zwischen den beiden Freunden. In der Folge sahen sie sich über zwei Jahre nicht mehr, bis Rieckert sich wieder bei Petersen meldete. Bei einem Treffen gab Rieckert schließlich zu, dass Thomsen senior ihm im alkoholisierten Zustand von einer gefährlichen Fracht und einem Unfall berichtet hatte. Aus den wirren Reden des alten Mannes hatte Rieckert geschlussfolgert, dass Thomsen senior vom Reeder eine Art Schweigegeld bekommen hatte.

Die Freunde versöhnten sich wieder. Laut Petersen war die Beziehung der beiden allerdings nicht mehr so intensiv und ihre Treffen wurden seltener. Schließlich zeigte Petersen den Kommissaren eine SMS, die ihm Rieckert nur wenige Tage vor seinem Tod geschickt hatte.

Kann dich nicht erreichen. Ich muss dringend mit dir sprechen. Es hat sich etwas in der alten Geschichte ergeben. Klaas

Petersen erklärte sich bereit, sein Handy der Polizei für weitere Untersuchungen zu überlassen, Lena schrieb noch vor Ort ein Protokoll der Befragung, das sie auf Petersens Drucker ausdruckten und von ihm unterschreiben ließen.

»Eine verrückte Geschichte«, kommentierte Ole Kotten, als sie nach Husum zurückfuhren.

»Petersen scheint glaubwürdig zu sein. Ich habe keine Widersprüche in seiner Aussage entdecken können.«

»Dem kann ich zustimmen«, sagte Ole Kotten. »Rieckert muss sich vollkommen verrannt haben. Nach Petersens Aussage war es doch nicht einmal klar, dass das radioaktive Material aus einem der schleswig-holsteinischen AKWs kam. Lediglich Thomsen senior hat ihm bestätigt, dass sie gefährliche Güter transportiert hätten und es zu einem Unfall gekommen sei.«

»Rieckert wird psychisch krank gewesen sein. Aber das lässt sich heute nicht mehr sicher feststellen. Da soll sich gefälligst die SoKo dran abarbeiten.«

Ole Kotten grinste breit. »Sehe ich auch so. Wenn wir schon die ganze Arbeit für sie gemacht haben.«

Eine Viertelstunde später stellte Kotten den Wagen auf seinem markierten Parkplatz ab. Lena hatte Johann bereits per Handy eine kurze Zusammenfassung gegeben und ihre Rückkehr angekündigt.

»Wer Klaas Rieckert getötet hat, wissen wir leider immer noch nicht«, sagte Johann, nachdem Lena noch einmal ausführlich von der Befragung berichtet hatte.

»Ich frage mich, was Rieckerts SMS zu bedeuten hat«, warf Ole Kotten ein. »Es hatte auf jeden Fall mit ›der alten Geschichte‹ zu tun, wie Rieckert es ausgedrückt hat.«

»Was spricht gegen Jan Thomsen?«, fragte Johann. »Angenommen, er hat herausbekommen, dass Rieckert seinen Vater auf dem Gewissen hatte, und sich dann an ihm gerächt.«

»Das ist neun Jahre her«, warf Lena ein. »Unabhängig davon, dass die Kollegen bei Thomsen senior keine Hinweise für ein Gewaltverbrechen gefunden haben, ist mir nicht klar, wie Thomsen junior das in Erfahrung gebracht haben sollte. Die Frage ist eher: Woher hatte Thomsen das Geld, mit dem er die erste Hälfte des Darlehens an seinen Freund abbezahlt hat, und woher hätte er den angekündigten Rest bekommen?«

»Uns fehlen noch einige Puzzleteile«, fasste Ole Kotten zusammen.

»Dann sollten wir jetzt eine Pause machen und anschließend noch einmal alle bisherigen Fakten durchgehen.«

»Gute Idee!«, sagten Johann und Ole Kotten fast gleichzeitig.

»Je mehr wir darüber diskutieren, desto mehr scheint sich abzuzeichnen, dass Thomsen senior und junior eine wesentliche Rolle in den drei Fällen spielen«, fasste Lena die letzten zwei Stunden zusammen, in denen sie mit ihren beiden Kollegen noch einmal sämtliche Fakten durchgegangen war. »Rieckert senior stirbt an Krebs, nachdem er mutmaßlich mit radioaktivem Material in Berührung gekommen ist. Thomsen senior stirbt bei einem Unfall, von dem wir nicht wissen, ob Rieckert junior seine Finger im Spiel hatte. Der wiederum wird bei auflaufendem

Wasser im Watt ausgesetzt und ertrinkt. Schließlich verschwindet Jan Thomsen spurlos. Er hat vermutlich Geld von seinem Vater unterschlagen, das aus einer Erpressung stammt, die wiederum in Zusammenhang mit dem Tod von Tjark Rieckert steht.«

»Klingt fast nach einer griechischen Tragödie«, kommentierte Johann Lenas Zusammenfassung. »Zwei Familien, die sich gegenseitig die Schuld zuweisen, und am Ende lebt keiner mehr. Fehlen nur noch die Götter und ...« Er zuckte mit den Schultern. »Wo ist dieser verfluchte Jan Thomsen hin?«

»Was haben wir nur übersehen?«, fragte Ole Kotten zum wiederholten Male. »Was?«

»Was ist mit einer Hausdurchsuchung bei Thomsen?«, fragte Johann. »Wenn er mit drinsteckt, werden wir etwas finden.«

»Dafür müssten wir unsere gesamten Ermittlungsergebnisse vorlegen«, sagte Lena. »Im jetzigen Stadium würden wir schneller aus dem Fall gekickt, als wir A sagen könnten. Wollen wir das riskieren?«

»Lange können wir unsere Erkenntnisse sowieso nicht mehr vor der Staatsanwaltschaft zurückhalten«, merkte Ole Kotten an. »Spätestens Montag müssen wir die Akten weiterleiten, sonst kommen wir in Teufels Küche.«

Lena nickte. »Ja, den Termin habe ich mir auch gesetzt. Montagfrüh, würde ich sagen.« Sie sah auf die Uhr. »Schon wieder sechs. Fährst du heute noch nach Kiel, Johann?«

»Ja, das war der Plan. Aber ich kann morgen früh wieder hier sein. Keine Frage.«

»Okay, dann schlag ich vor, dass wir morgen um neun hier weitermachen. Was meinst du, Ole?«

Der Husumer Hauptkommissar stand auf. »Eine Nacht über alles zu schlafen ist eine gute Idee.«

Sie räumten ihre Sachen zusammen und verließen gemeinsam die Polizeidirektion.

Lena saß im Wagen vor ihrem neuen Haus und wartete auf Erck, der, wie er ihr am Telefon gesagt hatte, bereits auf dem Rückweg vom Baumarkt war. Sie hatte sich fest vorgenommen, für ein paar Stunden Pause von dem verzwickten Fall zu machen, musste sich aber zwingen, nicht an die Erkenntnisse des Tages zu denken. Obwohl sie einen großen Schritt weitergekommen waren, schien sich ein riesiges schwarzes Loch vor ihren Füßen aufzutun. Lena hasste diese Phase der Ermittlungsarbeit, dieses Gefühl, hilflos zu sein und auf einen Zufallstreffer warten zu müssen.

Ein Klopfen am Seitenfenster ließ sie aus ihren Gedanken hochschrecken. Erck lächelte sie an und trat zurück, als Lena die Fahrertür öffnete.

Er reichte ihr den Haustürschlüssel. »Hast du lange gewartet?«

»Alles gut. Nur ein paar Minuten. Soll ich schon mal aufschließen?«

Er nickte und ging zurück zu seinem Wagen, um die erste Ladung Farben und Abdeckfolien zu holen. Wenig später hatten sie Ercks Kombi entladen. Lena schlug vor, die ersten Zimmer für den Anstrich vorzubereiten, und war froh, als Erck zustimmte. Sie brauchte Zeit zum Abschalten und da kam ihr die monotone Arbeit entgegen.

»Hast du heute eigentlich schon was gegessen?«, fragte Erck, nachdem sie in Flur und Wohnzimmer die Böden und Fenster abgeklebt hatten.

»Eine Kleinigkeit. Und du?«

»Ich habe Hunger! Wie wäre es mit Pizza? Wer holt?«

Lena zog schmunzelnd eine Münze aus der Tasche und warf sie in die Luft. Verdeckt hielt sie sie in den Händen. »Kopf oder Zahl?«

»Zahl.«

Sie hob eine Hand hoch. »Du hast gewonnen. Deine Pizza wie üblich?«

»Schmeckt gut«, sagte Erck kauend. »Die Pizzeria kommt schon mal auf unsere Liste.«

»Der Tipp kommt von Ole.«

»Dein Kollege hier in Husum?«

»Genau! Ich habe ihn und seinen Mann übrigens zu unserer Einweihung eingeladen. Hatte ich dir das schon erzählt?«

»Nein, ich glaube nicht.«

Sie saßen auf der Luftmatratze, die Erck während ihrer Abwesenheit aufgepumpt hatte. Erck reichte Lena ein Glas Wein und schenkte sich selbst ein.

»Du hast gar nichts von der Arbeit erzählt. Seid ihr weitergekommen?«

Lena stöhnte leise. »Im Prinzip, ja. Wir haben jetzt wohl das Motiv für die drei ersten Morde gefunden.«

»Okay!«

»Väter und Söhne, wohin man auch schaut.«

Erck sah sie fragend an.

»Kannst du dir vorstellen, dass jemand den Tod seines Vaters rächt und dabei, weil die vermeintlichen Schuldigen nicht mehr leben, die Söhne brutal ermordet?«

»Wie alt war der Sohn, als der Vater starb?«

»Fünfzehn.«

»Und wann hat er …«

»Mit vierzig. Also fünfundzwanzig Jahre später.«

»Ich bin kein Psychologe«, sagte Erck. »Aber da muss ja reichlich etwas in seinem Kopf durcheinandergekommen sein.«

»Das absolut Verrückte ist, dass die beiden Söhne nichts mit den Geschäften ihrer Väter zu tun haben wollten. Das heißt, er hat doppelt die Falschen getroffen. Hinzu kommt, dass nicht mal klar ist, ob er mit seinen Annahmen richtiglag und das radioaktive Material wirklich aus einem AKW in Schleswig-Holstein stammte und nach einem Störfall illegal entsorgt wurde.«

»Und dieser Mann wurde jetzt selbst ermordet?«

»Ja, und zwar mindestens so grausam, wie er seine Opfer getötet hat.«

Erck schwieg eine Weile. »Was für eine Wut, überall Wut.«

Lena schloss die Augen und sah ihren eigenen Vater vor sich. Klaas Rieckert hatte es in den vielen Jahren nicht geschafft, sein Trauma zu überwinden. Letztlich hatte es ihn in den Abgrund gezogen und sein Leben beendet.

*Und ich?*, fragte sich Lena. *Wie sehr hat mich meine Wut gegen Vater geprägt? Wie wäre mein Leben verlaufen, wenn ich früher meinen Frieden mit ihm gemacht hätte? Selbst nach den vielen Jahren kann ich keine zwei Sätze mit ihm sprechen, ohne ausfallend zu werden. Ist es an der Zeit, auf ihn zuzugehen?*

»Stehe ich mir bei Werner selbst im Weg?«, fragte sie leise.

»Wie wir alle immer mal wieder«, antwortete Erck.

»Kommst du mit, wenn ich mich mit ihm treffe?«

»Ja, natürlich.«

»Aber nicht hier, nicht in unserem Haus«, flüsterte Lena. »Zumindest noch nicht.«

»Wir könnten deinen Vater nach Husum in ein Restaurant oder Café einladen. Er wird auf jeden Fall kommen.«

»Allein?«

»Wenn du es so möchtest. Sicher.«

»Vielleicht ist es besser, wenn sie gleich mitkommt.« Lena verschlug es den Atem. Hatte sie das gerade gesagt?

»Soll ich Werner anrufen?«

»Nein, das muss ich schon selbst schaffen.« Sie legte den fast leeren Pizzakarton zur Seite. »Lass uns erst einziehen. Danach … ja, dann lade ich … sie ein.«

# Dreissig

Lena schreckte aus dem Schlaf hoch. Ihr Smartphone leuchtete. Sie griff danach und sah, dass Leon ihr gerade eine Nachricht geschickt hatte. Sie öffnete die Mail und las den kurzen Text.

> War schwierig. Konnte nur wenig wiederherstellen. An der Malta-Firma ist ein Freund dran. Melde mich.

Kurz nach vier Uhr. Lena kuschelte sich an Erck an und versuchte weiterzuschlafen. Nach einer halben Stunde stand sie auf, griff nach ihrem Laptop und schlich in die Küche.

Leon hatte ihr einen Ordner mit diversen Dateien geschickt. Lena öffnete eine nach der anderen und stieß nach einer Weile auf ein Word-Dokument, dessen Inhalt vermutlich ein Brief- oder Mailentwurf war.

> Das, was ich getan habe, ist nicht und niemals zu entschuldigen. Ich war überzeugt, das Richtige zu tun, aber inzwischen weiß ich, dass meine unendliche Wut den Falschen getroffen hat. Ich habe mir angemaßt, das Recht in die eigene

Hand zu nehmen. Ich würde alles dafür geben, noch einmal von vorne beginnen zu dürfen und

Hier brach der erste Teil ab. Offensichtlich hatte Klaas Rieckert nicht die richtigen Worte gefunden und noch einmal von vorne angefangen.

Es fällt mir sehr schwer, Worte für das zu finden, was ich angerichtet habe. Ich will und kann meine Tat nicht entschuldigen, weil das alles nur noch schlimmer machen würde. Seit zehn Jahren liegt diese Last auf mir und ich weiß, dass sich das bis zum Ende meines Lebens nicht ändern wird. Ich habe mich zum Herrn über Leben und Tod aufgespielt, habe jemanden bestraft, der nicht die geringste Schuld auf sich geladen hatte.

Auch der zweite Abschnitt schien nur ein Fragment zu sein. Lena las weiter.

Wie sehr habe ich mich in den letzten Jahren nach Vergebung gesehnt, obwohl ich wusste, dass der Wunsch nie in Erfüllung gehen kann. Ich war zu feige, zu dem zu stehen, was ich gemacht habe. Vielleicht ist es wirklich an der Zeit.

Der dritte und letzte Abschnitt endete genauso abrupt wie die zwei zuvor. Lena las sie ein weiteres Mal durch und konnte sich nicht erklären, an wen Rieckert die Worte hatte schicken wollen. Hatte er Kontakt zu einem der Angehörigen aufgenommen oder hatte er vor, dies zu tun? Lena durchsuchte ein weiteres Mal den gesamten Ordner und fand kein weiteres Dokument mit dem endgültigen Schreiben. Wer war der Adressat gewesen? Und hatte dieser den Brief auch erhalten?

Die Dämmerung hatte eingesetzt, in spätestens einer halben Stunde würde es hell werden. Lena stand auf und reckte sich, als sie hinter sich ein Geräusch hörte.

»Guten Morgen«, sagte Erck und umarmte sie. Sein Blick fiel auf den geöffneten Laptop. »Konntest du nicht schlafen?«

»Leon! Er hat die Festplatte des Toten untersucht.«

Erck küsste sie zärtlich und flüsterte ihr ins Ohr: »Haben wir noch ein bisschen Zeit, Frau Hauptkommissarin?«

Lena hatte zu Beginn die ausgedruckten Textfragmente an ihre Kollegen weitergegeben und diese gefragt, was sie daraus schlossen.

»Er spricht nur von einer Tat«, sagte Ole Kotten. »Offensichtlich wollte er eine bestimmte Person damit ansprechen. Die Angehörigen des Bauunternehmers können wir wohl ausschließen. Hier hat es ja nach seiner Logik die richtige Person getroffen.«

»Also geht es um den Professor in Berlin oder Maximilian von Brockdorf«, fuhr Johann fort. »Hatte er vor, sich einem der Angehörigen zu offenbaren und ihn um Verzeihung zu bitten? Oder beide? Dann hätte er sich ja gleich selbst bei der Polizei anzeigen können. Oder bin ich da auf dem Holzweg?«

»Nein«, bestätigte Lena. »Das Gleiche habe ich auch gedacht. Es sei denn …« Sie legte den Kopf in den Nacken. »Und wenn es umgekehrt war? Einer der Angehörigen hat ihn angesprochen?«

»Ohne vorher die Kollegen zu …«, begann Ole Kotten und brach ab. »Du denkst an seinen Mörder?«

In diesem Augenblick machte sich Lenas Handy bemerkbar. Leon hatte ihr eine Nachricht geschickt. Sie öffnete den Laptop und rief die Mail auf.

»Und?«, fragte Johann, der offensichtlich ahnte, wer Lena angeschrieben hatte.

»Die Firma, die auf Malta ihren Sitz hat …«, begann sie. »Geschäftsführer ist eine Frau, deren Namen ich noch nie gehört habe. Aber die Firma gehört zur Firmengruppe der Familie von Brockdorf.«

Johann sprang auf. »Die Segeljacht gehört den Brockdorfs?«

»Zumindest werden sie Zugriff darauf haben«, antwortete Lena. »Auf der Liste, die ich auf Hooge von Thomsen bekommen habe, stand sie allerdings nicht drauf.«

»Warum wohl?«, sagte Johann, der unruhig im Raum auf und ab ging. »Das ist die Verbindung! Thomsen war mit seiner Jacht am gleichen Wochenende auf Amrum. Das kann kein Zufall sein.«

Lena griff nach ihrem Handy, wählte die Nummer von Helene von Brockdorf und stellte auf Lautsprecher.

»Guten Morgen, Frau von Brockdorf. Entschuldigen Sie die frühe Störung.«

»Was kann ich für Sie tun?«

»Ist Ihr Schwager häufiger mit der Segeljacht unterwegs auf der Nord- oder Ostsee?«

»Ja, wieso fragen Sie das? Alexander ist ein begeisterter Segler.«

»Wissen Sie, wo ich Ihren Schwager erreichen kann?«

»Das kann ich Ihnen leider nicht sagen. Ich weiß nur von meiner Schwiegermutter, dass er sich ein paar Tage freigenommen hat. Ich vermute, dass er am Montag wieder in der Firma sein wird.«

»Danke, Frau von Brockdorf. Dann werde ich es am Montag dort versuchen.« Sie verabschiedete sich.

Johann, der jetzt an der Flipchart stand, schrieb mit einem Filzstift auf ein neues Blatt die Namen Klaas Rieckert, Jan Thomsen sowie Maximilian und Alexander von Brockdorf.

Rieckert und Maximilian von Brockdorf verband er mit einem Strich und tippte danach auf Jan Thomsen. »Der muss irgendwie erfahren haben, dass Rieckert hinter dem Brockdorf-Mord steckt, und hat daraufhin mit dem Bruder Kontakt aufgenommen. Der zahlt ihm Geld für die Auskunft und nimmt Kontakt zu Rieckert auf, um sich zu vergewissern, dass Thomsen die Wahrheit gesagt hat. Rieckert fällt zwar aus allen Wolken, bestätigt dann aber, dass er der Täter ist. Vielleicht ist er sogar erleichtert, dass es endlich vorbei ist, hofft eventuell, er kann sich mit den Angehörigen versöhnen, sie um Verzeihung bitten. Aber Alexander hat einen anderen Plan. Er kidnappt Rieckert und setzt ihn im Watt aus. Hatten wir nicht sogar vermutet, dass der Täter aus der Ferne zusieht, wie Rieckert verzweifelt um sein Leben kämpft und schließlich ertrinkt? Das würde passen!«

»Jan Thomsen ist natürlich sofort klar, wer hinter dem Mord steckt«, nahm Lena den Faden auf, »und er sieht die Chance, weiteres Geld zu bekommen. Von Brockdorf hat Angst, dass ihn Thomsen auf Dauer in der Hand hat, und …«

»Warum sollte er ihn töten?«, fragte Ole Kotten. »Rieckert, ja, aber Thomsen? Er hat doch Geld genug. Und ich kann nicht glauben, dass er so eiskalt ist und mit Thomsen weitermacht.«

»Vielleicht hat es sich so ergeben«, warf Johann ein. »Thomsen geht am Montagnachmittag oder -abend auf Hooge auf die Jacht, um mit von Brockdorf zu reden, aber die Sache eskaliert und von Brockdorf setzt ihn fest.«

»Lebt er noch?«, fragte Lena. »Haben wir noch eine Chance, ihn lebend zu finden?«

# Einunddreissig

Ein weiterer Anruf bei Helene von Brockdorf ergab, dass die Segeljacht abwechselnd in Flensburg und in Hörnum auf Sylt lag. In der Firma hatte sich Alexander von Brockdorf bereits am Montag für die ganze Woche abgemeldet, seine Mutter konnte Lena nicht sagen, wo er sich im Moment aufhielt.

Ole Kotten und Johann setzten sich ans Telefon und riefen in den Häfen von Flensburg und Sylt an, um nach der Jacht zu fragen, während Lena Kriminaldirektor Warnke Bericht erstattete.

»Da stecken Sie ja in einer sehr komplizierten Lage«, kommentierte Warnke.

»Mit Verlaub, *wir* stecken in einer komplizierten Situation!«

Eisiges Schweigen in der Leitung. »Wie wollen Sie weiter vorgehen?«

»Die Aufgabe unseres Teams ist, Jan Thomsen zu finden, und das möglichst lebend. Nichts anderes haben wir die ganze Zeit gemacht. Unser Ermittlungsansatz war und ist, dass die drei Fälle zusammenhängen und wir hier nicht isoliert vorgehen können. Und genau das hat sich ja bis jetzt auch im Detail bewahrheitet. Natürlich kann ich nicht mit Sicherheit sagen, dass sich Jan Thomsen auf der Jacht aufhält, aber bisher spricht einiges dafür.«

»Die Familie von Brockdorf ist nicht irgendwer. Ich hoffe, dass ...«

»Selbstverständlich ist mir das klar, Herr Kriminaldirektor. Und natürlich gehen wir wie üblich vorsichtig und diskret vor. Allerdings sehe ich keinen anderen Weg, als die Segeljacht ausfindig zu machen und unseren Verdacht zu verifizieren.«

»Was bedeutet das konkret?«

»Ich benötige einen Durchsuchungsbeschluss für die Segeljacht.«

»Wie soll ich das dem Richter erklären? Ihre Intention in allen Ehren, aber es spricht mehr dagegen als dafür, dass dieser Thomsen dort auf dem Schiff ist. Der Oberstaatsanwalt wird ...«

»Ich bin bisher davon ausgegangen, dass Oberstaatsanwalt Kern sozusagen auf unserer Seite steht. Er wird schon einen Richter finden, der sich nicht von dem Namen von Brockdorf blenden lässt.«

»Lorenzen, Sie haben doch immer ein gutes Gespür für das Machbare gehabt. Sie müssen doch sehen, dass wir hier keine Chance haben, einen Beschluss zu bekommen.«

Lena zögerte kurz, setzte dann aber alles auf eine Karte. »Okay, ordnen Sie hier und jetzt an, dass wir die Ermittlungen nicht auf die Jacht ausweiten. Ich würde nur darum bitten, es schriftlich zu bekommen. Sie verstehen sicher, dass ich, falls sich unsere Vermutungen später als richtig herausstellen, nicht die Verantwortung dafür übernehmen möchte, wenn Jan Thomsen das gleiche Schicksal widerfährt wie Klaas Rieckert.«

Es dauerte nicht lange, bis Lena die zerknirschte Stimme von Warnke hörte. »Ich spreche mit dem Oberstaatsanwalt. Aber ...«

»Wann?«

»Ich melde mich.«

Er beendete grußlos das Gespräch.

Lena, die auf dem am Samstagvormittag verwaisten Flur telefoniert hatte, kehrte in Ole Kottens Büro zurück.

»Und?«, fragte Johann, noch bevor sie die Tür wieder geschlossen hatte.

»Sieht schlecht aus, aber zumindest versucht er es. Und bei euch?«

»Die Jacht lag in Hörnum und ist am Montag ausgelaufen«, antwortete Ole Kotten. »Über Nacht lag sie im Amrumer Seglerhafen, wohin sie am Dienstagabend wieder zurückgekehrt ist. Danach verliert sich die Spur.«

»In welchem Umkreis habt ihr gesucht?«

»Wir haben fast die ganze nordfriesische Küste durch. Hooge einmal ausgenommen, aber ich habe das Gemeindebüro erreicht und darum gebeten, dass jemand dort hingeschickt wird. Ich erwarte jeden Moment eine Antwort.«

»Eher unwahrscheinlich, dass die Jacht dort liegt. Wir müssen den Radius auf alle Häfen an der deutschen Nordseeküste ausweiten.«

Zu dritt machten sie sich daran, die Telefonnummern zu recherchieren und anschließend die Häfen anzurufen. Ole Kotten hatte eine Karte von Norddeutschland besorgt, auf der sie nach und nach die Häfen markierten, die die *Sunshine-Boy* in den letzten Tagen nicht angelaufen hatte. Nach fast zwei Stunden hatten sie bis auf vier Häfen überall jemanden erreicht und keinen weiteren Treffer gelandet.

Johann trat an die Karte und markierte den Hafen von Norddeich. »Nichts. Das Boot ist da nicht einmal bekannt.« Er wollte sich gerade von der Karte abwenden, als sein Blick auf Helgoland fiel. »Haben die da nicht auch einen Hafen?«

Ole Kotten tippte etwas in seinen Laptop. »Hafen auf jeden Fall. Die Telefonnummer suche ich noch.«

Kurz darauf griff er zum Handy, wartete die Ansage ab und sprach aufs Band.

»Was bleibt noch?«, fragte Lena, die gerade ihr letztes Telefongespräch mit dem Hafenmeister auf Juist beendet hatte.

»Jetzt stehen noch zwei aus«, antwortete Johann.

»Drei mit Helgoland«, korrigierte ihn Ole Kotten.

»Pause!«, schlug Johann vor. »Ich besorg uns mal Kaffee.«

Als er das Büro verlassen hatte, rollte Ole Kotten mit seinem Bürostuhl zu Lena an den Tisch. »Hast du eine Idee, was wir machen, wenn unsere Anfragen alle ins Leere laufen?«

»Küstenwache. Kannst du nachfragen, ob ein Schiff in Husum liegt?«

Ole Kotten telefonierte ein paar Minuten und legte schließlich den Hörer wieder auf. »Wir haben Glück. Ein Patrouillenboot der Bad-Bramstedt-Klasse, das eigentlich in Cuxhaven stationiert ist, liegt hier in Husum. Ich habe mit dem Kapitän gesprochen. Wenn wir die Freigabe von oben bekommen, wären sie in etwa zwei Stunden einsatzbereit.«

Kottens Telefon klingelte, er nahm das Gespräch an. An Lena gewandt formte er mit den Lippen das Wort »Helgoland«. Sie nickte und verließ das Büro, um sich auf die Suche nach einer Toilette zu machen.

Als sie zurück ins Büro kam, spürte sie sofort die Spannung im Raum. Ole Kotten und Johann standen an der Karte und unterhielten sich aufgeregt.

»Das Boot lag im Hafen auf Helgoland«, sagte Ole Kotten. »Von Donnerstag auf Freitag. Gestern am späten Vormittag ist es wieder ausgelaufen.«

»Hat der Hafenmeister mit jemandem von der Jacht gesprochen?«, fragte Lena.

»Nur kurz bei der Anmeldung. Er kennt Alexander von Brockdorf und meinte, dass er allein an Bord war. Zumindest hat er keine weitere Person angegeben. Auf seine Frage, wo es dieses Mal hingehen würde, hat er geantwortet, dass er bis Esbjerg hochwolle und dann zurück nach Sylt.«

»Esbjerg?«, fragte Johann.

Ole Kotten trat an die Karte und zeigte oberhalb von Sylt auf die Tafel, an der die Karte befestigt war. »Das ist in Dänemark. Siebzig Kilometer Luftlinie von List auf Sylt, würde ich sagen. Ich ruf da gleich mal an, ein klein wenig Dänisch spreche ich ja.«

Er ging zu seinem Platz zurück und suchte im Internet nach einer Nummer, die er gleich darauf anrief. Nach einem kurzen Gespräch legte er wieder auf.

»Das war ein Kollege von der örtlichen Polizei. Er hat mir zugesagt, jemanden zum Seglerhafen zu schicken und mich wieder anzurufen. Eine halbe Stunde wird es wohl dauern, meinte er.«

Lena rief eine Karte auf ihrem Laptop auf. »Das sind mehr als hundertsechzig Kilometer bis nach Esbjerg. Was geht schneller? Segeln oder mit dem Motor?«

»Motor, denke ich. Und es ist besser zu berechnen. Wenn er einen vernünftigen Motor hat, sollte er bis zu zehn Kilometer pro Stunde schaffen. Wahrscheinlich hängt es dann auch noch vom Wind ab. Ich vermute mal, wenn der von hinten kommt, wird es schneller gehen.«

»Das wären ungefähr sechzehn Stunden. Er könnte also schon da sein.«

»In Dänemark haben wir keine Zugriffsberechtigung. Bevor das geregelt ist, vergehen Tage«, sagte Johann. »Ich kenne das noch aus Flensburg. Wir hatten das häufiger, dass die Leute über die offene Grenze verschwunden sind.«

»Also müssen wir warten«, meinte Ole Kotten.

Lenas Handy machte sich bemerkbar. Kriminaldirektor Warnke.

»Herr Warnke!«

»Ich habe jetzt mit Oberstaatsanwalt Kern gesprochen. Er sieht bei der Beweislage keine Chance, einen Beschluss für die Segeljacht zu bekommen. Wir brauchen mehr, Frau Lorenzen.«

»Schwierig bis unmöglich. Und es muss schnell gehen.«

»Versuchen Sie es. Der Oberstaatsanwalt hat bestimmt, dass Sie die Ermittlungsergebnisse Montagfrüh hier in Kiel der SoKo übergeben. Tut mir leid, mehr war nicht drin.«

»Ich melde mich«, sagte Lena und beendete das Gespräch.

Johann und Ole Kotten sahen sie fragend an. Lena schüttelte den Kopf. »Wir brauchen mehr! Verflucht!« Sie lief zur Tür, wandte sich dann aber wieder zu den Kollegen um. »Ich gehe kurz an die frische Luft. Bin gleich wieder da.«

Sie lief ohne Ziel die Straße entlang. Fieberhaft dachte sie darüber nach, welche Möglichkeiten sie noch hatten. Mechanisch griff sie nach ihrem Handy und wählte die Nummer von Enno Brunken, die sie vorsorglich abgespeichert hatte.

»Ich brauche Ihre Hilfe«, begann sie nach einer kurzen Begrüßung. »Ich gehe davon aus, dass Ihr Freund Thomsen entführt wurde, habe aber nicht ausreichend Beweise für meine These.«

»Entführt? Sind Sie sicher? Das ist doch …« Er brach ab. »Er ist immer noch wie vom Erdboden verschluckt. Ich verstehe das nicht.«

»Die Zeit drängt, Herr Brunken. Die einzige Möglichkeit, Hooge zu verlassen, ist mit einem Boot. Die Fähren haben wir alle durch, also bleibt die Frage: War ein Motor- oder Segelboot im Hafen, das ihn vielleicht mitgenommen hat?« Lena sprach so vage wie möglich über den Sachverhalt, um Brunken nicht zu manipulieren.

»Was soll ich machen?«

»Ich kann mir nicht vorstellen, dass es niemand bemerkt haben soll, wenn am Montagnachmittag oder -abend ein Boot dort angelegt hat. Versuchen Sie, jemanden zu finden. Wie gesagt, es eilt. Ich kann von hier aus nichts machen, und bevor ich einen Kollegen nach Hooge bekomme, ist der Tag schon vorbei.«

»Das ist doch sinnlos! Ich habe auch schon auf der ganzen Hallig herumgefragt, glauben Sie mir. Hier weiß inzwischen jedes Kind, dass Jan verschwunden ist. Ich hätte das sofort erfahren. Sofort.«

»Ich weiß, Herr Brunken, aber das ist wirklich die einzige Chance, die ich noch sehe. Wir brauchen konkrete Anhaltspunkte.«

»Sie wissen doch selbst, dass der Hafen weit entfernt ist von den Warften. Wer soll da …« Er brach ab. »Okay, ich mach's. Vielleicht habe ich ja doch noch eine Idee.«

Lena blieb stehen. Brunken mit in die Ermittlungen einzubeziehen war nicht ohne Risiko, aber letztlich war das ihre einzige Chance. Außerdem würden die Halligleute Enno Brunken vertrauen. Sie verabschiedete sich von Brunken, der versprach, sich sofort zu melden, falls er einen Augenzeugen finden würde.

Lena kehrte um und kam gerade rechtzeitig, um die letzten Worte von Ole Kottens Gespräch mitzubekommen. Da er dänisch gesprochen hatte, vermutete sie, dass die Kollegen aus Esbjerg sich gemeldet hatten.

»Die Jacht ist tatsächlich vor drei Stunden dort eingelaufen, aber inzwischen schon wieder weg. Der dänische Kollege hat erfahren, dass der Eigner, also vermutlich Alexander von Brockdorf, aufgetankt und unter Umständen auch Proviant an Bord genommen hat.«

Lena stöhnte. »Ist er weiter die dänische Küste hoch oder zurück nach Sylt? Was ist das für eine komische Tour? Der ist doch niemals gesegelt, sondern tuckert einmal so über die Nordsee.«

»Was nicht gegen das Gesetz verstößt«, fügte Johann trocken hinzu.

»Verdammt!« Lena stieß mit dem Fuß gegen die Tür. »Sind wir komplett auf der falschen Fährte?« Sie warf einen Blick auf die Uhr. Kurz vor eins. Wenn sich nicht bald etwas ergeben würde, würden sie nichts mehr ausrichten können.

»Pizza?«, schlug Johann vor. Als Lena und Ole Kotten nickten, nahm er ihre Wünsche auf und verließ das Büro.

»Sollte nicht jemand von uns nach Hooge fahren und dort noch einmal nach Zeugen suchen?«, fragte Ole Kotten.

»Ich habe vorhin mit Enno Brunken gesprochen und ihn gebeten, sich noch mal umzuhören. Ich weiß, du hast schon am Dienstag nach Zeugen gesucht, aber ich dachte …« Sie brach ab.

Ole Kotten zog die Augenbrauen hoch. »Brunken? Du weißt schon …«

»Ja!«, fiel Lena ihm ins Wort. »Mir ist klar, dass das nicht gerade der sauberste Weg ist. Ich nehme das auf meine Kappe.«

»Darum geht es doch nicht, Lena. Wir sind hier ein Team und sollten so etwas zusammen besprechen.«

»Die Zeit …«, begann Lena, brach aber gleich wieder ab. Ole Kotten hatte natürlich recht. »Tut mir leid. Ich spreche mit Johann.«

»Okay, Schwamm drüber. Ich versuche jetzt, die beiden letzten Häfen zu erreichen. Der Vollständigkeit halber.«

# Zweiunddreissig

Lena schob den Pizzakarton zur Seite. Während sie gegessen hatten, war ihr Blick immer wieder zur Uhr gegangen. Vor fast zwei Stunden hatte sie mit Enno Brunken gesprochen. Vermutlich hatte er niemanden gefunden, der etwas beobachtet hatte. Als jetzt ihr Handy klingelte, griff sie nervös danach und nahm das Gespräch an, ohne aufs Display zu schauen.

»Lena Lorenzen!«

»Moin!«, hörte sie Brunkens Stimme. »Der Pastor hat was gesehen. Er ist heute erst vom Festland zurück und Dienstagvormittag, als Ihr Kollege hier war, war er schon auf der Fähre. Er ist doch nur zwei Tage in der Woche auf Hooge.«

»Was hat er gesehen?« Lena musste sich zwingen, ruhig zu bleiben.

»Eine Jacht. Er ist sich nicht sicher mit dem Namen, aber er meint, dass es was mit *Sunshine* gewesen wäre.«

»Hat er Jan Thomsen gesehen?«

»Der Pastor war mit dem Fahrrad unterwegs. Sie wissen ja sicher, dass das Pfarrhaus ganz in der Nähe des Seglerhafens ist.«

»Ja, natürlich.«

»Er ist also mit dem Fahrrad am Hafen vorbeigefahren und er ist sich ziemlich sicher, Jan auf der Jacht mit einem anderen Mann gesehen zu haben.«

Lena atmete tief durch. Wenn der Pastor das bestätigen würde, wäre der Durchsuchungsbeschluss kein Problem mehr. »Wissen Sie, ob der Pastor heute auf Hooge zu erreichen ist?«

»Ja, er bleibt bis Montag, hat er gesagt.«

»Ich schicke Ihnen jemand, der seine Aussage aufnimmt.«

»Finden Sie Jan jetzt?«, wollte Enno Brunken wissen.

»Wir sind auf jeden Fall einen Riesenschritt weitergekommen – dank Ihrer schnellen Hilfe. Ich melde mich bei Ihnen, sobald wir etwas Neues haben.«

Hastig legte sie auf und erklärte Johann und Ole Kotten, was Brunken in Erfahrung gebracht hatte.

»Wer fährt?«, fragte Ole Kotten sofort.

»Das mache ich«, bot Johann sich an. »Auf einen Einsatz auf hoher See habe ich nämlich nicht die geringste Lust.«

Johann machte sich sofort auf den Weg nach Schlüttsiel, Lena rief ihre Freundin Rika an und bat sie darum, eine Übernachtungsmöglichkeit für Johann zu suchen. Schließlich telefonierte sie mit Warnke, der versprach, erreichbar zu sein, um sich direkt nach der Aussage des Pastors um einen Beschluss zu kümmern.

Zurück am Besprechungstisch, schlug Ole Kotten vor, sich mit dem Kapitän des Patrouillenboots zu treffen, um mit ihm über einen möglichen Einsatz zu sprechen.

»Okay! Das ist sicher eine gute Idee.«

Kurz nach vier Uhr am Nachmittag begrüßte Lothar Büschen, der Kapitän, sie an Bord seines Schiffes. Sie zogen sich mit ihm zurück und schilderten im Detail, was sie vom Kurs der Segeljacht in Erfahrung gebracht hatten.

»Es gibt noch keine konkrete Anweisung von oben?«, vergewisserte sich Büschen noch einmal bei Lena.

»So wie es im Moment aussieht, ist das nur noch eine Frage der Zeit.«

Lothar Büschen nickte und gab über Telefon Anweisungen. Zwanzig Minuten später brachte ein Beamter ihm einige Ausdrucke und erklärte kurz etwas dazu. Büschen nickte ihm zu, der Beamte verließ die Kapitänskajüte.

Büschen wandte sich an die beiden Kommissare. »Sie kennen sich etwas auf See aus?«

Als beide verneinten, erklärte er ihnen, dass es in der kommerziellen Schifffahrt ein Überwachungssystem gebe, das AIS, übersetzt: Automatisches Identifikationssystem.

»Immer mehr private Boote haben zumindest einen Empfänger an Bord, manche auch einen Sender. Ihr Schiff verfügt über diese Technik.« Er legte die Ausdrucke auf den Tisch. »Letztlich können wir so den Weg der Jacht nachvollziehen, vorausgesetzt, das Gerät war angeschaltet.«

Lena und Ole Kotten hörten interessiert zu, als Kapitän Büschen ihnen zeigte, dass die *Sunshine-Boy* am Montag von Sylt Richtung Süden aufgebrochen war, allerdings auf Höhe von Amrum das Bordsystem keine Daten mehr geliefert hatte, bis die Jacht am Mittwoch gegen Mittag wieder auftauchte.

»Wie Sie schon vermutet haben, ist sie auf dem Weg nach Helgoland.«

»Und wo war sie zwischendurch?«, fragte Lena mit Blick auf die ausgedruckte Seekarte.

»Das kann ich Ihnen nicht sagen. Sportboote sind nicht verpflichtet, ein solches System an Bord zu haben, und schon gar nicht, ihre Daten zu senden. Es kann ausgestellt gewesen sein oder es ist aus technischen Gründen ausgefallen.«

Ole Kotten zeigte auf die Karte. »Kurz nachdem die Jacht von Helgoland weg ist, hat das System wieder nicht gesendet?«

»Richtig. Erst hier, wieder auf Höhe von Amrum, gibt es neue Signale, die aufgezeichnet wurden. Bis hoch nach Esbjerg. Dort hat die Jacht den Hafen nach zwei Stunden wieder verlassen und nach etwas mehr als dreißig Minuten auf See ist das System wieder runtergefahren.«

»Wie lange brauchen wir von hier bis Sylt?«, fragte Lena.

»Mit voller Kraft … sind wir in zweieinhalb Stunden dort. Vorausgesetzt, die See bleibt so ruhig.«

Lena sah auf die Uhr. »Es wird gegen halb zehn dunkel sein. Jetzt haben wir kurz vor fünf. Der Durchsuchungsbeschluss kommt frühestens in zwei Stunden. Sagen wir, um acht geht's los, dann wären wir in absoluter Dunkelheit vor Ort. Finden wir die Jacht dann überhaupt?«

»Wenn das AIS angeschaltet ist, kein Problem. Ansonsten müssen wir mit Radar arbeiten. Damit sehen wir natürlich nicht, um welches Schiff es sich handelt. Am Tag wäre das einfacher, da wir dort zumindest ab einer bestimmten Entfernung feststellen können, mit wem wir es zu tun haben.«

»Also können wir heute vergessen?«, fragte Ole Kotten.

»Es sei denn, wir legen jetzt schon ab«, sagte Lothar Büschen. »Morgen war ohnehin eine Übung vor Sylt angesetzt …«

Lena und Ole Kotten saßen inzwischen beide auf ihrem Stuhl nach vorne gebeugt und warteten gespannt auf Lothar Büschens Entscheidung.

»Okay. Ich rufe die Mannschaft zusammen. In einer halben Stunde können wir in See stechen.« Er warf den beiden Kommissaren einen ernsten Blick zu. »Aber damit das klar ist, ohne richterlichen Beschluss werden wir uns der Jacht nicht nähern.«

Lena und Ole Kotten nickten gleichzeitig, während Büschen bereits das Telefon in der Hand hatte und Befehle erteilte.

Um sechs meldete sich Johann. Er hatte mit dem Pastor gesprochen, der Brunkens Aussage bestätigte. Das Protokoll hatte er per Mail an Lena geschickt, die es sofort an Warnke weiterleitete und mit ihm sprach.

Als ihr der Beschluss gegen halb acht zugemailt wurde, waren sie bereits auf der Höhe von Amrum mit Kurs auf Sylt. Lena ließ das Dokument ausdrucken und übergab es Kapitän Büschen. Ole Kotten war während der ganzen Zeit mit dem Hörnumer Hafen in Verbindung gewesen. Die *Sunshine-Boy* war dort bisher nicht gesehen worden.

»Ich bekomme sofort Bescheid, wenn sie dort einläuft«, erklärte Ole Kotten, als Lena auf die Brücke zurückkehrte.

Obwohl das Patrouillenboot viel stärker schwankte als die Fähre, schien Ole Kotten keine Probleme damit zu haben. Das Einzige, was Lena bedauerte, war, dass sie nicht oben an der Reling stehen konnte, um sich den Wind um die Nase wehen zu lassen.

Sie trat neben den Kapitän, der auf den Monitor zeigte. »Das AIS der Jacht ist immer noch inaktiv. Jetzt haben wir die Auswahl: Vier Schiffe, die wir nicht identifizieren können, sind in dem von uns vermuteten Gebiet unterwegs.« Er griff nach dem Fernglas, schaute eine Weile aufs Wasser, bevor er Lena das Glas gab und ihr die Richtung wies. »Nummer eins ist es schon mal nicht.«

Lena sah durch das starke Fernglas und sah eine Segeljacht, die vorher mit bloßem Auge kaum zu erkennen gewesen war. Der Name des Schiffes war gut zu lesen.

Büschen zeigte erneut auf den Monitor. »Wir werden uns entscheiden müssen. Sehen Sie dieses Objekt? Es fährt als einziges nicht in Küstennähe, sondern Richtung Westen auf die offene Nordsee. Wenn wir das Objekt kontrollieren, verlieren wir eventuell die beiden anderen.«

Lena warf einen fragenden Blick zu Ole Kotten. »Was meinst du? Wenn wir mit unserer Annahme recht haben, dass er Thomsen loswerden will, und wenn wir weiter davon ausgehen, dass dies noch nicht passiert ist, wäre die offene See der richtige Ort.«

»Irgendwann wird von Brockdorf auf Sylt anlegen. Wir können nur raten. Wenn er Thomsen an Bord hat und ihn auf See aussetzen will, ist die offene See sicher die bessere Richtung.«

Lena nickte und bat Büschen, das Objekt anzusteuern, das sich Richtung Westen bewegte. »Wie lange werden wir brauchen?«

Kapitän Büschen gab die Frage weiter. Der Navigator hielt eine Weile seinen Blick auf den Monitor, gab ein paar Zahlen in die Tastatur ein und meinte: »Wenn das Objekt mit der Geschwindigkeit weiter Richtung Westen fährt, sollten wir es in ungefähr einer halben Stunde erreichen.«

Gebannt starrten die beiden Kommissare auf den Monitor, bis Büschen fragte, ob einer von ihnen mit ins Boot wolle, wenn sie zu der Jacht übersetzen sollten. Kotten schüttelte den Kopf, Lena nickte.

Als sie ihren Blick wieder auf den Monitor richtete, bemerkte sie, wie der Navigator mehrfach seinen Blick zwischen den Monitoren hin und her wandte. Schließlich gab er Büschen ein Zeichen. »Das Objekt hat die Richtung gewechselt. Es kommt direkt auf uns zu.«

»Kann er sehen, wer wir sind?«, fragte Lena sofort.

Büschen nickte. »Wenn er sein AIS auf Empfang gestellt hat.«

»Zehn Minuten«, verkündete der Navigator.

Büschen gab Befehl, das Beiboot startklar zu machen.

»Das AIS des Objekts sendet wieder«, meldete sich der Navigator. »Es ist die gesuchte Jacht.«

Büschen setzte das Fernglas an, Lena bekam ein weiteres gereicht. Der Name der Jacht war noch nicht zu erkennen, trotzdem spürte Lena, wie ihre Hände leicht zitterten. Sie gab das Fernglas weiter an Ole Kotten, der kurz darauf ausrief: »Das ist sie!«

Büschen hatte bereits nach dem Mikrofon des Funkgeräts gegriffen, drückte jetzt den roten Knopf und forderte den Skipper der *Sunshine-Boy* auf, sich zu melden.

Alexander von Brockdorfs Stimme erklang im Lautsprecher. »Gut, dass Sie da sind! Ich habe einen Mann an Bord, den ich festsetzen musste. Er hat mich bedroht und tätlich angegriffen.«

Kapitän Büschen kündigte an, dass ein Team zur Jacht übersetzen würde, und wies von Brockdorf an, sich an Deck aufzuhalten, während sie sich näherten.

Büschen reichte das Mikrofon an den Ersten Offizier weiter und gab Lena einen Wink, ihm zu folgen. Als sie das Deck betraten, standen neben dem Beiboot zwei Beamte. Nachdem das Patrouillenboot die Motoren gestoppt hatte, ließen sie das Beiboot auf Befehl des Kapitäns ins Wasser und warteten, bis Lena und Lothar Büschen an Bord waren.

Inzwischen lag die *Sunshine-Boy* nur noch hundert Meter entfernt und hatte ebenfalls die Fahrt eingestellt. In langsamem Tempo näherten sie sich der Segeljacht, Alexander von Brockdorf stand an Deck, die Arme vor der Brust verschränkt. Das Boot legte längsseits an, einer der Beamten kletterte an Deck, während der andere ihm mit gezogener Waffe Deckung gab. Lothar Büschen und Lena kamen, gleich nachdem der erste Mann ihnen ein Zeichen gegeben hatte, an Bord der Jacht.

Lena trat vor und versuchte, in der Miene von Alexander von Brockdorf zu erkennen, ob er überrascht von ihrer Anwesenheit war.

»Guten Abend, Herr von Brockdorf«, sagte sie.

Erst jetzt reagierte er. »Was machen Sie bei …« Er schluckte.

Lena fragte sich, ob er ihr etwas vorspielte. Seine Bewegungen erschienen ihr künstlich und einstudiert. »Befindet sich Jan Thomsen auf Ihrem Schiff?«

Er riss die Augen auf. »Woher wissen Sie das?«

»Lebt er?«

»Natürlich! Ich musste ihn festsetzen, nachdem er mich angegriffen hat.«

Lothar Büschen gab einem der Beamten einen Wink, der sich daraufhin zusammen mit Lena unter Deck auf die Suche machte. Sie fanden Thomsen auf einer der Schlafstellen, an Händen und Füßen mit Paketband gefesselt. Er schien verängstigt, das Gesicht aschfahl mit dunklen Ringen unter den Augen. Der Beamte schnitt die Fesseln durch und kontrollierte, ob Thomsen bewaffnet war. Lena forderte ihn auf, ihr zu folgen. Sie nahmen ihn in ihre Mitte und stiegen hinauf aufs Deck.

Von Brockdorf und Thomsen bestiegen das Beiboot, einer der Beamten blieb zurück auf der Jacht, während sie zurück zum Patrouillenboot fuhren.

# Dreiunddreissig

Das Patrouillenboot befand sich seit einer halben Stunde auf der Rückfahrt nach Husum, die Jacht würde von einem Beamten nach Sylt überführt werden. Von Brockdorf und Thomsen waren in unterschiedliche Kajüten geführt worden, in denen sie unter Bewachung standen. Lena hatte kurz mit Kriminaldirektor Warnke gesprochen und ihn über die neue Lage informiert.

»Wie gehen wir vor?«, fragte Ole Kotten. Kapitän Büschen war kurz zuvor auf die Brücke gegangen, während die beiden Kommissare in der Kapitänskajüte zurückgeblieben waren.

»Ich befrage von Brockdorf und du Jan Thomsen. Anschließend setzen wir uns zusammen und besprechen, wie wir weiter vorgehen.«

Ole Kotten stand auf. »Okay! Ich bin gespannt, was die beiden uns auftischen werden.«

Wenige Minuten später saß Lena vor Alexander von Brockdorf, ihr Aufnahmegerät stand in der Mitte des kleinen Tisches, die Formalien hatte sie aufgesagt und bat nun von Brockdorf, die Begegnung mit Jan Thomsen von Anfang an zu schildern.

»Sind Sie eigentlich überhaupt zuständig auf See?«, fragte er in schnippischem Ton. »Außerdem protestiere ich dagegen, nach Husum gebracht zu werden.«

»Seien Sie unbesorgt. Alles hat seine Richtigkeit. Den Durchsuchungsbeschluss für Ihre Jacht habe ich Ihnen ja gegeben. Das Boot wird morgen kriminaltechnisch untersucht.« Lena hatte bereits in Flensburg Hilfe angefordert und die Zusicherung bekommen, dass am frühen Vormittag ein Team in Hörnum die Jacht in Augenschein nehmen würde.

Alexander von Brockdorf warf Lena einen wütenden Blick zu. »Wie sind Sie so schnell an diesen Beschluss gekommen?«

Lena ließ sich Zeit mit ihrer Antwort. »Wir sollten eines vorweg klären. Ich stelle hier die Fragen, Sie antworten.«

Von Brockdorf sah sie verächtlich an. »Ihr Ton passt mir ganz und gar nicht.«

»Das mag sein, spielt aber im Moment keine Rolle. Wenn Sie mir jetzt bitte antworten würden!«

Alexander von Brockdorf hatte anscheinend nicht mit Lenas kühlen Antworten gerechnet. Er zögerte, schien zu überlegen, ob er eine Antwort verweigern solle, lächelte dann aber und begann.

»Ich habe Jan Thomsen vor ein paar Wochen auf Amrum kennengelernt. Er lag mit seiner Jacht dort im Seglerhafen, ich ebenso. Wir kamen ins Gespräch und unterhielten uns sehr angeregt bei einem Glas Bier. Anfang der Woche war ich in der Nähe von Hooge, habe ihn von Bord aus angerufen und gefragt, ob er nicht ein paar Tage mitsegeln möchte. Er hat sofort eingewilligt und wir haben die letzten Tage auf See verbracht. Unsere Stationen waren Amrum, Helgoland und Esbjerg. Während der Tour haben wir uns viel unterhalten. Dabei habe ich erfahren, dass er wohl ganz froh war, ein paar Tage von Hooge verschwinden zu können. Es scheint da um das zu gehen, weshalb Sie schon in der letzten Woche bei mir und meiner Familie vorstellig wurden. Aber da sind Sie sicher besser informiert als ich.«

»Weiter!«

Alexander von Brockdorf hielt einen langen Moment die Luft an. Das wütende Funkeln in seinen Augen konnte er nicht verbergen. Das Lächeln wirkte gespielt. »Der gute Mann rückte so nach und nach mit ein paar brisanten Details heraus. Ich muss zugeben, dass ich einen sehr guten Whisky an Bord habe, dreißig Jahre alt. Vielleicht hat der Alkohol ja seine Zunge gelöst – oder er wollte es sich einfach von der Seele reden.«

»Würden Sie bitte etwas konkreter werden.«

»Gerne!«, antwortete er mit einer Handbewegung, die offensichtlich lässig erscheinen sollte. »Ich bin nun kein Kriminalist und ebenso wenig bin ich Psychologe, aber irgendwann ist bei mir dann doch der Groschen gefallen, wenn ich das einmal so salopp ausdrücken darf. Also ich vermute, dass mein Gast etwas mit diesem Toten im Watt zu tun hat. Er faselte von seinem Vater und dass er vermutet, dass dieser … Wie war noch gleich der Name des Toten?«

»Klaas Rieckert.«

»Richtig! Also dass dieser Rieckert etwas mit dem Tod seines Vaters zu tun hätte und er erst jetzt, nach den vielen Jahren, die inzwischen vergangen sind, dahintergekommen wäre. Was soll ich sagen, ich vermute, er hat diesen … Rieckert im Watt ausgesetzt.«

»Warum hat Herr Thomsen Sie angegriffen?«

Alexander von Brockdorf hob beide Hände und seufzte laut. »Seine Stimmung schwankte stark. Mal war er vollkommen relaxt und dann wieder bekam er Panik, dass er noch einmal von der Polizei in die Mangel genommen werden würde. Die müssen ihn wohl ziemlich hart rangenommen haben, wie er mir erzählt hat. Nachdem wir Helgoland verlassen hatten, wurde es immer schlimmer. Er wusste, dass Esbjerg in Dänemark mein nächstes Ziel sein sollte. Irgendwie hat er sich wohl in den Kopf gesetzt, dort von Bord zu gehen und eine Weile unterzutauchen. Ich habe ihn reden lassen, mir wurde es ehrlich gesagt immer unheimlicher, sprich: Ich bekam Angst. Ich habe ihm vorsichtig nach dem Mund geredet, was aber letztlich nicht wirklich geholfen hat. Er kam doch tatsächlich auf die Idee, dass ich ihm Geld leihen sollte …« Beim Wort »leihen« malte von Brockdorf mit beiden Händen Anführungsstriche in die Luft. »Er sprach von hunderttausend Euro. Mit dem Geld wollte er eine Weile abtauchen, wie er es ausgedrückt hat. Seine Stimmung wurde immer aggressiver, mir blieb nichts anderes übrig, als ihm das Geld zuzusagen.«

»Herr Thomsen hat Ihnen gegenüber also den Mord an Klaas Rieckert zugegeben?«

Er fuhr sich mit einem Finger über den Nasenrücken und wiederholte die Bewegung mehrere Male. »Ich will nichts Falsches sagen, aber ja, wenn ich eins und eins zusammenzähle, kann ich zu keinem anderen Schluss kommen. Natürlich ist es nicht meine Aufgabe, Mörder dingfest zu machen, und ich hätte mich auch liebend gerne darauf beschränkt, die Polizei nach meiner Rückkehr über den Verdacht in Kenntnis zu setzen. Aber gut, er hat mich quasi erpresst, wollte plötzlich nicht nur Geld von mir, sondern auch, dass ich ihn nach Spanien bringe. Was hätten Sie an meiner Stelle gemacht? Ich habe ihn, als er vorhin eingeschlafen ist, gefesselt. Das war leider nicht so leicht, wie sich das jetzt anhört. Aber gut, ich habe es geschafft und glücklicherweise sind Sie und Ihre Kollegen mir dann auch noch entgegengekommen.«

»Wo wollten Sie von Esbjerg aus hin?«

Dieses Mal ließ sich Alexander von Brockdorf Zeit mit seiner Antwort. Lena schien es, als sei er mit jedem Wort seiner bisherigen Schilderung sicherer geworden, als hätte er sich selbst überzeugen müssen und erst nach und nach an das geglaubt, was er gerade erzählte. »Mein Plan war, noch am Samstag nach Sylt zurückzukehren. Aber wie gesagt, mein Gast hatte andere Pläne. Da er selbst erfahrener Segler ist, konnte ich ihm nicht einfach etwas vormachen und so tun, als würde ich nach Westen fahren. Was meinen Sie, warum ich in Esbjerg noch einmal volltanken musste? Bis nach Sylt hätte ich es mit dem vorhandenen Diesel fünfmal geschafft. Aber es sollte ja Spanien sein. Den Rest der Geschichte kennen Sie. Er ist eingeschlafen und ich habe meine Chance genutzt.«

»Sprechen wir über Ihren Bruder«, wechselte Lena abrupt das Thema.

Alexander von Brockdorf warf einen Blick auf das Aufnahmegerät, dessen grüne Lampe weiter leuchtete. Lena zog das Gerät zu sich und schaltete es aus. Alexander von Brockdorf lächelte. »Sie wollen etwas über meinen Bruder wissen? Warum sollte ich Ihnen da antworten? Maximilian hat nicht das Geringste mit dieser Situation hier zu tun.«

»Das mag sein. Trotzdem würde ich gerne über ihn sprechen. Ist das ein Problem für Sie?«

»Nein, warum sollte es das sein?«

»Gut! Erzählen Sie mir etwas über ihn. Wie war er? Was war er für Sie? Welche Funktion hatte er in Ihrer Familie? Vermissen Sie ihn?«

Alexander von Brockdorf schloss die Augen und schien für einen Moment in eine andere Welt einzutauchen. »Maximilian. Wissen Sie, welche Bedeutung der Name hat? Der Größte. Tatsächlich lag mein Vater einmal nicht daneben.« Er hob schützend die Hände. »Nicht dass Sie jetzt annehmen, ich würde meinen Vater verteufeln. Nein, das ist ganz und gar nicht der Fall. Der hat in seinem Leben nicht nur viel gearbeitet, sondern auch Großes geschaffen. Für Männer seiner Generation war die Familie ein Teil ihrer selbst. Ohne Frau und Kinder wäre für ihn die Bedeutung seines Daseins geschrumpft auf bloße Geldvermehrung. Insofern waren wir für ihn elementar. Er hat sich sozusagen für seine Familie aufgeopfert. Vierzehnstundentag, sechs Tage die Woche, wenn es sein musste, auch noch den siebten. Aus dieser Sicht war er ein guter Vater, ein guter Ehemann.«

»Warum hat Ihr Bruder nicht die Leitung der Firma übernommen?«

Alexander von Brockdorf legte den Kopf in den Nacken und lächelte. »Ich habe ihn einmal gefragt, warum er sich mit den Sterbenden abgibt. Wissen Sie, was er mir geantwortet hat?«

»Nein.«

»Weil er das Leben so lieben würde.«

»Eine interessante Antwort.«

Alexander von Brockdorf sah Lena mit zusammengezogenen Augenbrauen an. »Interessant? Es sagt alles über Maximilian aus. Er ist seinem Herzen gefolgt. Wissen Sie, dass er jedes Jahr mindestens vier Wochen in einem dieser Hospize gearbeitet hat? Nicht hinter dem Schreibtisch in einem schicken Büro, nein, direkt in der Betreuung der Menschen, die dort zum Sterben lebten.« Wieder huschte ein sanftes Lächeln um von Brockdorfs Mund. »Sie leben hier bei uns, hat er immer gesagt. Sie sind unsere Gäste. Und so hat er alle Menschen behandelt. Jeder war für ihn wertvoll. Der Größte.«

»Sie haben ihn sehr verehrt«, stellte Lena fest.

»Geliebt!«, flüsterte er. »Ich habe ihn geliebt.« Er schien immer mehr in seinen Gedanken zu versinken.

Plötzlich schien ein Ruck durch seinen Körper zu gehen, er richtete sich auf und sah Lena verächtlich an. »Aber wie gesagt, mein Bruder steht hier wirklich nicht zur Debatte.«

»Eine Frage habe ich noch.« Lena hielt seinem Blick stand. »Welche Bedeutung hat Ihr Name?«, fragte Lena, obwohl sie die Antwort schon kannte.

Alexander von Brockdorf schüttelte den Kopf, als wolle er deutlich machen, wie gering er Lenas Intelligenz einschätzte. »Beschützer. Der, der die Gefahr abwehrt gegen fremde Männer.«

Lena stand auf, kurz vor der Tür wandte sie sich um. »Sie müssen leider noch hierbleiben. Einer meiner Kollegen leistet Ihnen vorerst Gesellschaft.«

Sie verließ die Kajüte und machte sich auf den Weg zu Ole Kotten, der bereits auf sie wartete. Sie fasste kurz die Befragung von Alexander von Brockdorf für ihn zusammen.

Ole Kotten hörte sichtbar fassungslos zu. »Jan Thomsen erzählt da eine andere Geschichte. Sie stimmt insofern mit von Brockdorfs überein, als dass er auch angab, er habe diesen auf Amrum kennengelernt. Ebenso hat er davon gesprochen, dass er eine Einladung von ihm bekommen habe, aber nach seiner Aussage ging es lediglich um eine Zweitagestour. Am Abend des zweiten Tages sei er nach einem Whisky eingeschlafen und erst am nächsten Tag gegen Mittag wieder wach geworden. Er vermutet, dass von Brockdorf ihm ein Schlafmittel verabreicht hat. Als er aufwachte, war er laut seiner Aussage bereits an Händen und Füßen gefesselt.«

»Hatte er eine Erklärung dafür?«

»Er behauptet, dass von Brockdorf Rieckert ermordet hätte und wohl Angst gehabt hätte, dass Thomsen das mitbekommen haben könnte.«

Lena rollte mit den Augen. »Da haben wir ja ein tolles Pärchen. Jeder beschuldigt den anderen, Klaas Rieckert getötet zu haben. Dabei wollen beide nur von ihren eigenen Taten ablenken. Thomsen hat ihm erst die Information verkauft, wer seinen Bruder ermordet hat, und ihn anschließend erpressen wollen. Und von Brockdorf will von dem Mord an Rieckert ablenken. Ich gehe fest davon aus, dass er Thomsen auch aussetzen wollte.«

»Warum hat er es dann nicht gemacht?«, warf Ole Kotten ein. »Zeit und Möglichkeiten hat er doch genug gehabt.«

»Hältst du von Brockdorfs Aussage etwa für glaubwürdig?«

»Das habe ich nicht gesagt, aber sie ist in sich schlüssig. Das musst du zugeben.«

»Ja, das muss ich wohl.« Sie sah auf die Uhr. »Wann legen wir an?«

»In einer Dreiviertelstunde, vermute ich mal. Jetzt noch eine zweite Runde?«

Lena stand auf. »Viel Glück!«

Zurück in der Kajüte, verließ der Beamte des Patrouillenboots den Raum.

Alexander von Brockdorf musterte sie mit einem selbstsicheren Lächeln. »Haben Sie noch Fragen?«

Lena setzte sich und legte das Aufnahmegerät wieder auf den Tisch, nannte Uhrzeit und Anwesende sowie den Anlass der Befragung.

»Herr Thomsen beschuldigt Sie, Klaas Rieckert ermordet zu haben, und sagt, dass Sie ihn aus diesem Grund gekidnappt hätten.«

Alexander von Brockdorf lachte. »Ja, das würde ich an seiner Stelle genauso machen. Clever! Hätte ich ihm gar nicht zugetraut. Aber leider ist das nicht die Wahrheit.« Die Intensität vom Ende der ersten Befragung war verschwunden.

»Sie fragen gar nicht, welches Motiv Ihnen unterstellt wird?«

Er riss theatralisch seine Augen auf. »Oh, jetzt verstehe ich. Rieckert hat etwas mit dem Mord an meinem Bruder zu tun und ich habe den Rächer gespielt. Wollen Sie darauf hinaus?«

Lena ließ die Frage unbeantwortet. »Klaas Rieckert hat sich also nie auf Ihrer Jacht aufgehalten?«

»Wie ich Ihnen schon letzte Woche gesagt habe, kenne ich diesen Mann nicht. Von daher gehe ich mal davon aus, dass er nie auf der Jacht war. Allerdings …« Er hielt seine Hände hoch und zog eine unschuldige Miene. »Die Jacht ist in Besitz einer unserer Gesellschaften und wird häufig dafür genutzt, mit Geschäftspartnern eine Tour zu unternehmen. Ich weiß natürlich nicht, ob …« Er ließ den Satz in der Luft hängen.

»Ich kann mir nicht vorstellen, dass Herr Rieckert zu Ihren Geschäftspartnern gezählt hat. Selbst wenn, werden sich dafür ja sicher Belege finden. Warten wir also ab. Bleiben wir noch einmal bei Herrn Thomsen. Seine Aussage steht im Moment gegen Ihre. Beide klingen in sich schlüssig. Sie verstehen sicher, dass wir hier weiterermitteln müssen.«

»Tun Sie, was Sie nicht lassen können. Ich glaube kaum, dass Sie für Ihre, sagen wir, etwas gewöhnungsbedürftige Herangehensweise Unterstützung bei Ihren Vorgesetzten finden werden.«

»Ich brauche von Ihnen die Angaben, wo Sie sich in den vierundzwanzig Stunden vor der vermutlichen Todeszeit von Klaas Rieckert aufgehalten haben.« Sie nannte ihm das Datum und die Uhrzeit.

Er warf ihr einen amüsierten Blick zu. »Das kann nicht Ihr Ernst sein! Sie verdächtigen mich, einen Mord begangen zu haben? Wir sollten unser kleines Gespräch hier abbrechen. Haben Sie alle Angaben für meine Anzeige gegen diesen Herrn?« Er sah auf die Uhr. »Gibt es in Husum ein anständiges Hotel? Ich hoffe mal, dass die Kosten von der Staatskasse übernommen werden.«

Lena stand auf. »Durchaus. Es ist für alles gesorgt.«

# VIERUNDDREISSIG

Am Kai warteten zwei Streifenwagen, um von Brockdorf und Thomsen in die Polizeidirektion zu bringen, wo sie zunächst einer erkennungsdienstlichen Behandlung unterzogen und anschließend getrennt weiter verhört werden würden. Lena nutzte die Fahrt, um Johann auf Hooge über den Stand zu informieren. Er würde die erste Fähre aufs Festland nehmen und gegen zehn in Husum sein.

Ole Kotten kam mit zwei Tassen Kaffee in der Hand in sein Büro. »Thomsen ist keinen Millimeter von seiner Aussage abgewichen. Entweder hat er panische Angst, dass wir ihn wegen Erpressung drankriegen, oder er hat tatsächlich etwas mit Rieckert zu tun.« Er stellte den Kaffee vor Lena auf den Tisch. »Oder er sagt die Wahrheit.«

Lena trank einen Schluck der heißen Flüssigkeit. »Und wie hätte von Brockdorf sonst erfahren sollen, dass Rieckert der Mörder seines Bruders ist?«

»Privatschnüffler engagieren, selbst auf die Suche gehen.«

»Unwahrscheinlich. Die Kriminaltechnik wird die Brockdorf-Jacht auseinandernehmen und etwas finden.«

»So wie du von Brockdorf beschrieben hast, scheint er sich ziemlich sicher zu sein, dass es dort nichts zu finden gibt. Selbst wenn er kein Alibi für die fragliche Zeit hat, können wir ihm nichts nachweisen.« Ole Kotten stellte die Kaffeetasse auf seinen Schreibtisch und sank auf den Stuhl. »Du weißt genau, was spätestens morgen Nachmittag passiert. Groll wird übernehmen und …«

»Dann brauchen wir vorher ein Geständnis«, fiel Lena ihm ins Wort. »Am besten zwei.«

Ole Kotten nickte. »Thomsen? Zusammen?«

»Ja! Lass uns einen Schlachtplan machen.«

Jan Thomsen sah man seine Erschöpfung an. Beide Unterarme lagen auf dem Tisch, die Hände gefaltet. Der Oberkörper war leicht nach vorne gebeugt, die Atmung schwer. Das Glas Wasser und das belegte Brötchen standen unberührt auf dem Tisch.

»Wann kann ich endlich …«, begann er, brach aber gleich wieder ab, als Lena kaum merklich den Kopf schüttelte.

Sie stellte das Aufnahmegerät an und nannte Uhrzeit, Ort und Anwesende. Die Frage, ob Thomsen einen Anwalt wünsche, verneinte er.

»Wann haben Sie herausbekommen, dass Klaas Rieckert etwas mit dem Tod Ihres Vaters zu tun hatte?«, stellte Lena die erste Frage.

»Davon weiß ich nichts.«

»Okay. Gehen wir die Sache von der anderen Seite an. Alexander von Brockdorf behauptet, Sie hätten ihm den Mord an Rieckert gestanden. Weiterhin hätten Sie ihn bedroht und wollten ihn zwingen, Sie nach Spanien zu bringen.«

»Das ist purer Unsinn. Mehr habe ich dazu nicht zu sagen.«

»Ich sag Ihnen jetzt mal, wie der Hase läuft. Am Montag übernimmt die SoKo den Fall. Von Brockdorf ist ein einflussreicher Mann, es gibt nicht die geringsten Beweise, dass Ihre Version stimmt. Im Gegenteil. Was sollte ein Unternehmer aus Flensburg mit Klaas Rieckert zu tun haben? Warum sollte er ihn überhaupt kennen? Und noch abwegiger: Warum sollte er ihn ermorden? Nein, Sie sind ein viel besserer Kandidat. Ihre Familie hat seit jeher Streit mit der Rieckert-Familie, Sie konnten Klaas Rieckert nicht ausstehen und sind regelmäßig mit ihm aneinandergeraten. Sie haben ein eindeutiges Motiv, Sie hatten die Möglichkeit, Rieckert mit Ihrer Segeljacht ins Watt zu bringen, Sie waren auf Hooge. Das klingt perfekt und reicht in dem Fall für Untersuchungshaft.«

Lena schlug mit der flachen Hand auf den Tisch. Thomsen zuckte zusammen. »Was meinen Sie«, fuhr Lena fort. »Wie lange halten Sie es in der Zelle aus, bis Sie alles gestehen, was die Kollegen von der SoKo von Ihnen hören wollen?«

»Herr Thomsen«, begann Ole Kotten mit ruhiger und sanfter Stimme. »Meine Kollegin hat recht. Es sieht nicht gut für Sie aus, wenn Sie bei der bisherigen Aussage bleiben. Wenn Sie uns jetzt nicht helfen, werden wir nichts mehr für Sie tun können.« Er beugte sich vor und stellte das Aufnahmegerät aus, bevor er leise sagte: »Ich persönlich halte Sie nicht für einen brutalen Mörder. Nein, ganz bestimmt nicht.« Er nahm das Aufnahmegerät in die Hand und stellte es erneut an. »Herr Thomsen, es ist wichtig, dass Sie uns jetzt die Wahrheit sagen. Haben Sie mich verstanden?«

»Verdammt, ich habe nichts gemacht.«

»Dann haben Sie ja auch nichts zu befürchten«, sagte Ole Kotten lächelnd in seiner ruhigen Art.

Jan Thomsen funkelte ihn an. »Ja, klar. Der dumme Bauer von Hooge lässt sich mal eben so für dumm verkaufen. Und wenn ich dann gesagt habe, was Sie hören wollen, bin ich für Beihilfe zum Mord dran oder besser noch als Mittäter. Vergessen Sie's.«

Lena beugte sich leicht vor. »Das ließe sich unter Umständen regeln. Sie machen einen Deal mit der Staatsanwaltschaft und bekommen entsprechende Zusicherungen.«

»Straffreiheit?«

»Wie gesagt, das muss der Staatsanwalt entscheiden.«

»Ich glaube Ihnen kein Wort.« Er verschränkte die Arme vor der Brust und schwieg.

Lena beendete die Tonaufnahme und verließ mit Ole Kotten den Raum.

»Wir kommen da nicht weiter«, sagte Lena. »Ganz offensichtlich hat von Brockdorf ihn tagelang so unter Druck gesetzt, dass er panische Angst hat, mit in den Mord reingezogen zu werden.«

»So ganz unrecht hat Thomsen nicht. Wenn er der Informant war, steckt er schon mit drin.«

»Sehe ich nicht so. Ich rufe jetzt Warnke an. Okay?«

Als Ole Kotten nickte, wählte sie die Nummer. Warnke nahm nach dem ersten Klingeln ab, Lena erklärte ihm die Lage.

»Ich spreche mit Oberstaatsanwalt Kern und melde mich gleich wieder.«

Die folgenden zehn Minuten lief Lena im Büro hin und her und warf immer wieder einen Blick auf ihr Handy.

»Setz dich doch, Lena.« Ole Kotten saß immer noch ruhig auf seinem Schreibtischstuhl.

»Kann ich nicht«, murmelte Lena und war schon wieder auf dem Weg zum Fenster, als ihr Handy klingelte. Ein kurzer Blick aufs Display bestätigte ihr, dass Warnke am anderen Ende war.

»Ja!«

»Wir sind morgen um acht Uhr bei Ihnen in Husum. Die beiden Personen bleiben bis dahin in Gewahrsam.«

»Habe ich verstanden. Bis morgen, Herr Kriminaldirektor.«

»Gute Nacht, Frau Lorenzen.«

Ole Kotten stand inzwischen neben Lena und sah sie fragend an.

»Die beiden sind morgen um acht Uhr hier im Haus. Von Brockdorf und Thomsen übernachten hier. Kannst du das regeln?«

»Klar. Fahr nach Hause. Ich bin morgen um sieben hier.«

»Danke, Ole!«

Erck strich Lena eine Haarsträhne aus dem Gesicht. Nach einem Glas Wein und einem von Erck vorbereiteten kleinen Abendessen hatten sie sich weit nach Mitternacht auf der Luftmatratze im neuen Haus hingelegt.

»Hast du heute alles geschafft, was du dir vorgenommen hattest?«, fragte Lena. »Entschuldige, dass ich noch nicht gefragt habe.«

»Alles gut! Der Flur ist fertig, den Boden im Schlafzimmer habe ich abgeschliffen und werde ihn morgen ölen. Es wäre gut, wenn wir uns Anfang der Woche in Flensburg wegen der Küche umgucken. Telefoniert habe ich mit denen schon. Die Schränke, die wir ausgesucht haben, stehen in der Ausstellung.«

»Klingt doch gut.«

Erck küsste sie auf die Wange. »Wann stehen wir auf?«

»Du musst nicht ...«, begann Lena, bis Erck ihr sanft den Finger auf die Lippen legte.

»Natürlich muss ich nicht. Frühstück um Viertel nach sechs?«

Sie schmiegte sich an ihn und flüsterte: »Das wäre schön!«

Punkt sieben betrat Lena Ole Kottens Büro. »Moin, Kollege!«

»Hallo, Lena.«

»Wie haben die beiden gestern reagiert?«

»Thomsen hat es klaglos hingenommen, was man von dem großen Herrn aus Flensburg nicht gerade sagen kann. Wundert mich, dass nicht schon eine Armada von Spitzenanwälten vor der Tür steht.«

Lena schmunzelte. »Die Nacht in der Zelle wird ihm sicher gutgetan haben.« Sie ließ sich auf ihren Stuhl fallen. »Dann sollten wir die Protokolle fertig machen und die Unterlagen noch einmal durchsehen.«

»Schon dabei!«

Kurz nach acht klopfte es an der Tür, ein uniformierter Beamter schaute ins Zimmer und kündigte Warnke und Kern an, die direkt hinter ihm in den Raum drängten.

»Guten Morgen«, sagte Oberstaatsanwalt Kern und steuerte den Tisch an, den Johann und Ole vor ein paar Tagen ins Büro getragen hatten. »Wollen wir uns setzen?«

Lena legte über eine halbe Stunde lang alle Ermittlungsergebnisse, Daten und Fakten dar und schloss mit dem Vorschlag, Jan Thomsen einen Deal anzubieten. Oberstaatsanwalt Kern und Kriminaldirektor Warnke hatten intensiv zugehört und sich beide Notizen gemacht.

»Ich kann Herrn Thomsen keine generelle Straffreiheit anbieten, aber wenn er sich bereit erklärt, eine vollumfängliche Aussage zu machen, und wenn er selbst in keiner Weise eine Initiative ergriffen hat, die auf das Gewaltdelikt im Watt orientiert war, sehe ich für ihn keine Notwendigkeit der Strafverfolgung.«

Lena stöhnte innerlich auf. Das konnte alles und nichts heißen und genau das war dem Oberstaatsanwalt auch klar. Wasch mich, aber mach mich nicht nass. »Wir sollten gemeinsam mit Herrn Thomsen sprechen. Ich fürchte, er hat falsche Vorstellungen von einem Deal. Es wäre gut, wenn wir ihn davon überzeugen könnten, dass er mit einem blauen Auge davonkommt, wenn er sich zur Kooperation entschließt.«

Oberstaatsanwalt Kern warf einen Blick auf Warnke. Der nickte zustimmend. »Dann machen wir das so, Frau Hauptkommissarin.«

Jan Thomsen schien beeindruckt zu sein vom Auftreten des Oberstaatsanwalts. Schon beim Betreten des Verhörraums hatte er ihn aufmerksam gemustert und ihm mit ehrfürchtigem Blick die Hand geschüttelt. Lena begann mit einer kleinen Einführung und überließ dem Oberstaatsanwalt den Rest. Anders als sie erwartet hatte, besaß der Jurist durchaus die Fähigkeit, sich auf die Situation einzustellen. Er erklärte Thomsen in einfachen Worten, welche Anklage auf ihn warten würde, wenn er bei seinen jetzigen Aussagen bleiben würde und die Kriminalpolizei Alexander von Brockdorfs durchaus schlüssige Einlassungen nicht entkräften könnte. Schließlich bot er ihm an, die Angelegenheit mit einem Strafbefehl in geringer Höhe zu beenden, falls Thomsen tatsächlich ausschließlich als Informant für von Brockdorf tätig gewesen sei. Als Jan Thomsen schließlich einwilligte, stand ihm die Erleichterung ins Gesicht geschrieben.

Die folgenden drei Stunden verbrachten Lena und Ole Kotten mit Jan Thomsen im Verhörraum. Nach und nach erfuhren sie, was sich aus Thomsens Sicht zugetragen hatte.

Eineinhalb Jahre vor Tom Thomsens Tod war Klaas Rieckert mehrfach bei diesem zu Besuch gewesen. Jan Thomsen war zunächst davon ausgegangen, dass Rieckert sich mit der Familie Thomsen versöhnen wollte, als die Stimmung seines Vaters sich aber zunehmend verschlechterte, sprach er ihn auf die Besuche an. Zunächst verweigerte sich Thomsen senior, aber nach und nach fügte Jan Thomsen die bruchstückhaften Auskünfte seines Vaters zu einem Bild zusammen und konfrontierte ihn schließlich damit. Der Vater gab zu, dass es auf der letzten großen Fahrt einen Unfall gegeben habe. Das Schiff sei in einen Sturm geraten, einige Container hätten sich gelockert und hätten später wieder in ihre Position gebracht werden müssen. Thomsen senior habe die Aufsicht über die Arbeiten gehabt. Ob er sich tatsächlich der Gefahr bewusst gewesen war, hatte Jan Thomsen nie von seinem Vater erfahren, aber Rieckert senior hatte ihn, nachdem er erkrankt war, in Verdacht, mit dem Kapitän unter einer Decke zu stecken. Wie viel sein Vater Klaas Rieckert verraten hatte, wusste Jan Thomsen nicht zu sagen. Auf jeden Fall bekam er heraus, dass sein Vater eine, wie er es genannt hatte, hohe Abfindung von der Reederei bezogen hatte. Da die Summe inoffiziell gezahlt wurde, bewahrte Tom Thomsen das Geld in einem Versteck im Haus auf, das er seinem Sohn erst kurz vor seinem Tod verriet. Später fand Jan Thomsen dort fast vierzigtausend Dollar. Er zweigte hin und wieder etwas davon ab, sodass niemand etwas von seinem geheimen Vermögen ahnte.

Erst als er den Rest des Geldes für die Anzahlung der Segeljacht nutzte, kam Klaas Rieckert ihm auf die Spur und beschuldigte ihn, dreckiges Geld seines Vaters zu besitzen. Erst zu dem Zeitpunkt wurde Thomsen klar, dass Rieckert mehr über den Unfall auf dem Containerschiff wissen musste, als sein Vater verraten hatte. Er ging Rieckert aus dem Weg und vermied jeden Streit. Bei dem Biikebrennen im Jahr zuvor war er aber spät in der Nacht, als sich nur noch wenige Besucher auf dem Gelände aufhielten, auf Rieckert getroffen. Sie waren schnell aneinandergeraten, Rieckert war stark alkoholisiert und hatte ihm gesagt, er könne froh sein, dass sein Vater sich selbst gerichtet habe, da ihn sonst das gleiche Schicksal ereilt hätte wie die hohen Herrschaften *von und zu.* Jan Thomsen hatte die Worte seines Widersachers zunächst nicht sehr ernst genommen, bis er zufällig über einen Beitrag im Internet gestolpert war, in dem von alten, ungelösten Kriminalfällen berichtet wurde. Als er von Maximilian von Brockdorfs rätselhafter Ermordung las, erinnerte er sich an den Abend vom Biikebrennen. Er begann zu recherchieren und suchte die Nähe von Klaas Rieckert, den er dann mit dem Namen Maximilian von Brockdorf konfrontierte.

Rieckerts nervöse Reaktion war ihm Bestätigung genug, dass er etwas mit dem Mord zu tun haben musste.

Thomsen recherchierte weiter und stellte einen Zusammenhang zum Tod von Klaas Rieckerts Vater her. Lange überlegte er, was er mit der Information anfangen sollte, und entschloss sich schließlich, sich anonym mit Alexander von Brockdorf in Verbindung zu setzen. Es folgte ein mehrwöchiges Hin und Her, während dessen sich Brockdorf hartnäckig weigerte, die bloße Preisgabe des Namens des angeblichen Mörders zu honorieren, und Beweise verlangte. Schließlich traf Thomsen sich drei Wochen vor Rieckerts Tod auf Amrum mit von Brockdorf und bekam von diesem fünfzehntausend Euro für seine Informationen. Warum Thomsen am Montagnachmittag auf von Brockdorfs Segeljacht gegangen war, verschwieg er, sagte aber, dass er schon nach wenigen Stunden von Alexander von Brockdorf außer Gefecht gesetzt wurde. Während der Tage auf See stellte von Brockdorf ihn vor die Wahl, zu schweigen oder zu sterben. Obwohl Thomsen ihm versicherte, dass er die Polizei aus dem Spiel lassen würde, schien von Brockdorf ihm nicht zu trauen und stellte ihn immer wieder auf die Probe. Als sie in dänischen Gewässern waren, habe von Brockdorf nicht mehr weiter auf ihn eingeredet. Thomsen hatte den Eindruck, als habe dieser sich dazu entschieden, ihn zu beseitigen.

Nachdem das Protokoll verfasst worden war, unterschrieb Jan Thomsen es. Ole Kotten stellte einen Beamten ab, der ihn nach Hooge begleiten würde, um dort Thomsens Laptop zu beschlagnahmen. Nach seiner Auskunft besaß er ihn seit sechs Jahren. Lena hoffte, auf dem Computer Beweise dafür zu finden, wann und wie Thomsen recherchiert hatte. Auch von den inzwischen gelöschten Mailaccounts, über die Thomsen mit Alexander von Brockdorf in Kontakt getreten war, würden sich vermutlich Spuren finden lassen.

Johann war inzwischen in Husum eingetroffen und hatte sich um die beiden Anwälte gekümmert, die von Brockdorf noch in der Nacht angefordert hatte.

»Wer von uns geht rein?«, fragte Lena ihre beiden Kollegen, nachdem Jan Thomsen von einem Beamten abgeholt worden war und sie mit Oberstaatsanwalt Kern die weiteren Schritte abgesprochen hatte.

Ole Kotten antwortete zuerst: »Zu dritt, würde ich sagen.«

»Richtig, die Gegenseite ist auch mit drei Personen vertreten.« Johann schmunzelte. »Das wäre ansonsten mehr als fahrlässig, oder?«

»Die Jugend von heute«, murmelte Ole Kotten und stieß Johann spielerisch in die Seite. »Auf geht's!«

Als sie den Verhörraum betraten, verstummte das Gespräch zwischen Alexander von Brockdorf und seinen beiden Anwälten.

Die drei Kommissare setzten sich, Lena startete das Aufnahmegerät und betete die Formalien herunter.

Der ältere der beiden Anwälte meldete sich direkt zu Wort. »Wir haben unserem Mandanten geraten, ab sofort zu schweigen. Wir denken auch, dass Herr von Brockdorf vollumfänglich ausgesagt hat und es von daher keinen Grund gibt, unseren Mandanten weiter hier festzuhalten.« Der Anwalt stand auf, sein jüngerer Kollege folgte ihm.

Lena beachtete sie nicht weiter und wandte sich an Alexander von Brockdorf. »Sie verweigern die Aussage?«

Er stand auf. »Das ist richtig, Frau Kommissarin.«

»Hauptkommissarin. Setzen Sie sich doch bitte wieder.« Sie wandte sich an die beiden Anwälte. »Ihnen steht es natürlich frei, den Raum zu verlassen.«

Alexander von Brockdorf warf einen auffordernden Blick zu seinen Anwälten.

»Wir protestieren aufs Schärfste gegen Ihre Vorgehensweise. Es gibt aus unserer Sicht keinen ...«

»Danke, die Herren«, unterbrach Lena den Anwalt. »Entweder verlassen Sie jetzt den Raum oder Sie setzen sich wieder.«

Mit finsterer Miene befolgten die beiden Männer die Anweisung und nahmen wieder Platz.

»Herr Thomsen hat inzwischen seine Aussage ergänzt. Ihre Jacht wird gerade von der Kriminaltechnik untersucht. Ab morgen werden die weiteren Ermittlungen von einer Sonderkommission in Kiel übernommen. Sie, Herr von Brockdorf, werden noch heute in die Landeshauptstadt überführt, wo Sie dem Haftrichter vorgeführt werden.«

Als Alexander von Brockdorf aufspringen wollte, hielt ihn der ältere der beiden Anwälte zurück. »Wir würden gerne allein mit unserem Mandanten sprechen, Frau Hauptkommissarin.«

»Kein Problem. Sie haben eine halbe Stunde Zeit, bis meine Kollegen Ihren Mandanten überführen.«

Sie stand auf, Johann und Ole Kotten folgten ihr. Alexander von Brockdorf starrte sie wutentbrannt an, schwieg aber.

»Wir sehen uns dann morgen vor dem Haftrichter.« Sie nickte den drei Männern zu und wandte sich ab.

Der Haftrichter erließ am Sonntag Haftbefehl gegen Alexander von Brockdorf, setzte allerdings einen weiteren Termin in sechs Tagen an, um erneut die Notwendigkeit der Haft zu überprüfen.

Lena stand am Montagvormittag vor den versammelten Mitgliedern der Sonderkommission und legte über zwei Stunden die kompletten Ermittlungen der letzten elf Tage dar. Kriminalrat Groll saß mit versteinerter Miene in der ersten Reihe, stellte weder Fragen noch machte er sich Notizen.

Der Generalstaatsanwalt hatte sich nach der unerwarteten Entwicklung aus dem Fall zurückgezogen, Oberstaatsanwalt Kern saß mit in der morgendlichen Runde und schlug vor, dass Lena dem Team beratend zur Verfügung stehen würde.

Bereits vor der Teamsitzung hatte er mit ihr gesprochen und ihr zugesichert, dass sie nur ihm direkt unterstellt und nicht in die Hierarchie eingegliedert sei.

Die Kriminaltechnik brauchte zwei Tage, um in einer verborgenen Ritze des Holzfußbodens ein fremdes Haar mit Wurzel zu finden sowie Reste von Blut. Beides wurde wiederum zwei Tage später eindeutig Klaas Rieckert zugeordnet. Auf Jan Thomsens Laptop fanden sich Dokumente und Browserverläufe, die seine Aussage untermauerten. Alexander von Brockdorfs Anwälte versuchten vergebens, ein unumstößliches Alibi für die fragliche Zeit zu liefern. Alle weiteren Vorstöße wurden von Oberstaatsanwalt Kern gekonnt abgewehrt, bis die Beweislage ausreichend war. Beim Haftprüfungstermin wurde der Haftbefehl gegen Alexander von Brockdorf bestätigt, in den folgenden zwei Wochen fanden sich weitere Beweise.

Kriminalrat Groll meldete sich eine Woche nach von Brockdorfs Verhaftung krank, Lena übernahm kommissarisch die Leitung der SoKo.

# Fünfunddreissig

Johann hob seine Bierflasche und prostete Lena und Ole Kotten zu. Sie standen Mitte Juni zusammen im Garten des neuen Hauses, abseits der anderen Gäste, die zur Einweihungsparty erschienen waren.

»Was ist eigentlich mit Jens Vogt?«, fragte Ole Kotten.

»Die Wiederaufnahme läuft«, antwortete Lena. »Kern hat das übernommen und ich gehe davon aus, dass Vogt rehabilitiert wird. Spät, aber besser als nie.«

»Und Groll?«, fragte Ole Kotten weiter. »Wie bist du mit ihm klargekommen?«

Die Ermittlungen der SoKo standen inzwischen kurz vor dem Abschluss. Die Staatsanwaltschaft beabsichtigte, in Kürze Alexander von Brockdorf anzuklagen. Trotz erdrückender Beweise hielt er weiter an seiner Unschuld fest und war von seinen bisherigen Aussagen nicht abgerückt.

»Er ist vor einer Woche wieder in Kiel aufgetaucht«, sagte Lena. »Ich habe ihm einen Überblick über die Ermittlungen gegeben und mich dann aus der SoKo verabschiedet.«

Ole Kotten warf ihr einen ungläubigen Blick zu. »Einfach so, als wäre nie etwas zwischen euch gewesen?«

»Nicht ganz«, sagte Lena ausweichend. »Wir haben schon noch ein paar Takte gesprochen.«

Johann räusperte sich. »Ist denn tatsächlich was dran am Gerücht, dass Groll sich auf Warnkes Posten beworben hat?«

»Johann, woher soll ich das wissen? Warnke hat nur angedeutet, dass er nicht vorhat, ins Innenministerium zu gehen. Wenn ich seine Worte richtig interpretiere, scheinen gewisse Kreise geplant zu haben, ihn wegzuloben. Und ja, Groll wird sicher ein Kandidat gewesen sein oder ist es immer noch. Mehr weiß ich wirklich nicht.«

Ole Kotten hob seine Flasche. »Dann sollten wir darauf anstoßen, dass es nie dazu kommen möge.«

Die Flaschen klirrten, die drei Kommissare tranken.

»Ist wenigstens auf der Hallig wieder Ruhe eingekehrt?«, fragte Ole Kotten.

Lena wiegte den Kopf hin und her. »Wohl eher nicht. Rika und ihr Mann sind schon seit heute Morgen bei uns …«

»Deine Freundin von Hooge?«

»Genau. Wir haben uns natürlich darüber unterhalten. Maike Holzer hat sich wohl vollkommen zurückgezogen und überlegt, ob sie die Hallig verlassen wird. Ein Teil der Bewohner hält zu ihr, aber ein anderer Teil … Ich habe letzte Woche noch einmal mit ihr telefoniert. Ihre Stimme klang sehr brüchig. Das Schlimmste kommt aber ja noch auf sie zu. Bisher ist noch nicht öffentlich gemacht worden, was Klaas Rieckert vorgeworfen wird, aber im Prozess gegen Alexander von Brockdorf wird das auf jeden Fall zur Sprache kommen.«

»Und Thomsen?«, wollte Johann wissen.

»Ist strafrechtlich mit einem blauen Auge davongekommen. Ob die Leute auf der Hallig das auch so sehen, wage ich zu bezweifeln.«

Erck trat zu ihnen und fragte grinsend: »Geheimtreffen der Kommissare?«

Lena lachte. »Nein, wir haben nur auf den Erfolg unserer kleinen SoKo angestoßen. Ab sofort vergessen wir für ein paar Stunden, dass es nicht nur gute Menschen auf der Welt gibt.«

Erck küsste Lena und wandte sich an Johann. »Kannst du mir mit dem Grill helfen?«

»Gerne.« Johann grinste breit. »Ich habe schon die ganze Zeit darauf gewartet, dass du mich endlich fragst.«

»Dann mal los, junger Mann. Die Kohle glüht schon.« Die beiden zogen ab. Lena und Ole Kotten blieben zurück.

»Lena, falls Groll doch kommt, hier in Husum werden bald einige Stellen frei.«

»Wir werden sehen. Ich hoffe, er bleibt in Schleswig.«

Ole Kotten sah sie fragend an.

»Ich habe Groll gedroht, die Sache von damals wieder aufzurollen.« Lena hatte Ole Kotten zwei Wochen zuvor bei einem Glas Bier in seiner Husumer Stammkneipe von dem Vergewaltigungsversuch erzählt.

»Wie hat er reagiert?«

»Entschuldigt hat er sich jedenfalls nicht, falls du das meinst.«

»Darf man Einzelheiten erfahren?«

»Zuerst war er nicht so recht gewillt, ein Gespräch unter vier Augen mit mir zu führen.«

»Kann ich mir vorstellen«, sagte Ole Kotten breit grinsend.

»Er hat dann wohl gemerkt, dass es besser ist, wenn er sich anhört, was ich ihm zu sagen habe. Nun gut, ich habe ihm klipp und klar erklärt, dass das seinerzeit eine versuchte Vergewaltigung war und mir zwar klar ist, dass die Sache inzwischen verjährt ist, ich aber trotzdem davon ausgehe, dass allein die Anzeige einen Riesenwirbel auslösen würde, den er nicht heil überstehen würde. Dann habe ich ihm die Aufnahme vom Anrufbeantworter vorgespielt und erklärt, dass ich sie an die Interne weiterleite, falls er mir noch einmal in die Quere kommt.

Er war ziemlich überrascht von meiner Ansage, würde ich mal sagen. Es gab von ihm nicht einmal einen blöden Kommentar und schon gar keine neuen Drohungen.«

»Damit hat er sicher nicht gerechnet. Dann wollen wir mal hoffen, dass du recht behältst und er keine Chance hat, Warnkes Stelle beim LKA zu bekommen.«

Erck winkte den beiden vom Grill aus zu. Lena sah, dass weitere Gäste eingetroffen waren, die sie begrüßen musste.

Sie zog Ole Kotten mit zum Haus. »Heute wird erst mal gefeiert. Alles andere vertagen wir auf morgen.«

Kotten nickte. »Guter Plan!«